mab y
cychwr

mab y cychwr

Haf Llewelyn

Cyflwynedig gyda diolch i
Rhiannon Davies Jones

Er bod cefndir hanesyddol i'r nofel hon,
dychmygol yw ei phrif gymeriadau a'u hynt

Dymuna'r cyhoeddwyr gydnabod cymorth ariannol
Cyngor Llyfrau Cymru

Cynllun y clawr: Y Lolfa
Darlun y clawr: Iola Edwards

Rhif Llyfr Rhyngwladol: 978 1 84771 443 5

FSC

Cyhoeddwyd ac argraffwyd yng Nghymru
ar bapur o goedwigoedd cynaladwy gan
Y Lolfa Cyf., Talybont, Ceredigion SY24 5HE
gwefan www.ylolfa.com
e-bost ylolfa@ylolfa.com
ffôn 01970 832 304
ffacs 832 782

Y trecha', trawsa' treisiant,
Ochenaid y gweiniaid gânt;
Rhaid i'r gwan ddal y ganwyll
I'r dewr i wneuthur ei dwyll.

Edmwnd Prys

Diolch

TRA BÛM YN chwilio a chwalu am hanes y rhan hon o Gymru fe fûm yn ffodus iawn i gael cyfarfod â nifer o bobl ddysgedig a difyr, ac mae fy nyled yn fawr iddynt oll. Yn gyntaf diolch i Nan Griffiths am y croeso yn y Rhos ac am ei chyngor; diolch i Dr Rhian Parry am ei gwaith gwerthfawr ar hanes tiroedd Ardudwy; diolch i Beryl Griffiths am ei geiriau doeth, ac i Awel Jones ac Elwyn Edwards am y llyfrau ac am fy nhywys i'r cyfeiriad cywir. Diolch i Elwyn Roberts Hirynys, Philip Nanney Williams M.A., Pauline Williams, John Richards, Angharad Jones a Gareth Jones. Diolch yn arbennig i staff Archifdy Meirionnydd, Dolgellau. Diolch i'r Lolfa am y cyfle, ac yn arbennig i Alun Jones a Nia Peris am eu cyngor, eu hamynedd a'u gofal. Diolch i Iola Edwards am y gwaith celf ac am fod yn glust i wrando.

Yn bennaf, i Siôn, Grisial, Leusa, Nedw, Seren a Mam am gadw cwmni i mi ar sawl antur – diolch.

Llŷn ac
Eifionydd

•Eglwys Brothen Sant

Traeth
Mawr

•Ty'n y Rhos

Trwyn
y Penrhyn

Ynys
Gifftan

•Llandecwyn

Traeth Bach

Llechollwyn

Eglwys Llanfihangel y Traethau

Trawsfynydd

Bae
Ceredigion

•Harlech

Bwlch Tyddiad

Rhiw Goch

Ardudwy

• Cors y Gedol
Bwlch y Rhiwgyr

Nannau
•

Bermo

Dolgellau

CODODD Y MEUDWY ar ei eistedd yn sydyn; roedd rhywbeth wedi'i ddeffro. Sgrialodd y daeargi at y drws gan ysgyrnygu a noethi ei ddannedd. Doedd yna'r un llychyn o olau'n treiddio o unman. Ymbalfalodd y meudwy am ymyl y garthen drom oedd wedi'i lapio amdano, a cheisiodd ryddhau ei goesau fel y gallai godi o'i wely gwellt. Disgynnodd y garthen i ganol y brwyn ar lawr. Safodd y meudwy'n llonydd; roedd ei glustiau fel rhai'r daeargi, yn chwilio'r awyr am smic o rywbeth, arwydd o rywun yn nesu. Arhosodd felly am sbel, cyn troi a chodi'r garthen a'i gosod ar y gwellt yn y gornel. Gan symud yn araf a gofalus, ei lygaid yn rhwydo'r tywyllwch, teimlodd ei ffordd draw i gyfeiriad hollt y ffenestr. Chwiliodd ei fysedd am odre'r styllen bren a gaeai'r hollt, a gwthiodd y styllen fymryn fel y gallai edrych allan. Llifodd edau denau o olau llwyd y lleuad i mewn i gilfachau'r ystafell dywyll. Daliai'r ci i ysgyrnygu, ei glustiau yn ôl a'i lygaid yn gwylio'r drws, yna trodd y sŵn yn gyfarth uchel, gorffwyll.

'Taw,' chwyrnodd y meudwy.

Rhuthrodd y ci at y garthen a thyrchu oddi tani i guddio.

Yn y golau gwan, gallai'r meudwy weld digon i symud yn rhwydd o amgylch yr ystafell. Hon oedd yr unig ystafell yn yr hofel, ond er nad oedd fawr ddim ynddi, nid ystafell foel mohoni chwaith. Crogai sypiau o blanhigion oddi ar fachau ar hyd y distiau, ac ar y pared roedd tair silff simsan yn llwythog o gostrelau a photeli pridd bychan. Wrth ochr y tân safai cist dderw braff, a thros un gornel iddi taenwyd gorchudd o groen llo ac arno gylch wedi'i baentio, â ffigurau a llinellau wedi'u marcio yn croesi llinell allanol y cylch. Ar ben arall y gist gosodwyd plât ac arno damaid o fara a chosyn caws, cwpan bridd yn llawn trwyth melynfrown a chostrel fechan ledr. Yno hefyd gosodwyd y gwpan arian a honno'n edrych yn ddieithr gan ei bod yn ddisglair a gloyw.

Aeth y meudwy ati i atgyfodi'r tân. Torrodd y poethfel yn

ddarnau bach a'u gosod yn ofalus yng nghanol y lludw poeth, a bu wrthi'n ddyfal am sbel yn chwythu ar y fflamau bach llesg, gan eu cymell i gryfhau. O gyfeiriad y garthen deuai udo ysbeidiol y daeargi yn gyfeiliant i fwmian ei feistr. Yna rhoddodd y meudwy y gorau i fwydo'r tân, llonyddu ei ddwylo a sythu ei gefn wrth eistedd yn ôl yn erbyn y gist. Gwyrodd ei ben i un ochr i wrando, cyn codi a symud yn sydyn i agor y drws, yna gwenodd.

'Ac fe ddoist?' sibrydodd. 'Tyrd yn nes, mae'r tân yn bywiogi... Edrych.'

Symudodd y meudwy i wneud lle i'w westai o flaen y tân. Roedd y mwg yn taro ac yn llenwi'r corneli. Pesychodd y meudwy, carthu ei lwnc a phoeri fflem i'r tân, a phoerodd y lludw ei lid yn ôl. Pwysodd ei gefn yn ôl yn erbyn y gist; roedd y mwg yn cau am ei ysgyfaint a deuai ei anadl yn araf a llafurus. Cymerodd gegaid o'r gwpan bridd; llyncodd y trwyth chwerw, a thawelodd y pesychu am funud. Llonyddodd, cau ei lygaid ac aros.

Arhosodd felly am beth amser er mwyn i'r trwyth wneud ei waith, yna estynnodd am y gostrel win.

'Trwyth gymeri di?' gofynnodd. 'Neu win, gwin gorau'r cyfandir i ti.' Cododd y gostrel a chydio yn y gwpan arian yn ofalus rhwng bys a bawd, fel petai'n cydio mewn wy bach brau. Syllodd ar y gwpan a rhyfeddu at y gwreichion gloyw a dasgai oddi ar yr arian. Roedd adlewyrchiad y fflamau yn neidio dros ei fysedd, yn ei gosi, fel pryfaid bach golau, a chwarddodd y dyn fel plentyn. Yna cofiodd am ei westai.

'Mi fues i lawr yn y gwindy echdoe, ond mi wyddost hynny mae'n debyg, rwyt tithau'n gwylio drosto, mi wn.'

Roedd ei lais yn ysgafn a meddal.

Estynnodd am y gostrel a thywallt gwin lliw gwaed i'r gwpan arian.

'Mae o'n fachgen cryf... hardd fel tithau, yr un llygaid

duon... a'r gwallt tonnog yna, dy wallt di sydd ganddo hefyd. Rwyt ti ynddo, wyddost ti, mae pob ystum ganddo yn f'atgoffa ohonot ti...'

Arhosodd am funud, gan chwilio am ryw arwydd o'r gornel dywyll, yna aeth ymlaen.

'Roedd o'n dod o'r traeth efo'r cychwr, a'r llygaid yna sydd ganddo yn fy ngwylio, gwylio pob symudiad... yr un fath ag y byddet ti erstalwm...'

Roedd y meudwy wedi ymweld â'r traethau echdoe, ac wedi sylwi ar long wedi'i hangori ar y Traeth Bach a digon o win arni. Roedd y meistri wedi cael eu siâr nhw, wedi bod yno'n bargeinio, uchelwyr Ardudwy ac Eifionydd. Byddai'n well i'r rheiny sticio efo cwrw bach a medd hefyd, meddyliodd, gan nad oedd gwin fawr o les i feddwl neb, neu o leiaf doedd o ddim yn cyd-fynd â'r trwyth a wnâi ef o dyfiant y meysydd. Roedd un cyffur yn ddigon ar y tro.

Bu dyfodiad y cychod yn esgus da i ymweld â'r gwindy. Doedd y meudwy ddim yn ymwelydd cyffyrddus yn nhŷ neb, ond fe chwiliai am esgus i ymweld â'r gwindy nawr ac yn y man, ac roedd y cychwr yn derbyn hynny. Byddai'n rhaid dod â'r plentyn oddi yno'n fuan. Roedd wedi addo y byddai'n gwylio drosto, ac roedd dyfodiad y milwyr yn ôl i gyffiniau castell Harlech yn arwydd bod y bygythiad wedi dychwelyd.

Deffrodd y meudwy o'i feddyliau, a throdd at ei ymwelydd, gan estyn y gwpan arian i'r tywyllwch.

'I ti,' meddai, cyn codi'r gwpan i wlychu ei wefus ei hun yn gyntaf. Roedd o'n win da. Gosododd y gwpan ar garreg yr aelwyd, ond daliodd ei fysedd am yr arian yn ddigon hir i deimlo ei chyffyrddiad ar gefn ei law. Roedd hi yno efo fo, roedd o'n sicr o hynny, roedd hi yno y tu hwnt i'r tân yn y cylch yn eistedd. Cyffyrddiad ysgafn fel pluen cyw bach ar gefn ei law. Roedd ei holl synhwyrau yn effro, effro. Y pryfaid bach arian yn dawnsio o amgylch yr ystafell. Chwyrnodd y ci o'i guddfan. Caeodd y meudwy ei lygaid. Roedd o eisiau teimlo'i bysedd ar ei fysedd o, teimlo ei chyffyrddiad ysgafn yn ei losgi. Gwingodd. Gallai arogli'r heli yn ei gwallt ac arogl melys y chwys ar ei chroen cynnes; llanwai ei harogl ei ffroenau. Gallai deimlo meddalwch ei bronnau yn gwthio yn ei erbyn, a'i hanadl yn cyflymu; gallai arogli'r gwin ar ei hanadl a theimlo'i gwefus yn boeth ar ei wddf. Gallai glywed ei griddfan. Symudodd ei ddwylo i chwilio am y cnawd cynnes. Roedd o ei hangen hi. Symudodd er mwyn cael closio yn nes ati. Ochneidiodd.

Agorodd ei lygaid yn araf. Roedd y gwpan arian yn dal ar garreg yr aelwyd, a'r pryfaid wedi blino dawnsio. Cydiodd yn y gwpan ac edrych arni. Roedd hi'n dal yn llawn o win, a doedd yr un diferyn yn rhagor wedi'i yfed. Roedd o wedi'i cholli eto – dim ond un symudiad trwsgl a dyna hi wedi llithro o'i ddwylo. Yna daeth yr ofn drosto. Oedd hi wedi diflannu i wneud lle i'r cythraul ei hun feddiannu'r cylch wrth y tân? Digwyddai hynny weithiau wrth iddo ei galw ato; nid hi a ddeuai bob amser.

Ond roedd o'n sicr fod rhywbeth yno, yn gwrcwd yn y cysgod – siâp tywyll, cefn crwb...

'Dos,' gwaeddodd, 'wnes i mo dy alw di... Wna i mo dy alw di... Gad i mi...' Cythrodd i'r gornel y tu hwnt i'r tân a rhoi cic i'r gwpan arian nes bod ei sŵn yn clecian yn ei ben. Llifodd y gwin dros y garreg, yn goch gwaedlyd.

'Edrych! Ti wnaeth hynna,' ysgyrnygodd ar y rhith yn y gornel. 'Ti sy'n tywallt gwaed hyd garreg yr aelwyd...'

Neidiodd i'r gornel y tu hwnt i'r tân a'i gyllell yn barod. Trywanodd yr awyr yn wyllt a rhedodd y chwys i'w lygaid. Ergydiodd dro ar ôl tro, er na chyffyrddodd blaen y gyllell mewn dim byd, dim ond yr awyr fyglyd.

Llonyddodd y dyn. Gwyliai'r ci ei feistr o blygiadau'r garthen wlân. Roedd y daeargi'n effro, effro a gwyddai o brofiad mai cuddio fyddai orau. Yna rhoddodd y dyn y gyllell i'w chadw, sychu ei lygaid â'i lawes a symud at y gist. Cododd bopeth oddi arni, lapio'r croen llo, codi'r caead a chadw'r gorchudd. Cododd y gwpan arian a'i sychu a'i chadw hithau yn y gist. Rhoddodd y caead trwm yn ôl yn ei le. Wrth gau'r gwpan yn y gist tywyllodd pob man, a theimlai'r meudwy y syrthni'n dod drosto. Trwyth digon gwachul oedd hwnna, meddyliodd, ac aeth yn ei ôl i orwedd yn y gwellt yn y gornel. Roedd y garthen yn gynnes braf, wedi'i chadw felly gan gorff y daeargi bach. Swatiodd yn y gwellt a symudodd y ci gan gadw cyn belled ag y gallai oddi wrth y gornel dywyll. Aeth i orwedd wrth y drws i aros y bore.

1

Dolgellau, Nadolig 1603

NEIDIAI SŴN Y bwyeill oddi ar waliau'r eglwys wrth iddyn nhw daro'r pren. Roedd y dynion wrthi'n malu sedd teulu Oweniaid y Llwyn. Clec ar ôl clec, a thasgai'r coed i bob cyfeiriad. Daliai'r pedwar dyn i fwrw eu bwyeill trwy'r derw cadarn – torri'r styllen ar gefn y sedd yn gyntaf, a thaflu'r malurion o'r ffordd, wedyn mynd ati i rwygo'r coed ar hyd yr ochrau, y gwaith coed cerfiedig, y dail a'r gwinwydd cywrain, gan eu hollti'n ddarnau miniog, mân. Ciciodd un o'r dynion un asgell o dan ei draed; roedd rhosynnau bach coch wedi'u cerfio ar hyd wyneb y pren, a'r dail pleth wedi'u paentio mewn aur. Edrychodd y dyn ar y patrwm o dan ei draed; roedd o'n batrwm hardd, meddyliodd, yn waith crefftwr, ond eto rhaid oedd ufuddhau i orchymyn. Cododd ei fwyell uwch ei ben unwaith yn rhagor a rhuo fel anifail gwyllt wrth fwrw'r llafn i lawr ar banel blaen y sedd. Holltodd y pren yn ddau a chwalu'n ddarnau ar hyd y llawr. Doedd dim ar ôl rŵan, dim ond tynnu'r ffrâm o'i lle yn nhu blaen yr eglwys.

Rhoddodd Siencyn ei fwyell i bwyso'n erbyn yr unig sedd arall oedd yno. Câi honno lonydd – sedd y Nannau, wrth gwrs, ac un a oedd yn fwy cywrain na'r sedd a falwyd hyd yn oed. Pwysodd Siencyn ei gefn ar y sedd ac anadlu'n drwm. Yna cythrodd am ffrâm sedd yr Oweniaid a'i hyrddio o'i lle.

'Tynnwch!' bloeddiodd Rhys ap Gruffydd. 'Dowch 'laen, tynnwch, rhowch eich cefna dani, mae'n siŵr o simsanu wedyn.'

Roedd y ffrâm yn gyndyn o symud, fel petai'n gwybod bod dyletswydd arni i aros, fel arwydd o urddas teulu'r Llwyn.

'Esu, tria'i gweld hi, Tudur, y bastyn tew…'

Sythodd Siencyn a rhwbio'r chwys o'i lygaid.

'Hwn sydd ar fai, Rhys. Tydi o'm yn cymryd dim o'r pwysa.'

Rhoddodd Siencyn hergwd i ysgwydd Tudur wrth i hwnnw bwyso yn erbyn y sgrin bren i gael ei wynt ato. Pesychodd Tudur yn galed a charthu ei ysgyfaint, nes bod ei gorff tew yn ysgwyd i gyd. Casglodd lond ei geg o lysnafedd a'i boeri, y mymryn lleiaf heibio troed Siencyn.

'Gwylia lle'r wyt ti'n gadael dy hôl, 'machgian i, neu mi ro i'r fwyall 'ma'n dy benglog dithau 'fyd, yr uffarn bach di-ddim…'

Cythrodd Siencyn am wddf y bachgen, ond er maint trwsgl hwnnw, llwyddodd rywsut i neidio o afael y dwylo anferth.

Tridiau wedi'r Nadolig oedd hi, a'r eira'n drwch dros lethrau Cader Idris, ond bellach wedi troi'n stomp llwyd, budr ar hyd y strydoedd culion. Roedd y tu mewn i'r eglwys yn rhewllyd oer, a'r llawr yn llaith a llithrig, er bod gwellt wedi'i wasgaru yma ac acw. Digon tywyll oedd hi yno, yn wahanol iawn i fel yr oedd hi dridiau ynghynt pan oleuwyd y waliau gan ddegau o ganhwyllau, a golau aflonydd y fflamau yn peri i'r ffigurau gwelw ar y parwydydd ddawnsio. Heddiw doedd dim o'r teimlad cynnes hwnnw yno, dim ond oerfel a waliau tywyll. Dridiau ynghynt, hefyd, llanwai teulu'r Llwyn y sedd a honno erbyn hyn yn siwrwd hyd y llawr. Gyferbyn â nhw eisteddai tylwyth plasty'r Nannau yn eu dillad cynnes, drud ac o'u hamgylch yn sefyll roedd pobl Dolgellau wedi dod i wrando ar eiriau'r rheithor. Safent yno yn yr oerfel, gan geisio closio at ei gilydd i fanteisio ychydig ar wres yr agosaf atyn nhw.

Anadlai'r tri dyn yn drwm, a'u gwynt yn ffurfio cymylau llwyd yn nhywyllwch corff yr eglwys. Gwingai pedwerydd dyn yn ei gwrcwd yng ngwellt y llawr yn cyfogi. Roedd trin y fwyell ar ôl boliaid o gwrw yn ormod i Ieuan. Chwydodd i ganol y preniau.

'Dowch, myn Duw, un tro arall arni rŵan, cyn daw Gruffydd Nannau yn ei ôl.' Ceisiodd Rhys ei orau i'w cymell yn bwyllog a thawel.

'Hy, Gruffydd Nannau'r diawl ei hun, ble mae hwnnw erbyn hyn tybed? "Fydda i yna efo chi, hogia" − dyna ddeudodd o'n 'te, Rhys?' ysgyrnygodd Siencyn. 'Gormod o ddyn mawr i faeddu dim ar ei ddwylo gwynion yn fan hyn, mwn. Mae o wrthi'n tynnu pais un o'r morynion bach clws 'na tra rydan ni'n gwneud ei waith budur drosto fo. Welais i o, a'r ci o dad yna sydd ganddo fo, yn llygadu'r merchaid.'

Gwyddai Siencyn ble yr hoffai o fod ar brynhawn fel heddiw, ac nid yn yr eglwys yn malu seddi oedd hynny.

'A be os daw'r rheithor i mewn?'

Sythodd Ieuan o'i gwrcwd yn y gwair, sychu ei geg efo cefn ei lawes a phoeri'r surni o'i geg.

'Rhwng Nannau a hwnnw,' atebodd Rhys gan daflu llwyth o goed tua'r drws. 'Dydan ni ddim ond yn dilyn gorchymyn, dyna'r cwbwl.'

Roedd Rhys wedi cael digon. Roedd ganddo well pethau i'w gwneud na hyn, meddyliodd, ond gwyddai nad oedd dewis ganddo. Roedd ganddo yntau le yn y Nannau, a doedd o ddim am golli'r lle hwnnw trwy fod yn fyrbwyll. Gwyddai fod cadw'r ochr iawn i'r uchelwyr yn syniad gwell na thynnu'n groes, ac ar hyn o bryd aros ar ochr y Nannau oedd y siawns orau oedd ganddo o naddu rhyw fath o fywyd iddo'i hun.

Doedd ganddo fawr o feddwl o giwed y Llwyn, p'run bynnag, ac yntau'n byw bob dydd i weld wyneb gwelw Wrsla. Fu hi ddim 'run un, medden nhw, wedi llofruddiaeth ei gŵr ar y Marian. Gwyddai pawb fod a wnelo'r Llwyn rywbeth â'r llofruddiaeth, a chan mai un o weision y Nannau ddaeth o'r ffrwgwd a'i wddf wedi'i agor o fôn un glust hyd fôn y llall, doedd dim gobaith am heddwch yn y dref. Roedd yn rhaid dial, ac roedd y ffrae rhwng y Nannau a'r Llwyn yn dal ar ei hanterth.

'Ia, fel arfer, gneud eu gwaith budur drostyn nhw,' meddai Siencyn wrth chwythu i mewn i'w ddwylo mawr a'r rheiny'n greithiau a briwiau drostyn nhw. Doedd yna ddim gwahaniaeth rhwng gwŷr y plasau a phob gŵr arall, pawb am y gorau i fod un cam yn well na'i gymydog. Hynny'n unig oedd achos yr helynt rhwng teuluoedd y Llwyn a'r Nannau, ond gwyddai'r dynion hyn hefyd mai nhw fyddai'n dod ohoni waethaf bob gafael.

'A be os daw Henry Owen y Llwyn i'r golwg? Dydw i ddim isio helynt, Rhys,' meddai Tudur, y bachgen tew, gan drio llusgo'i hun yn nes at y drws. 'Dwi'm yn siŵr, 'sti, os ydi malu petha tu mewn i'r eglwys fel hyn yn... wel, ti'n gwybod... Mae'n gneud i mi deimlo'n annifyr braidd. Dwi'n gwybod nad ydi hi ddim 'run fath rŵan ag yr oedd hi efo'r hen ffydd ond arglwy', sbia llanast 'da ni 'di neud.'

Roedd Tudur yn anesmwyth, ac er garwed ei iaith a'i osgo, wrth falu pethau'r eglwys briwiai beth ar ei gydwybod hefyd. Roedd ei nain wedi'i siarsio i gadw ar yr ochr iawn i'r arglwydd a'i weision. Cofiai ei chlywed yn sôn am y malu a fu adeg chwalu'r hen ffydd, a doedd hi'n sicr ddim yn cymeradwyo peth felly. Roedd o'n gobeithio i'r nefoedd na ddeuai'r hen wraig i glywed am hyn. I uffern fyddai o'n mynd ar ei din, fel yn sicr y bu hanes ei dad. Ond dyna fo, meddyliodd Tudur, o leiaf mi fasa uffern yn gynnes. Curodd ei draed ar y llawr – fedrai o ddim teimlo'i fodiau bellach. Edrychodd yn betrus trwy'r sgrin i gyfeiriad yr allor fach ddi-nod a'i lliain gwyn, a gwyrodd ei ben fel 'tai'n ceisio'i orau i guddio'i wyneb rhag i lygaid y cysegr ei adnabod.

Roedd tynnu sedd teulu'r Llwyn o'r eglwys yn syniad da amser cinio pan ddaeth Huw Nannau a Gruffydd ei fab i'r Llew Glas a chynnig powlennaid o botas poeth iddyn nhw, a hynny licien nhw o fedd. Mi soniodd Huw Nannau rywbeth am wledd Ystwyll hefyd, ac roedd Tudur wedi clywed digon am wleddoedd dyddiau gŵyl y Nannau i wybod y byddai o'n fodlon dawnsio'n noeth ar hyd y Marian dim ond iddo gael cyfle i fod yno. Y byrddau llwythog, y crythorion a'r beirdd, a'r merched wrth gwrs. Ac wedi meddwl, diawliaid oedd Oweniaid y Llwyn, yn troi pob dim i'w melin eu hunain. Nhw yrrodd ei dad allan o'i fwthyn ac yn syth i dafarn Tŷ Jonat, a'i adael o a'i nain ar dosturi tref Dolgellau.

Torchodd Tudur ei lewys a phoeri i'w ddwylo, cyn cydio o dan y ffrâm dderw, ei gorff tew yn crynu.

'Ty'd 'laen 'ta, Siencyn, y brych, rho dy gefn oddi tani, neu wyt ti'n rhy hen dŵa...?'

Gwyddai'n iawn sut i gael Siencyn i ddangos ei hun, ac wrth reswm byddai hynny'n gwneud y gwaith yn haws iddo yntau.

Edrychodd Rhys ar y tri dyn yn stryffaglu efo'r ffrâm: Tudur y bachgen yn awyddus i blesio, Siencyn a'i gorff gwydn, cryf ac Ieuan. Dim ond y tri yma oedd wedi llwyddo i gyrraedd yr eglwys o'r dwsin neu fwy a gychwynnodd yn giwed swnllyd o Dŷ Jonat, i lawr Wtra'r Felin ac i'r eglwys. Ac o'r tri yma, dim ond Siencyn a Tudur oedd o werth. Dal i gyfogi roedd Ieuan, a'i lygaid yn troi yn ei ben. Roedd y dyddiau'n dilyn gŵyl y Nadolig yn un gybolfa o yfed, a'r dis a'r byrddau chwarae yn ddigon o achos dros ymladdfa waedlyd ar y Marian.

'Rho dy gefn o dan y polyn yna, Ieuan, er mwyn Duw. Dalia fo a gwthiwch…'

Symudodd y ffrâm yn ara deg dros lawr yr eglwys, a'r dynion yn bytheirio a rhegi.

Agorodd drws trwm yr eglwys. Arhosodd y dynion, gan ofni gweld y rheithor. Ond dim ond dau feddwyn oedd yno, wedi llwyddo i lusgo'r naill a'r llall trwy'r eira. Prin y gallai'r un o'r ddau sefyll. Gafaelai'r ieuengaf am y llall – hen ŵr penwyn, a'i fol yn gwthio allan dros ei wregys.

'Ti oedd y d… d… dyn cryfa welais i erioed, 'sti,' meddai'r llanc gan igian a phoeri. 'Roeddat ti'n uffernol o gry erstalwm, doeddat.' A rhoddodd bwniad bach i fol yr hen ŵr. 'Byta oeddat ti'n 'de… Rhaid i ti gael bwyd da i gael bol fel sy gen ti, yli. Uffar o botas da gawson ni gan Jonat 'fyd… Hy…'

Chwarddodd wrth weld y lleill yn stryffaglu.

'Siencyn, y diawl, dangos iddyn nhw sut ma gneud!' bloeddiodd y llanc.

'Cau dy geg y cythral gwirion,' rhusiodd Siencyn a'r gwythiennau ar ei arlais wedi chwyddo'n lympiau glas. 'Hwnna'n gry, o ddiawl! Dos i chwara efo dy din.'

Roedd y ffrâm yn nesu'n araf tua'r drws a'r dynion â'u hwynebau'n goch dan ei phwysau. Neidiai'r ddau feddwyn o'u blaenau gan chwerthin a gweiddi cynghorion diwerth.

'Duw, does 'im isio bod fel'na, Siencyn, 'rhen gyfaill.'

Er ei feddwdod, gwyddai'r hen ŵr mai doeth fyddai trio plesio Siencyn.

'Ti'n meddwl os awn ni'n ein hola i Dŷ Jonat y cawn ni chwaneg o botas neu rwbath…? Hy… Hy… O damia.'

Chwydodd y llanc y gymysgfa o fedd a photas dros goesau'r hen ŵr nes bod yr hylif lympiog, cynnes yn treiddio trwy'i sanau gwlân ac yn suddo dros ymylon ei esgidiau.

'O damia di, hogyn, drycha ar fy sana i!'

Roedd y fainc yn nesu at y drws, ac yn nesu at y chŵd. Ceisiodd Ieuan osgoi'r chwdrel, ond fel roedd Tudur a Rhys yn tynnu a Siencyn yn gwthio, methodd ei gam a llithrodd ei draed ynghanol y llysnafedd. Disgynnodd ar ei gefn i ganol y gymysgfa gynnes. Gollyngodd y ffrâm a disgynnodd honno'n drwm ar ei ystlys. Atseiniodd y glec dros yr eglwys a honno'n cael ei dilyn gan sgrech. Gwyddai'n iawn fod yr esgyrn yn siwrwd dan bwysau'r derw.

'O'r Arglwydd, be rŵan?'

Rhoddodd Rhys a Tudur y ffrâm i lawr a rhuthro at Siencyn i roi cymorth iddo godi'r ochr arall fel y gallen nhw ryddhau corff Ieuan. Galwodd Rhys ar y ddau feddwyn oedd yn gwylio.

'Cydiwch ynddo fo, y ddau ohonoch chi, er mwyn Duw!'

Rhuthrodd y ddau yn simsan i lusgo Ieuan yn rhydd oddi tan y ffrâm. Griddfanai hwnnw gan gyfogi mewn poen a gwaeddai fel rhywbeth a'r cythraul yn gafael ynddo ar lawr budr yr eglwys. Roedd yr asgwrn wedi gwthio trwy'r brethyn tenau. Ceisiodd y ddau chwil ei godi, ond daliai i riddfan a rhegi yno ar y llawr. Roedd pob symudiad wedi peidio – doedd ei freichiau na'i goesau yn dda i ddim, yn gwrthod symud, dim ond y ffrom yn ffurfio hyd ymylon ei geg.

''Esu, ara deg rŵan, rhag ofn i rywun frifo,' meddai'r hen ŵr yn syn.

'Gafaelwch ynddo fo ac ewch â fo o 'ngolwg i,' meddai Rhys yn dawel.

Roedd gorchwyl a ddylai fod wedi cymryd cwta ugain munud wedi cymryd mwy o amser nag y byddai o wedi'i dreulio yn cyrraedd pen y Gader ac yn ôl, a hynny mewn eira trwm. Doedd hyn ddim yn adlewyrchiad da arno fo, a doedd o'n sicr ddim am i'r un o glustiau dynion y Nannau glywed am yr helynt. Os na fedren nhw ymddiried ynddo fo i symud pwt o sedd o'r eglwys…

'Ewch â fo at Wrsla, a chadwch eich cegau ar gau!' gorchmynnodd.

Nodiodd y ddau feddwyn yn dawel. Roedden nhw'n gwybod mai cytuno efo Rhys ap Gruffydd, cowmon y Nannau, fyddai orau. Doedd Rhys ddim yn un i ddiawlio, ddim yn un i agor ei geg pan nad oedd angen. Ond roedden nhw hefyd yn gwybod nad oedd o'n un i'w groesi – neu dyna'r sôn beth bynnag.

Wyddai neb fawr o'i hanes. Roedd o wedi ymddangos yn y Nannau rai blynyddoedd ynghynt yn ŵr ifanc pryd tywyll â llygaid gloyw, effro. Doedd dim rhyfedd iddo greu cynnwrf ymysg merched yr ardal. Ond dewis mynd i fyw at Wrsla wnaeth o, Wrsla y weddw ifanc a'i mab gwantan. Un ryfedd oedd honno hefyd yn ôl y sôn, hi a'i swynion, ei dail a'i chyfrinachau.

'Ewch â fo at Wrsla, wedyn ewch i Dŷ Jonat a deudwch wrth Nedw Mawr am ddod ag un o'i ddynion yma, un *call* os medr o gael hyd i un. Deudwch mai fi sy'n gofyn. Rŵan, o 'ngolwg i.'

Prin sibrwd y geiriau wnaeth o cyn mynd yn ôl at ei waith.

Cythrodd y ddau feddwyn am ysgwyddau Ieuan a hanner ei lusgo allan i'r eira. Tawelodd y sgrechiadau yn araf bach wrth iddyn nhw bellhau ar hyd y stryd.

Aeth Siencyn a Tudur ati i orffen y gwaith heb ddadlau. Roedden nhw wedi darllen yr olwg yn llygaid Rhys ap Gruffydd a llwyddodd y tri i lusgo'r ffrâm at y drws ac i glirio'r preniau oddi ar lawr yr eglwys. Yna daeth Tudur o hyd i ysgub ac ysgubodd weddill y preniau mân, y gwellt, y chŵd a'r gwaed allan i'r eira. Doedd yna fawr o ôl y malurio yn yr eglwys bellach, ymresymodd y bachgen, heblaw'r ffaith nad oedd ynddi fainc fawr dderw lle'r arferai sedd y Llwyn fod. Edrychai sedd teulu'r Nannau yn fwy a chrandiach bellach, yno yng nghorff yr eglwys fach. Ciledrychodd Tudur tua'r allor, gwyro'i ben a sibrwd gair i ofyn maddeuant, cyn ymgroesi a cherdded wysg ei gefn tua'r drws. Doedd o ddim yn siŵr ceisio ffafr pwy oedd bwysicaf ganddo – Rhys ap Gruffydd ynteu Duw, oedd yn sicr yn ei wylio o gyfeiriad yr allor.

Defnyddiodd Siencyn ei fwyell i dorri'r preniau'n goed tân ac roedd Tudur wrthi'n eu gosod yn bentwr taclus y tu allan i borth yr eglwys pan ddaeth Huw Nannau o gyfeiriad y dref. Er ei fod yn hen ŵr bellach, roedd yn parhau i fod yn ŵr a fynnai sylw. Sylwodd Tudur ar ei fantell frethyn drwchus a'r ffwr o amgylch ei wddf, yr het a'i hymyl melfed a'r bluen ffesant yn crynu yn yr awel. Teimlai'r bachgen leithder oer yn treiddio trwy wadnau ei esgidiau – byddai'n rhaid iddo fynd â nhw at y crydd i drwsio'r tyllau. Edrychodd ar yr esgidiau uchel o ledr golau, meddal yn sefyll yno wrth y pentwr coed.

'Dwi'n gweld fod y gwaith wedi'i wneud, Rhys.'

Roedd yr hen uchelwr wrth ei fodd. Rhoddodd gic chwareus i un o'r polion ac agorodd ddrws trwm yr eglwys i gael gweld sedd teulu'r Nannau bellach yn ganolbwynt y sylw. Dyna sut mae pethau i fod, gwenodd; doedd yna ddim ond lle i un sedd uchelwyr yn yr eglwys, a sedd y Nannau ddylai honno fod. Roedd delw garreg un o'i gyndeidiau, Meurig ab Ynyr Fychan, yno'n brawf i bawb fyddai angen prawf mai teulu'r Nannau oedd yr unig deulu o bwys yng nghwmwd Tal-y-bont ac ardal Dolgellau. Fe fyddai o'n dangos i ffyliaid y Llwyn pwy oedd bennaf yn y rhan hon o'r byd. Trodd yn ôl a churo Rhys ar ei gefn yn gyfeillgar. Gwyddai y gallai ddibynnu ar hwn.

'Ewch â'r 'nialwch yma hyd y dre, mi fydd y tafarndai yn falch o goed i'w llosgi, a deudwch wrthyn nhw y bydd teulu'r Nannau yn siŵr o edrych ar eu holau nhw yn y tywydd gerwin 'ma, yn siŵr o sicrhau digon o goed iddyn nhw.'

Chwarddodd. Yna trodd at y ddau arall.

'Siencyn, dwi'n ddiolchgar i ti, un da fuest ti efo'r fwyell yna 'rioed. A phwy ydi hwn sydd efo ti?'

Trodd Huw Nannau ei olwg at Tudur. 'Bachgian praff, cry. Pwy wyt ti felly?'

'Tudur ap Siôn, Islaw'r Dre, syr.'

Ysgubodd Tudur y llwch lli oddi ar ei ddillad a symud fel bod ei draed y tu ôl i'r pentwr coed agosaf. Doedd o ddim am i'r uchelwr weld yr olwg ar ei esgidiau. Yna sythodd ac edrych yn syth i wyneb Huw Nannau.

'Mab yr hen Siôn Tudur, ia siŵr, un arall gafodd gam ganddyn *nhw* yn 'te,' meddai gan amneidio'i ben tuag at weddillion sedd y Llwyn, nes bod y bluen yn ei het yn crynu'n ddig. 'Tyrd i fyny acw ben bore fory. Mi fedra i neud efo bachgian cry at y gwartheg. Chwilia am Rhys pan ddoi di, ac mae croeso i titha i fyny acw i'r wledd Ystwyll, Siencyn.'

Gadawodd Huw Nannau'r dynion yno, gan feddwl mynd yn ôl i chwilio am ei ddau fab oedd yn mwynhau'r dathlu yn y dref. Neu efallai y byddai'n well iddo fynd adref ar ei union at Annes, o gofio bod disgwyl Siôn Phylip y bardd yno ryw dro cyn yr Ystwyll. Aeth i chwilio am ei ferlen i'w gario yn ôl ar y daith trwy'r eira i fyny am Lanfachreth a phlas y Nannau. Roedd Rhys a'r ddau arall wedi clirio'r coed cyn i Nedw Mawr lusgo'i hun o gynhesrwydd côl Tŷ Jonat.

2

SIGAI'R BRIGAU DAN bwysau'r eira. Roedd yr awel yn ddeifiol o oer a'r plu eira a ddisgynnodd yn ystod y nos wedi rhewi'n gleiniau bach disglair ar ddail y gelynnen. Roedd y llwybr yn rhyfeddol o hawdd ei gerdded er hynny, gan fod olion eraill wedi ffagio'r eira'n galed dan draed ac wedi gadael llwybr gwastad trwy'r coedwig. Diolchai Siôn Phylip ei fod ar gyrion y Nannau bellach. Roedd ei daith o blasty Corsygedol wedi bod yn un hir a thrafferthus. Safai Corsygedol a'i gefn yng nghesail cadwyn mynyddoedd y Rhinogydd. O flaen y plasty ymestynnai bae Ceredigion a thros y dŵr gallai Fychaniaid Corsygedol wylio'r haul yn machlud dros benrhyn Llŷn. Roedd gan y bardd daith diwrnod rhwng Corsygedol yn Ardudwy a phlasty'r Nannau ger Dolgellau.

Roedd Siôn Phylip wedi cychwyn ers y diwrnod cynt, ond roedd y llwybr a arweiniai o Gorsygedol bron ynghudd o dan luwchfeydd trwm i fyny am Fwlch y Rhiwgyr. Oherwydd yr eira osgôdd deithio ar hyd y llwybr uchaf, llwybr y porthmyn a thros Bont Sgethin, ac anelu yn hytrach am y llwybr isaf. Roedd ei gam yn arafu a gwyddai fod y dydd yn tynnu ato a'r golau'n cilio'n sydyn. Ni allai fentro ymhellach am Gwm Mynach a Dolgellau dros y topiau. Syllodd draw dros y bae am Enlli, a gweld y rhimyn hir o olau yn cilio i'r gorwel. Doedd ryfedd i'r hen saint dyrru am yr ynys fach o oleuni ynghanol y tywyllwch. I'r gogledd codai cribau cadwyn yr Wyddfa yn rhes o ddannedd cochion, gwaedlyd yng ngolau'r hwyr. Draw i gyfeiriad y de wedyn roedd afon Mawddach yn llydan a llwyd yn gwau ei ffordd yn hamddenol i lawr i'r bae, ond y tu hwnt i'w glannau, draw, draw, heibio i gefn llydan Cader Idris, roedd rhyw dywyllwch annifyr yn stelcian fel cydwybod euog. Ni allai'r bardd fynd yn ei flaen, roedd pob gewyn ohono wedi oeri a blino.

Bellach roedd o dros ei drigain oed, a doedd crwydro'r plasau ddim tamaid haws, felly dilynodd y ffordd isaf a disgyn i lawr i harbwr y Bermo. Roedd wedi clywed bod llong ar angor yno, ac felly byddai'n werth mynd am sbec rhag ofn bod rhywbeth ar ôl heb ei werthu, rhyw bwt o ruban neu flwch o sinsir efallai. Fyddai Siôn Phylip ddim yn mynd yn waglaw i'r Nannau, gan fod rhyw anrheg fach yn mynd ymhell.

Cafodd lety'r noson honno yn y Tŷ Gwyn, ynghanol tyddynnod y pysgotwyr wrth geg yr harbwr. Cyrhaeddodd i ganol rhialtwch hwyr y prynhawn, a'r tafarndai'n gynnes a gorlawn, ond roedd wedi blino gormod i ymuno, er i ambell un ei adnabod a cheisio ei gymell atyn nhw i'w ddifyrru gyda rhigymau a hanes yr ymrysonau. Roedd o'n mynd yn rhy hen, ac yn ddigon doeth i adael y rhigymu i'r glêr. Cafodd fara llaeth cynnes gan ŵr y Tŷ Gwyn, a bu'n bargeinio am sbel gyda Marged Goch am flwch bach o sbeis a phwrs o sidan coch ac arno bwythau aur wedi'u brodio'n batrwm cymhleth.

Roedd rhai o griw'r llong wrth y byrddau, dau lanc o gyffiniau Llŷn, bechgyn Aberdaron wedi'u hudo i fywyd y môr, a'r llall, o wrando arno'n sgwrsio, yn frodor o diroedd Fflandrys. Roedd golwg wyllt arnyn nhw, wedi bod ar y môr am gyfnod hir yn ôl pob tebyg. Tynnwyd llygaid y bardd at law dde'r gŵr dieithr – roedd y bawd a'r cwtfys ar goll ac edrychai gweddill y llaw fel crafanc aderyn. Gwelodd y dieithryn lygaid yr hen fardd yn crwydro oddi wrth yr hanner llaw i fyny dros y ddwbled frethyn goch â'r botymau gloyw. Cadwodd ei wyneb yng nghysgod y palis cyn plygu yn ei flaen i edrych ar y bardd, ei lygaid gleision yn ddi-wên. Yna gwyrodd yn ei ôl ac aeth ei wyneb i'r cysgodion unwaith eto, y tu hwnt i olau'r gannwyll. Sylwodd Siôn ar gysgod arall yn swatio y tu ôl i'r dieithryn, rhyngddo a'r palis – creadur bach blewog, budr yr olwg. Craffodd i'r tywyllwch a sylwi bod y creadur yn eistedd fel plentyn ac yn cau ei freichiau fel coler am wddf y dieithryn. Rhythodd Siôn arno cyn sylweddoli mai mwnci oedd yno yn yr hanner golau. Craffodd ar yr anifail bach rhacsiog. Gwelsai un o'r creaduriaid hyn unwaith o'r blaen yn un o'r plasau. Doedd o ddim wedi'i hoffi; roedd rhywbeth chwithig yn ei osgo gan mor debyg ydoedd i blentyn bychan, ond eto'n gyntefig ac annisgwyl ei symudiadau.

Cododd y bardd yn frysiog a symud am y palis. Penderfynodd ei bod yn bryd noswylio ac yntau am ailgychwyn ar ei daith yn blygeiniol. Ond fel yr oedd yn mynd heibio teimlodd bawen fach yn cythru am y blwch sbeis. Crafodd ewin miniog y mwnci gefn ei law. Synnwyd Siôn ac yn ei ddryswch gollyngodd y gist fach bren a disgynnodd honno'n swnllyd gan dywallt y powdwr coch dros y cerrig. Rhegodd Siôn Phylip. Dychrynodd y mwnci a, chyda sgrech, rhuthro i guddio y tu ôl i'r dieithryn. Gafaelodd hwnnw ynddo a'i anwesu, gan sibrwd geiriau bach cysurlon yng nghlust y creadur yn union fel y gwnâi mam i dawelu ei phlentyn bach.

'Mae'n ddrwg gen i ei ddychryn,' meddai'r bardd.

Nodiodd y dieithryn ei faddeuant a nodiodd y ddau forwr arall, fel 'tai i gadarnhau nad oedd drwgdeimlad rhyngddyn nhw. Troesant eu sylw yn ôl at y bwrdd a'r darnau chwarae, a throdd y dieithryn i chwilio am Marged gan fod y cawg yn wag ac angen ei ail-lenwi.

'Siwrne dda i chi,' meddai Siôn Phylip wrth gydio yn ei sgrepan a gadael yr ystafell fyglyd, ac aeth allan i ben y drws.

Roedd yr eira wedi ailddechrau disgyn, ond roedd

rhywbeth yn braf yn yr oerfel wedi'r cynhesrwydd afiach a'r mwg. Teimlai Siôn ryw anesmwythyd, a gobeithiai mai aros wnâi'r tywydd oer am sbel. Yn ôl y sôn, roedd rhew yn lladd rhyw hen heintiau, a doedd wybod beth roedd creadur fel y mwnci yna'n ei gario. Roedd heintiau'n taro'n aml wedi ymweliad llongau dieithr â'r glannau. Trodd o garreg y drws a dringo i'r siambr uwchben. Oddi yno gallai glywed chwerthin y morwyr, jabran y mwnci ac ambell i sgrech gan Marged Goch, ond phoenodd y rhialtwch ddim mohono chwaith. Roedd y gwely plu a'r garthen wlân yn gwmni da.

Digon cysglyd oedd y Bermo pan ailgychwynnodd Siôn ar ei daith y bore trannoeth − y cychod yn llonydd, merched yr harbwr ddim wedi codi eu byrddau gwerthu eto a dim ond clochdar ambell geiliog i darfu ar y tawelwch. Roedd y tafarndai wedi gwagio, ond roedd un neu ddwy o'r gwragedd i'w gweld yn ystwyrian ac ambell i ruban o fwg glas yn codi i'r awyr oer. Roedd cawod eira yn ystod y nos wedi glanhau cerrig y stryd gan guddio olion rhialtwch y noson cynt, a phobman yn glaerwyn a glân.

Difarai Siôn Phylip iddo gychwyn o gynhesrwydd Corsygedol ddoe ac yntau wedi derbyn nawdd a chroeso yno ers cyn yr ŵyl, digon o wledda a thanau coed yn rhuo yn y neuadd fawr. Roedd Siôn yn hoff iawn o Gruffydd Fychan a Chatrin ei wraig ac efo nhw yng Nghorsygedol y treuliai'r Nadolig ers rhai blynyddoedd bellach. Roedd Gruffydd yn noddwr hael ac yn un hawdd gwneud efo fo, er iddo fod yn fachgen digon gwyllt ar dro, gan fynnu priodi Catrin, merch William Gruffydd, Caernarfon, yn erbyn ewyllys ei dad. Ond roedd Gruffydd yn gwybod beth oedd orau iddo, gan ei fod yn sylweddoli bod gormod o lawer o briodi o fewn teuluoedd.

Fyddai Siôn ddim wedi mentro ar daith mor anodd oni bai iddo gael gwŷs o'r Nannau. Doedd crwydro llwybrau llethrau

Meirionnydd ddim yn ddoeth ar y fath dywydd ond roedd y wŷs a gawsai yn un na fedrai ei hanwybyddu, oherwydd mai gwŷs gan Annes oedd hi. Annes Fychan oedd hithau, wrth gwrs, merch Corsygedol unwaith, ac un o hoff fodrybedd Gruffydd Fychan. Ond ers blynyddoedd bellach roedd hi'n feistres y Nannau ac yn wraig i Huw Nannau. Os oedd Annes Nannau yn anfon gair i'w geisio, ni fedrai Siôn wrthod.

Cododd Siôn Phylip ei ben, ei feddyliau ymhell wrth gyrraedd cyrion Coed y Moch ar y llwybr a arweiniai tua phlasty'r Nannau. Gwrandawodd, ac aros ar y llwybr er bod rhywbeth wedi tynnu'i sylw yno ynghanol y coed. Craffodd wrth edrych draw i gyfeiriad llwyn bythwyrdd ychydig lathenni oddi wrtho. Synhwyrodd gyffro bach rhwng y brigau, ond allai o weld dim. Roedd y llwyn yn dywyll, a chafodd llygaid y bardd waith cynefino â'r cysgodion wrth i byllau bach o olau'r haul wthio'n wanllyd trwy'r brigau, gan wneud siapiau dieithr ar yr eira. Yna, wrth i'w lygaid ddod yn gyfarwydd â thwyll y golau, fe'u gwelodd – llygaid tywyll yn edrych arno. Llygaid dwfn, du ewig ifanc. Edrychodd y naill ar y llall am eiliad; roedd yr anifail yn synhwyro perygl, ei drwyn du yn gryndod i gyd.

Gallai Siôn weld symudiadau bach sydyn ei chyhyrau o dan y croen llwytgoch; roedd ei synhwyrau'n effro, effro. Roedd hi'n hardd, yn osgeiddig o hardd, ei gwddf llyfn yn ymestyn a'i phen cain a'r llygaid mawr yn syllu arno. Teimlai Siôn rhyw dosturi tuag ati, gan fod yr ewig mor ifanc, mor fyw, ac eto ni welai'r bytheiaid mo hynny. Doedd hi ddim yn bwysig, dim ond ysglyfaeth i wŷr y plasau oedd hi. Fe fu Annes felly unwaith, yn ifanc, hardd a gosgeiddig, ond yma y bu'n rhaid iddi hithau ddod, yn wraig i Huw Nannau, ac yma y bu, ymhell o'i chynefin yng nghoed Corsygedol.

Draw rywle tua chreigiau Moel Offrwm gallai Siôn glywed

y bytheiaid yn udo. Roedden nhw'n nesu bob eiliad, wedi codi'r trywydd; fydden nhw ddim yn hir rŵan. Gyrrai udo'r bytheiaid a'u sŵn cynefig, anwar iasau i lawr ei feingefn: y dynion wedi cyffroi, yn gweiddi a rhegi; y gwŷr mawr a'u meirch yn ffagio a rhuthro dros foncyffion a ffosydd, a'r dynion ar droed yn dilyn orau medren nhw. Ond dyna fo, meddyliodd, fe fyddai yntau'n mwynhau cigoedd y wledd cystal ag undyn, felly calla dawo.

'Dos,' sibrydodd wrth yr ewig, yna gwaeddodd yn uwch arni, 'dos, tra medri di'r un fach.'

Ond dal i sefyll yno wnâi hi, fel petai'r rhew wedi cau am ei charnau. Tynnodd Siôn ei het a'i chwifio mewn ymgais i'w dychryn.

'Whish... Dos.'

Nesaodd at y llwyn gan ysgwyd ei het a chwifio'i freichiau nes bod ei fantell yn clecian. Edrychai'r ewig arno'n syn, ei llygaid yn chwilio, yna trodd yn chwim a gwibio draw i dywyllwch y goedwig, gan adael y dail yn crynu a'r plu eira bach disglair yn disgyn yn un gawod dros y bardd. Ysgubodd Siôn ei ben i gael gwared ar y dafnau oer, cyn ailosod ei het a rhoi chwerthiniad bach bodlon.

'Ymochel, n'ad dy weled,
Dros fryn i lwyn rhedyn rhed...
Ni'th fling llaw, bydd iach lawen,
Nid â dy bais am Sais hen... '

'Geiriau smala, hen ŵr...'

Daeth y llais o'r tu ôl iddo'n rhywle. Trodd Siôn ar ei sawdl i weld Rhys ap Gruffydd yn ei wylio.

'Geiriau smala, bencerdd Corsygedol...'

'Ydyn, geiriau smala yn wir, ond nid fy eiddo i. Geiriau bardd mwy na fydda i byth... Dafydd ap Gwilym pia nhw!'

'O? Fyddi di'n canu'r geiriau yn y wledd Ystwyll fory?' holodd Rhys yn gellweirus.

'Wyt ti'n meddwl y bydde uchelwyr y Nannau yn eu gwerthfawrogi? Be wnân nhw efo croen yr ewig – het go grand i gadw pen Robert Nannau yn gynnes tua Llunden bell...?'

Chwarddodd Siôn ac estyn ei law i gyfarch Rhys. Roedd yn falch o weld y gŵr ifanc, ac yn fwy balch fyth mai Rhys oedd wedi'i ddal yn hysian yr ewig a'i chymell i ddianc tra medrai. Gwyddai na fyddai Rhys yn prepian.

'Mi wna wregys blewog cynnes i gadw llodrau Huw Nannau yn eu lle!'

Chwarddodd y ddau. Roedd Rhys hefyd yn falch o weld yr hen fardd. Byddai'n dod â newyddion efo fo fel arfer, newyddion plasau Ardudwy, Eifionydd a Llŷn.

'Pa newydd o'r glannau?' holodd wrth i'r ddau gerdded ochr yn ochr i fyny i gyfeiriad y plasty.

'Dim o bwys wel'di, dim ond bod argoelion y caiff Gruffydd Fychan, Corsygedol, swydd Siryf Meirionnydd y flwyddyn hon, os Duw a'i myn...'

'Oes gan Dduw air mewn pethau o'r fath, meddet ti?' chwarddodd Rhys. 'A beth fydd gan Gruffydd Nannau i'w ddweud os caiff ei gefnder ei ddewis o'i flaen?'

'Mi fydda'n well i'r Nannau gael Gruffydd Fychan yn siryf na'r un o ddynion y plasau eraill. O leiaf mi fydda sgweiar Corsygedol yn gallu trio gwneud rhywbeth dros enw da Huw Nannau a'i fab... Fydd petha ddim yn dda arnyn nhw, 'sti, Rhys – chaiff hawlio eiddo'r Goron a llosgi coed Penrhos ddim ei anghofio heb dderbyn cosb.'

Clywsai Siôn Phylip ddigon ar ei deithiau i sylweddoli nad oedd bod yn fistar ddim yn rhoi rhwydd hynt i wneud popeth chwaith, yn arbennig pan fyddai eiddo Coron Lloegr yn y fantol. Y sôn oedd fod Huw Nannau a'i fab hynaf, Gruffydd, wedi hawlio coed derw Penrhos ar gyrion tir y Nannau a'u torri, a'r rheiny'n rhan o diroedd fu'n eiddo i'r Goron. Gwyddai Siôn hefyd nad oedd gwŷr plasau Meirionnydd ac Arfon wedi bod ar eu colled ar ôl chwalu tiroedd y mynaich. Onid oedd tiroedd Abaty Cymer wedi'u rhoi, eu gwerthu neu wedi'u dwyn? Roedd y gwŷr mawr i gyd wedi ychwanegu erwau maith at eu henwau, rhai gyda sêl bendith y Goron a rhai heb ei derbyn. Roedd gwŷr y gyfraith yn brysur yn ceisio cael trefn ar bethau.

'Fydd yna achos yn Llys y Gororau yn eu herbyn nhw, wyt ti'n credu, Siôn?' holodd Rhys. Roedd yntau wedi clywed rhywbeth ynglŷn â thorri coed Penrhos. 'Bydd angen rhywun mewn swydd uchel ar Huw Nannau i eiriol drosto felly.'

'Bydd, debyg iawn, ac os caiff Gruffydd Fychan, Corsygedol, ei ddewis yn siryf, yna bydd hynny o'i blaid o leiaf. Siawns y gwnaiff hwnnw ei orau, 'tai hynny ddim ond er mwyn ei fodryb Annes.'

Ysgydwodd yr hen fardd ei ben, fel petai'n ceisio cael rhyw feddwl oddi yno.

'Be 'di'r hanes yn Nolgellau'r dyddiau yma? Oes yna fwy o frawdoliaeth rhwng y Nannau a'r Llwyn bellach?' holodd.

Oedodd Rhys ar ymyl y llwybr. Roedd yr hen fardd craff wedi clywed am helynt sedd y Llwyn felly, mae'n debyg.

'Brawdoliaeth?' chwarddodd. 'Na, ddim yn hollol, ond falla y caiff pawb lonydd am sbel rŵan… Fe gawn weld.'

Ond roedd Rhys angen newid y stori.

'Fuest ti draw yn Eifionydd a phlasau Llŷn yn ddiweddar?' holodd gan edrych ar yr hen fardd.

Roedd ei lais yn dawel, fel 'tai'n ceisio rheoli rhywbeth o'i fewn.

Arhosodd Siôn a chymryd cip ar wyneb y dyn ifanc, ond

allai o ddarllen dim ar ei drem. Pwyllodd. Roedd yn rhaid meddwl cyn agor ei geg. Roedd ganddo esgus da i grwydro am na fyddai neb yn amau beirdd y plasau, gan fod hawl gan y rheiny i ddilyn eu trwynau, ac ar y teithiau hynny byddai'n gweld a chlywed digon, yn dod i wybod am gyfrinachau a dirgelion, ond yn wahanol i ambell glerwr arall gwyddai Siôn pryd i agor ei geg a phryd i beidio. Beth oedd ar Rhys angen ei wybod tybed?

Gwyddai Siôn Phylip mai dod i'r Nannau i ganlyn y porthmyn a wnaeth Rhys ap Gruffydd. Fe fu holi pan gyrhaeddodd – pwy oedd ei dylwyth? Beth oedd ei hanes? Yr unig wybodaeth a gynigiai Rhys oedd mai un o ogledd y sir ydoedd, o gyffiniau Llanfihangel y Traethau, gŵr y glannau, glan afon Dwyryd i'r gogledd o Harlech. Roedd hynny'n ddigon. Ac roedd gair y porthmon ei fod yn weithiwr gonest yn ogystal â bod ganddo ffordd dawel o drin gyr o wartheg yn ddigon i fodloni Huw Nannau. Yno yn y Nannau y bu Rhys ers rhai blynyddoedd bellach.

'Mi fûm cyn belled â Llŷn dros ŵyl yr holl eneidiau, aros am sbel efo nhw yn Llwyndyrys wel'di.' Ciledrychodd Siôn ar ei gydymaith. 'Fe fu'n rhaid i mi aros y nos cyn y medrwn i groesi'r Traeth Mawr. Rydan ni wedi cael tywydd garw ers cwymp y dail…'

Edrychodd Rhys arno, a gallai Siôn deimlo'r tyndra.

'Yn Nhy'n y Rhos?' holodd y gŵr ifanc.

'Ie, yn Nhy'n y Rhos.'

Yno y bu ynghanol y teithwyr eraill yn aros am y trai fel y gallen nhw groesi'r traeth eang dros aber afon Glaslyn. Roedd y ffordd drosodd o Feirionnydd i Arfon yn un drafferthus, ac roedd aros y nos yn Nhy'n y Rhos yn torri peth ar y diflastod.

'Yn Nhy'n y Rhos a'r Traeth Mawr…' Oedodd Siôn wrth

sylweddoli nad oedd mwy o holi i fod. 'Mae hen wraig Ty'n y Rhos yn gwaelu, wyddost ti. Dwn i ddim sut y bydd hi arni erbyn y daw diwedd ar y tywydd drwg yma.'

'Mae hi mewn oed mawr.' Tynnodd Rhys ei gap yn dynnach dros ei glustiau. Fe gofiai'r hen wraig, mam y Cychwr, yn dda. Fe fu hi'n garedig iawn wrtho unwaith.

'Mae'r bachgen bach yn tyfu'n hen lwmpyn bach sionc, Rhys, yn iach a chry... a'i fam o'n ofalus iawn ohono. Mallt dwi'n credu maen nhw'n ei galw hi, merch landeg,' ychwanegodd Siôn.

Cododd Rhys ei wyneb a gwenu, gan amneidio. Byddai, mi fyddai'r bachgen yn llond ei groen bellach. Gwelodd Siôn Phylip gysgod yn croesi wyneb y gŵr ifanc wrth glywed am y fam.

'Ie, Mallt,' meddai Rhys yn dawel. 'Mallt...'

Erbyn hyn roedden nhw wedi cyrraedd buarth y Nannau, a rhuthrodd daeargi i gyfarth a chwyrnu o gylch sodlau'r bardd, nes i Rhys ei godi'n chwareus gerfydd croen ei war a'i ysgwyd fel y byddai'r daeargi'n ysgwyd cwningen.

'Dos o'ma i gadw sŵn,' meddai. 'Tyrd, Siôn, mi awn ni i chwilio am rywbeth i'n c'nesu ni...'

3

PAN GERDDODD TUDUR i mewn i neuadd fawr y Nannau
wrth sawdl Rhys ap Gruffydd, wyddai o ddim lle i edrych
gyntaf. Gwibiai ei lygaid o un gornel i'r llall. Ym mhen ucha'r
neuadd roedd byrddau a llieiniau gwynion wedi'u taenu
drostyn nhw, ac ar y rheiny gosodwyd platiau arian a phiwtar,
yn llwythog o gigoedd a deiliach. Ar ganol un o'r byrddau
roedd paun yn eistedd. Edrychodd Tudur arno'n hurt. Oedd
o'n fyw?

Brysiodd yn nes a chraffu ar y paun yn ofalus. Syllodd ar
ei lygaid – roedden nhw'n bŵl ac yn llonydd. Ymestynnai
ei gynffon i fyny'n uchel uwch y bwrdd, yn gylch o blu
symudliw. Ar blatiau llai roedd adar bach lliwgar, fel 'taen
nhw wedi'u cerfio o rew. Ni allai Tudur yn ei fyw â deall
sut nad oedden nhw'n toddi'n llymaid. Cyffyrddodd â phen
ei fys yn un ohonyn nhw, ond doedden nhw ddim yn oer.
Beth oedden nhw felly? Rhoddodd ei fys yn ei geg. Siwgwr!
Roedd yr ystafell yn orlawn o wŷr a gwragedd y plasau a'r
rheiny'n anwesu eu cwpanau bach arian tra bod y gweision
yn gweini arnyn nhw.

Mewn eiliadau llwyddodd yr olygfa o'i flaen i lunio print
eglur, llun wedi'i ysgythru yn rhywle y tu mewn i ben Tudur.
Roedd ei nain wedi'i siarsio i gofio popeth, pob manylyn, ac
i adrodd yr hanes i gyd, pob blewyn bychan bach ohono, pan
ddeuai adref. Ymestynnai muriau gwyngalch y neuadd fawr
i fyny tua'r distiau derw bwaog. Welsai Tudur erioed ystafell
mor helaeth, yn fwy hyd yn oed na'r eglwys, ac roedd honno'n
anferth o'i chymharu â'i gartref. Ond roedd i'r ystafell hon ei

thanllwyth tân a'i thapestrïau trymion i gynhesu'r llygaid a'r enaid. Uwchben y lle tân enfawr, o'i uchelfan ar yr arfbais, gwyliai llew glas y gwahoddedigion yn croesi'r neuadd; gallai Tudur deimlo llygaid y llew yn ei wylio, ei ddilyn, ei watwar yn ei esgidiau rhacsiog a'i herio.

'Be mae cachu gwaelod toman fel ti'n ei wneud mewn lle fel hyn… mewn lle fel hyn… mewn lle fel hyn?' dychmygai Tudur y llew yn gofyn.

Trodd Rhys i chwilio am Tudur, oedd yn llusgo dod â'i geg ar agor. Amneidiodd Rhys arno i'w ddilyn. Roedden nhw'n anelu am un o'r corneli tywyll a arweiniai at gyntedd cul, a'r tu hwnt i hwnnw wedyn roedd y gegin, lle sgrialai'r morynion a'r cogyddion i gael y bwydydd yn barod.

'Cadwa'n glòs,' meddai Rhys. 'Mynd o'r ffordd fyddai orau i ni, nes bydd y dynion mawr wedi cael eu gwala, ac mi ddown ni'n ein hola efo'r crythorion. Mi fydd digon o win wedi diflannu i ganlyn y pasteiod erbyn hynny, a fyddan nhw ddim callach ein bod ni yma.'

'Ond fydd yna rywbeth ar ôl wedyn?'

Roedd ceg Tudur yn lafoer i gyd; roedd o wedi gweld y pen mochyn a'r pasteiod bach o'i amgylch. Cymerodd un cip ar y llew glas – oedd, roedd y diawl yn dal i'w wylio.

'Twll dy din di,' meddyliodd. 'Dwi yma rŵan, yli, a titha'n sownd yn fan'na uwchben y lle tân.'

Bachodd un o'r pasteiod bach a'i stwffio'n gyfan i'w geg. Roedd o'n mynd i fwynhau ei hun heno.

Chwarddodd Rhys. 'Mae digon o fwyd yma – wnaiff hyd yn oed rhain ddim llwyddo i fyta popeth. Ty'd!'

Tynnodd Rhys ei brentis crwn tua'r cyntedd ac wrth iddyn nhw fynd trwy'r agoriad cul daeth dyn i'w cyfarfod. Gwelodd Rhys yn syth nad oedd lle i Tudur a hwn fynd heibio, a gwelodd hefyd o wyneb y dyn nad oedd o'n bwriadu sefyll i'r neilltu i neb. Gwyddai oddi wrth y wên wirion ar wep Tudur nad oedd hwnnw wedi deall eto sut yn union roedd gwas i fod i fihafio yn nhŷ'r mistar. Rhoddodd hergwd i'r bachgen nes i hwnnw ddisgyn wysg ei gefn i ganol trwch o len melfed a wahanai'r cyntedd oddi wrth yr ystafell fach lle'r ymgasglai'r beirdd a'r crythorion.

Rhythodd y dyn arno'n ddiamynedd. Pa hawl oedd gan rhyw gwlffyn blêr fel hwn i ddod dan ei draed? Trodd i edrych ar Rhys. Roedd rhywbeth yn gyfarwydd am osgo hwn, roedd o wedi dod ar ei draws o'r blaen. Yna cofiodd mai hwn oedd cowmon y Nannau, wrth gwrs, a throdd ei olygon tua'r neuadd fawr. Roedd yna bethau difyrrach i'w gwneud heno i ŵr pwysig fel fo na mynd i ben dau o weision y Nannau.

'Trwyn uffar,' poerodd Tudur ar ei ôl.

'Llwydyn Rhiwgoch. Fo ydi dyn y senedd, yli.' Chwarddodd Rhys. Roedd o'n hoffi'r llanc yma ac mi fyddai'r ddau yn gwneud yn iawn efo'i gilydd.

'Be…?'

'Robert Llwyd – mae o wedi bod yn y senedd yn Llundain…'

Cythrodd Rhys am labedi dwbled Tudur i'w lusgo yn ôl ar ei draed.

'O? A be mae o'n neud yn fan honno felly? Oes ganddo fo fuchod…?'

'Duw, dwn 'im,' atebodd Rhys. 'Dwn i ddim be mae nhw'n neud mewn senedd, cofia, ond mae hwn yn byta digon yn ôl y graen sy arno – fel titha…' Gwthiodd Rhys y bachgen ar hyd y cyntedd cyn ychwanegu, 'Oes, mae ganddo fo ddega o fuchod yn Rhiwgoch, be bynnag. Mi es i â dau lo draw yno cyn cwymp y dail…'

'O?'

'Rhodd gan Huw Nannau i'w ferch, Marged, a'i fab

yng nghyfraith – ia, hwnna aeth heibio i ti rŵan. Mae o'n wŷr i Marged Nannau, felly cadw ar 'i ochr iawn o, bendith tad…'

Marged, un o ferched Huw ac Annes. Roedd Rhys wedi gweld cip arni'r bore hwnnw pan gyrhaeddodd y buarth gyda'i gŵr, ei mab ifanc a gweision Rhiwgoch. Roedd hi wedi'i gyfarch, ac yntau wedi brysio i'w helpu oddi ar y ferlen, fel oedd yn weddus wrth gwrs. Doedd ei gŵr ddim wedi cymryd unrhyw sylw ohono, ac roedd Rhys yn ddiolchgar am hynny. Oedd Marged wedi dal ei gafael ynddo rhyw ychydig yn hwy nag oedd angen iddi wrth iddo'i helpu?

Cyfarfu â hi ym mhlasty Rhiwgoch yn yr hydref, pan yrrodd y gwartheg yno. Doedd ei siwrne ddim wedi bod yn un rwydd am fod y ddau lo'n wyllt a'r ffordd yn aml yn agor allan i dir eang ac agored, felly roedd cadw'r gwartheg ar y llwybr yn amhosib. Erbyn iddo gyrraedd Rhiwgoch roedd y dydd yn tynnu ato. Roedd Marged wedi dod i'r gegin i ddiolch iddo. Cofiodd sut y bu iddi ymddiheuro nad oedd ei gŵr gartref, roedd ar fusnes pwysig yn Llundain ac ni fyddai yn ei ôl y noson honno… Rhoddodd Rhys y llun yn ôl yng nghilfachau ei gof.

'Ty'd,' meddai, gan lusgo Tudur ar ei ôl.

Yn y gegin roedd rhai o'r morynion wrthi'n gosod y bwydydd ar y platiau mawr, tra chwysai'r cogydd uwch y tân yn troi rhyw drwyth melys, yn siwgwr, gwin a sbeisys. Eisteddai Siencyn yno hefyd wrth y tân, a golwg fodlon arno. Cyfarchodd Rhys, ac amneidio arno fo a Tudur, fel 'tai o'n falch o'u gweld. Bob hyn a hyn rhuai'r cogydd ei orchmynion a diawlio'r gwas bach am fethu ag estyn y gostrel win yn ddigon sydyn. Chwarddai Siencyn yn braf wrth wylio'r prysurdeb a hithau'n ddiwrnod gŵyl arno, ei fwyell wedi'i gadael yn segur am y dydd.

Codai arogl cig rhost o'r bachau, a chymysgai hwnnw ag arogl melys y gwin a'r sbeisys. Roedd pen Tudur yn troi felly anelodd i eistedd wrth ymyl Siencyn – roedd un lle gwag ar ben y fainc. Rhwng y gwres o'r tân a'r cyffro teimlai'r gwrid yn codi heibio ymyl ei goler. Tynnodd ei ddwbled drom a thorchi llewys ei grys.

'Gafael yn y cadach a thyn y bachyn oddi ar y gadwyn yna, fachgen,' arthiodd y cogydd.

Oedodd Tudur yn ansicr.

'Symud dy din yn reit sydyn.' Lluchiodd y cogydd gadach tuag ato'n ddiamynedd.

Chwarddodd Siencyn. Edrychodd Tudur ar y talpyn o eidion rhost yn ffrwtian uwch y tân. Gwelodd beth oedd angen ei wneud, a chydiodd yn y bachyn. Roedd y cig yn drwm ac yn anhylaw a threiddiodd y gwres a'r saim trwy'r cadach. Rhuthrodd Tudur tua'r bwrdd a'r hambwrdd haearn a gollwng y talpyn cig gyda chlec ar ei ganol. Neidiodd y seigiau eraill ar y bwrdd, gwasgarwyd y siwgwr a'r halen a disgynnodd dwy neu dair o'r pasteiod melys ar y llawr. Rhuthrodd dau ddaeargi o rywle i'w llarpio cyn i Tudur gael cyfle i'w codi. Rhegodd y cogydd a chwarddodd pawb arall. Teimlai Tudur ei wyneb yn gwrido rhwng y cynnwrf a'r gwres.

'Ha!' meddai hen ŵr gwelw o'i gornel. 'Bachgen tew a'r breichiau tila...'

Ymunodd pawb yn yr herio wedyn, ond yn fuan iawn gwthiwyd cwpanaid o gwrw i law Tudur a thorrwyd tamaid trwchus o'r eidion, ei daro ar dafell o fara a'i roi yn ei law arall. Erbyn hyn roedd Rhys wedi eistedd wrth ochr Siencyn ar ben y fainc a daeth rhywun â stôl i Tudur. Enciliodd i'r gornel a phenderfynu yno, yn y fan a'r lle ar y stôl, ei fod am gadw ei le yn y Nannau. Roedd y cig eidion yn toddi rhwng ei ddannedd, a gwyddai y gallai falu deg mainc eglwysig, un ar ôl y llall, i sicrhau y byddai'n cael aros yno.

Gadawodd Rhys y bachgen gyda'r morynion yn y gegin ac aeth trwodd i'r neuadd fawr. Roedd y crythorion a'r telynorion ar ddechrau ar eu halawon, a'r beirdd yn barod gyda'u cywyddau. Byddai'n rhaid canmol, wrth gwrs: canmol haelioni Huw ac Annes Nannau, canmol eu tras, eu doethineb a'u nodded. Roedd teulu'r Nannau yno ar y llwyfan bach wrth y tân: Huw y penteulu ac Annes ei wraig, Gruffydd Nannau'r mab a'i wraig yntau Elen, ac wrth ochr Annes eisteddai Robert a Marged Llwyd, Rhiwgoch. Wrth draed Marged eisteddai ei mab yn ceisio cymell un o'r cŵn i ddal darn o groen cwningen. Gwyliodd Rhys hi'n rhoi ei llaw ar fraich y plentyn i geisio'i dawelu, cyn codi ei phen i sibrwd rhywbeth yng nghlust ei gŵr. Plygodd hwnnw yn ei flaen i geryddu'r mab, mae'n debyg, oherwydd rhoddodd y bachgen y gorau i'r chwarae. Roedd Marged yn wraig fonheddig urddasol yn ei gŵn sgarlad, a'r bodis tyn gyda'r ymylon ffwr gwyn yn cau am ei bronnau. Doedd hi ddim yn wraig ifanc bellach, ond roedd ei harddwch yn denu sawl llygad. Trodd Rhys, ond gwyddai ei bod hi wedi'i weld a bod ei llygaid yn ei ddilyn.

Edrychodd Rhys ap Gruffydd o'i gwmpas. Roedd y neuadd yn orlawn gan fod y gweision bellach wedi dod i eistedd ar y meinciau pren o dan y parwydydd, yn awyddus i wrando ar yr ymrysona. Tybed fyddai yna gellwair a ffraeo gwneud rhwng y ddau frawd heno? Siôn Phylip yr hynaf a'i frawd Rhisiart; Siôn yn herio'i frawd iau ei fod am gymryd ei le fel bardd preswyl y Nannau, a Rhisiart yn rhoi hergwd geiriol yn ôl iddo. Ond yma yng nghlyw'r merched bonedd a'r plant mân roedd safon i'w chadw. Gwyddai Rhys na fyddai geiriau rhy agos i'r asgwrn yn cael eu hyngan rhag tarfu ar glustiau bach cain y merched yn eu dillad melfed a'u masgiau lliwgar. Doedd ganddo fawr o amynedd aros i wrando ar eiriau teg y beirdd. Byddai gwell hwyl ar yr ymrysona i lawr yn Nhŷ Jonat yn y dref am y câi'r gwirionedd ei ddweud yn y fan honno. Ond roedd ganddo barch at Siôn Phylip – gwyddai hwnnw'n iawn beth yr oedd yn ei wneud. Sylwodd Rhys ar yr hen fardd ac ar ei osgo wrth gyfarch Annes, ei ben yn gwyro rhyw fymryn, y cynhesrwydd yn ei wên. Doedd cariad byth yn pylu felly, meddyliodd.

Cododd Rhys. Rhaid oedd dianc o'r ystafell fyglyd. Brysiodd am y cyntedd ac allan i'r oerfel. Roedd hi'n noson loergan braf ac amlinell lwyd Moel Offrwm yn codi'n dalp tu ôl iddo. O'i flaen safai Moel Cynwch yn glawdd cadarn arall rhyngddo ef ac afon Mawddach. Dim ond dilyn honno fyddai raid, ei dilyn i'r aber yn y Bermo, wedyn cymryd ymyl yr arfordir i fyny heibio'r llannau i gyd – Llanaber, Llanddwywe, Llandanwg a Llanfihangel – cyn cyrraedd ei gynefin ei hun. Dim ond hediad brân oddi wrtho wedi'r cyfan. Edrychodd i fyny i'r awyr rewllyd a gweld yr heliwr yno yn llinellau'r sêr yn ei wylio, yr heliwr a'i gŵn ffyddlon. Roedd rhyw gysur, mae'n debyg, yn y ffaith mai'r un sêr fyddai uwchben Ty'n y Rhos heno hefyd.

Dan ei draed ffurfiai'r rhew yn orchudd ysgafn dros y gwelltglas a'r dail. Roedd y byd i gyd yn dalp o rew llwyd yng ngolau'r lleuad. O'i ôl gallai Rhys glywed nodau'r cerddorion, y telynorion a'r crythorion yn treiddio trwy wydr y ffenestr, ac o gyfeiriad un o'r tai allan clywai sŵn chwerthin cras a llais merch yn dandwn a dweud y drefn. Yna synhwyrodd fod rhywun arall yno; clywodd y rhew yn cael ei wasgu fel brigau bach yn torri. Gwyddai cyn troi pwy fyddai yno. Roedd yn rhaid meddwl yn chwim. Gwyddai ei fod yn chwarae llaw beryglus, fel chwarae dis efo twyllwr.

'Fan hyn wyt ti?'

Daeth y camau'n nes.

'Wyt ti ddim am ddod i wrando ar y beirdd?' sibrydodd.

Trodd Rhys i'w hwynebu. Roedd ei llygaid yn ddisglair a gwrid gwres y neuadd yn gynnes ar ei hwyneb. Marged, merch Huw Nannau, gwraig Robert Llwyd, Rhiwgoch, yr ynad heddwch a gŵr y senedd, gwraig y plasau. Beth oedd hon yn ei wneud allan yn fan hyn efo fo? Gallai deimlo'r dis dychmygol yn dawnsio yn ei law.

'Ydi'r beirdd wedi dechrau ar eu datgeiniadau?' holodd.

'Na, ond mae'r dawnsio ar ddechrau.' Symudodd Marged yn nes a gallai Rhys deimlo gwres ei chorff trwy frethyn ei ddwbled. Sylwodd ar blygiadau'r melfed coch yn cau am ei chorff siapus, a'r ffwr gwyn yn gryndod i gyd o amgylch ei mynwes.

'Ddoi di i ddawnsio?' Cyffyrddodd yn ysgafn â'i lawes, yna chwarddodd yn gellweirus. 'Ddaw Rhys ap Gruffydd i gymryd llaw Marged Nannau yn y ddawns?' Closiodd tuag ato a gallai Rhys arogli'r llysiau pêr ym mhlygiadau ei gwisg.

'Fydd Rhys ap Gruffydd byth yn dawnsio,' atebodd yn dawel.

Edrychodd tua'r neuadd, y golau'n wincio a sŵn y wledd yn codi i'r nos. Safai Marged yno o'i flaen, yn dal a gosgeiddig, a holl fanteision bywyd y plas yn ei phryd a'i gwedd – ei dillad gwych, ei gwallt yn gudynnau tyn a'i chroen yn llyfn. Arhosodd ei llygaid ar ei wyneb a sylwodd yntau ar yr hyder yn ei hosgo. A wyddai hon am ansicrwydd tras? Wyddai hi am hualau trefn cymdeithas? Yno, â golau'r lleuad yn gylch o'i hamgylch, edrychai'n herfeiddiol, yn barod i herio unrhyw beth, fel petai'r cylch o olau llwyd yn cau'n fur o'i hamgylch, yn amddiffynfa. Amddiffynfa dila, meddyliodd Rhys. Fe wyddai yntau am ferched o dras a gollodd bopeth wrth wthio'r ffiniau'n rhy bell. Draw ynghanol Coed y Moch roedd tylluan yn sgrechian. Sylwodd ar yr ias o gryndod a aeth drosti.

'Wyt ti'n oer?' holodd Rhys. Roedd hi'n hardd yno yng ngolau'r lleuad. Gallai weld amlinell ei bronnau'n codi'n ysgafn, a chamodd tuag ati. Roedd y dis yn llithro o'i law; pellhaodd y nodau. Roedd o'n cydio ynddi, a hithau'n chwilio am ei wefus.

'Tyrd,' meddai hi. Aeth y ddau trwy'r drws ac at y grisiau derw praff. Llithrodd y ddau gysgod o dan y tapestrïau nes cyrraedd llawr y siambr. Agorodd Marged ddrws cerfiedig ei hystafell a'i gau'n dawel o'u holau, cyn troi'r allwedd yn y clo.

Roedd y siambr yn dywyll a dim ond golau gwan y tân yn goleuo'r llawr. Llithrodd Marged ei llaw o dan ei grys; roedd ei groen yn oer, oer. Tylinodd ei bysedd i lawr heibio'i feingefn a gallai deimlo cyhyrau cadarn ei gluniau'n tynhau. Tynnodd Rhys ei ddwbled drwchus yn frysiog a'i thaflu, gan geisio cadw ei ddwylo rhag crynu. Gwyddai fod yn rhaid bod yn ofalus a chadw'r ffwr bach gwyn ar flaen ei bodis rhag chwalu'n siwrwd, ond roedd o angen teimlo llawnder ei bronnau rhwng ei fysedd yr eiliad honno. Mynnodd i'w ddwylo arafu a phwyllo. Cusanodd groen ei bronnau yn araf a datod y bodis yn ofalus. Tynnodd hi tua'r gwely. Suddodd y ddau i'r gwrthbannau plu a chaeodd Rhys y llen o'u hamgylch. Roedden nhw'n ddiogel, am y tro. Trodd ati a'i thynnu ato, cyn chwilio am galedwch ei bronnau â'i wefus, gan sugno'r croen yn ysgafn, ysgafn. Griddfanodd hithau a'i dwylo'n dal i symud yn farus dros ei gorff, dros ei gluniau. Cododd ei wyneb i'w gusanu, yna crwydrodd ei gwefus dros ei wddf a gwthiodd ei thafod i chwilio am ei glust. Roedd caledwch ei gorff yn gyrru ias ar ôl ias trwyddi. Brysiodd yntau i ddiosg gweddill ei ddillad cyn llithro ei ddwylo i fyny o dan yr haenau o sgarlad melfed meddal a byseddu'r croen llyfn oddi mewn i'w chluniau. Gallai deimlo'i chynnwrf yn codi'n don ar ôl ton fel y symudai ei fysedd yn ysgafn, ysgafn i chwarae yn y lleithder cynnes rhwng ei choesau. Cododd hithau ei chefn yn fwa a'i dynnu ati fel eu bod yn un, yn un corff unedig yn siglo a phwnio'n orffwyll. Ac o'r neuadd fawr codai sŵn y ddawns i guddio'r griddfan.

'Ydi'r datgeiniaid wedi tawelu?'

Cododd Rhys i bwyso ar ei benelin. Ni allai feddwl pryd y tawelodd y gerddoriaeth; doedd o ddim wedi sylwi ar y tawelwch. Ers pryd roedden nhw wedi bod yno'n gorwedd?

'Ydyn, maen nhw wedi peidio, ond newydd dawelu maen nhw,' sibrydodd hi, a'i gusanu. Ond gwyddai hithau fod yr amser wedi dod i ailwisgo'r bodis coch a threfnu'r ffwr gwyn yn daclus.

'Mae hi'n iawn arna i, yli,' meddai'n ysgafn, 'mi wisga i fy masg i guddio fy wyneb, wêl neb dy ôl di arno wedyn.'

Gwenodd Rhys. Ailglymodd y carrai am ei lodrau a gwisgo'i grys a'i ddwbled frethyn.

'Ddo i ddim yn fy ôl i'r neuadd, mi glywa i'r beirdd eto…'

Edrychodd arni, yno'n eistedd ar ochr ei gwely yn ailwisgo. Llithrodd gefn ei law yn ysgafn dros groen llyfn ei boch, a'i chusanu.

'Cymer ofal, Rhys ap Gruffydd,' sibrydodd Marged.

Trodd yntau, cydio yn yr allwedd, agor y drws yn ofalus a cherdded i lawr y grisiau ac allan i'r awyr rewllyd. Roedd hi'n hen bryd troi am adref.

4

Rywbryd cyn i'r ceiliog ddechrau clochdar i rybuddio pawb fod gwawr oer arall ar fin torri, roedd Rhys wedi deffro. Oddi tano ar lawr y gegin gallai glywed Wrsla'n paratoi brecwast. Wrth ei ymyl roedd corff bach eiddil Tomos yn cysgu. Gwrandawodd Rhys ar ei anadlu cyson, ysgafn a diolchodd i'r nefoedd am hynny. Dim ond ddeuddydd ynghynt roedd wedi eistedd yn gwmni i Wrsla yn gwrando ar anadlu llafurus y plentyn. Gwyddai am y gofal a roddai ei fam iddo; yng nghefn trymedd gaeaf fel hyn doedd y deiliach oedd eu hangen arni ddim ar gael. Byddai te cwmffri wedi lleddfu peth ar y peswch a'r anadlu llafurus, ond dim ond deiliach sych oedd ganddi ac roedd y rhan fwyaf o'r rheiny wedi'u defnyddio mewn ymdrech i geisio lleddfu peth ar y briw ar ystlys Ieuan. Gwyddai i Wrsla dreulio oriau'n gweddïo ar ryw Dduw, Fair neu rywun – unrhyw un – i erfyn am fywyd ei phlentyn. Ef oedd yr unig berthynas oedd ganddi ar ôl.

Gwyddai hithau na allai ddibynnu ar Rhys am byth. Byddai'n siŵr o fynnu cartref iddo'i hun ryw ddydd, cartref a gwraig a phlant. Ond am rŵan roedd y ddau'n deall ei gilydd.

Cododd Rhys yn dawel rhag deffro'r plentyn, ac arhosodd yn ei gwman nes iddo gyrraedd yr ysgol a throedio'n ofalus o'r daflod i'r llawr.

'Glywes i mohonot ti'n dod adref,' meddai hi.

Ers colli ei gŵr, Edward ap Dafydd, yn y ffrwgwd ar y Marian, roedd Wrsla mewn pryder parhaus am ddiogelwch pob un ohonyn nhw. Bu i hen helynt y Llwyn a'r Nannau ddwyn ei châr oddi arni. Fe wyddai pawb mai teulu'r Llwyn oedd yn gyfrifol am lofruddiaeth ei gŵr, ond methwyd â'u dwyn i gyfrif. Fe fethodd Huw Nannau, y dyn mawr ei hun, hyd yn oed.

'Na, fasat ti ddim wedi clywed dim byd uwch sŵn dy chwyrnu di,' meddai Rhys yn ysgafn. 'Roeddat ti wrthi dros y tŷ, a dy geg yn llydan agored!'

'Taw'r pifflyn.'

Torrodd Wrsla dafell o'r bara rhyg, yna tywalltodd gwrw i'r gwpan a'u gosod ar y fainc wrth y tân.

'Tyrd i eistedd i mi gael hanes y wledd gen ti.'

Eisteddodd Rhys, a gwyliodd Wrsla'r gŵr ifanc yn estyn am y bara ac yn ei dorri'n ofalus. Gwyliodd y dwylo cryfion, garw yn ei drin. Gwyliodd ei symudiadau pwyllog. Gallai synhwyro bod ei feddyliau ymhell yn rhywle – doedd y llygaid tywyll ddim yn gweld beth oedd o'i flaen ar yr aelwyd. Symudodd draw tuag ato a chyffwrdd ei ysgwydd yn ysgafn. Trodd yntau i'w hwynebu, gwenu arni a rhoi ei law am ei llaw hithau.

'Be sy, Wrsla?' Cododd i'w hwynebu.

Edrychodd arni, y wraig weddw ifanc a fu mor dda wrtho. Gwenodd a chydio ynddi.

'Be sy'n dy boeni di?'

'Mi fu gwraig Ieuan yma'n chwilio amdanat ti ddiwedd y dydd ddoe,' meddai Wrsla.

'O?' Roedd Rhys wedi trio anghofio am Ieuan a'r ddamwain.

'Meddwl y basat ti'n eiriol drosto fo yn y Nannau,' meddai'n dawel.

Roedd yn gas ganddi sôn, ond roedd hi'n deall pryder gwraig Ieuan – fyddai cripil yn dda i ddim iddi hi na'i phlant. Allai cripil ddim dod ag arian na bara i'r tŷ. Tlodion fydden nhw'n fuan iawn. Gwyddai pawb am y tlodion, y rhai fyddai'n gorfod dibynnu ar y wlad i'w cadw, neu gardota. Onid oedd carchar Dolgellau yn llawn o rai felly, ac ambell un ystyfnig yn mynnu aildroseddu dro ar ôl tro, gan gardota ar ôl derbyn rhybudd a herio'r grocbren? Gwelsai Wrsla hen ŵr yn cael ei chwipio a'i losgi â haearn ar ganol y Marian y dydd o'r blaen. Ai dyna fyddai hanes Ieuan a'i deulu?

Gwyddai Wrsla ei bod yn rhoi chwaneg o bwysau ar ysgwyddau Rhys − ysgwyddau oedd eisoes yn sigo dan ryw bwysau na wyddai hi ddim amdano. Gwelodd yr hwyl yn ei adael, a diawliodd ei hun am ofyn. Daeth tawelwch dros y ddau.

'Mi sonia i, ond dwn i ddim be fedra i wneud, cofia.'

Gwyddai Rhys y byddai'n rhaid iddo fynd draw i weld Ieuan. Byddai'n mynd i fyny i'r Nannau toc i weld beth oedd ar ôl wedi'r wledd.

'Faint ydi oed y plant hyna' ganddo fo?' holodd, er y gwyddai na fyddai lle i un bachgen yno rŵan, wedi i Tudur ddod ato i'w helpu efo'r gwartheg.

'Mae ganddo fo ferch, dwn i ddim faint ydi hi, mae hi'n llances beth bynnag,' meddai Wrsla. 'Ond dwn i ddim sut le sydd yna yn y Nannau i forynion… Ella fod yr hen ddyn wedi callio, ond mae digon o sôn am Gruffydd Nannau hefyd ar hyd y dre.'

Gwyddai Wrsla ddigon am drallod merched ifanc a alwai heibio wedi iddi dywyllu, yn chwilio am ryw ddiod ddail neu'n erfyn arni am swyn neu raib. Er ei gallu, a'r synnwyr ychwanegol hwnnw oedd ganddi, er gwaetha'r rhodd ryfedd honno a etifeddodd gan ei mam, ymarferydd anfodlon oedd hi. Gwyddai am y peryglon, doedd hi ddim yn ddwl. Ac nid tlodion yn unig oedd yng ngharchar y dref. Byddai chwip yn fendith o'i chymharu â'r gosb a gedwid ar gyfer ymarferwyr yr hen hud. Aeth rhyw gryndod trwyddi.

'Na, paid â sôn wrthyn nhw am y ferch. Mi gymra i hi ata i, mi gadwan ni hi rywsut, rhyngom…'

Cododd Wrsla weddillion y dorth, rhoi cadach amdani a'i rhoi i Rhys.

'Dos i weld be ddeudith hi…'

Gwisgodd Rhys ei gap gwlân, ei esgidiau uchel a'i ddwbled, ac aeth allan.

Edrychodd i lawr ar y dref fechan, gysglyd. Doedd fawr neb o'r trigolion wedi mentro allan i awel galed y bore eto. Bron nad oedd hi'n anodd gweld lle roedd amlinell y Gader yn gorffen a memrwn llwyd yr awyr yn agor yn ddalen eang, frau. Teimlodd Rhys yr oerfel yn treiddio trwy ei ddillad. Roedd yna newid ar ddod, gallai deimlo hynny ym mêr ei esgyrn. Gobeithiai mai'r tywydd oedd ar droi a dim arall. Ysgydwodd ei ben fel 'tai'n ceisio cael gwared â rhyw feddwl annifyr ac aeth yn ei flaen am y dref.

Roedd y strydoedd yn dawel, ond gwyddai y byddai popeth yn dechrau symud gyda hyn. Camodd yn gyflym heibio i ddrysau'r bythynnod bach, heibio i ddrws agored Tŷ Jonat a'r arogl bara cynnes. Sylwodd fod yr hofelau ar gyrion y dref yn swatio fel torf o dlodion, un yn pwyso ar y llall, fel petaent yn cael rhyw gysur o gyffwrdd yn ei gilydd. Roedd y toeau tywyrch a grug yn gollwng mwg yn araf – roedden nhw'n anadlu'n llafurus, fel petaent yn ceisio dal eu gafael nes y byddai'r gwanwyn ar gerdded.

Sgrialodd hen iâr ddu heibio iddo gan glwcian yn wyllt a hanner hedfan i ben to un o'r tai gan sgrechian yn bigog. Sguthan wirion, meddyliodd Rhys. Yna arhosodd i blygu trwy ddrws agored yr hofel bellaf. Gwaeddodd ei gyfarchiad wrth ddisgyn i lawr o'r ffordd i lawr pridd yr ystafell. Cymerodd sbel i'w lygaid gynefino â'r hanner gwyll. Roedd y tân yn mygu, a llond yr ystafell o fwg llwyd, drewllyd. Clywodd symudiad o'r gornel. Craffodd i'r tywyllwch ac yna'n raddol gallai weld amlinell y corff yno'n gorwedd. Rhuthrodd rhywun o'r tu ôl iddo.

'Be ti isio?' meddai'r llais bach gwichlyd. Craffodd Rhys wedyn a gwenu wrth weld bachgen bach yn hanner cuddio y tu ôl i'r drws.

'Isio gair efo dy fam ydw i,' meddai Rhys.

'O, am be 'lly?' meddai'r bychan heb bwt o swildod.

'Wel, rhyw feddwl sut mae pethau arnoch chi...'

Wyddai Rhys ddim yn iawn sut i ateb y bychan. Roedd o wedi dod yma'n disgwyl wylofain a rhincian dannedd, ond doedd yna ddim sôn am rincian dannedd ar hwn.

'Rydan ni'n burion iawn, diolch i ti, Rhys ap Gruffydd,' oedd yr ateb. Doedd dim pwrpas ceisio ymresymu â hwn, meddyliodd Rhys; byddai'n rhaid galw eto. Wrth iddo droi i gau'r drws a dychwelyd i'r stryd gwelodd ddau ffigwr tywyll yn dod i lawr o gyfeiriad llwybr y bont. Roedd y dalaf yn cario bwndel a dilynai'r ffigwr arall ychydig gamau y tu ôl iddi. Arhosodd y ddwy wrth weld Rhys yn gadael, a gwaeddodd yr hynaf ohonyn nhw arno. Craffodd Rhys a deall mai gwraig Ieuan oedd hi ac mai'r ferch felly, mae'n rhaid, oedd yn ei dilyn.

'Rhys ap Gruffydd, ac fe ddoist tithau i'r golwg o'r diwedd,' gwaeddodd y wraig arno.

Ailagorodd drws yr hofel a daeth pen y bachgen bach i'r golwg. Gwelodd ei fam a'i chwaer yn nesu ac fe ddeallodd yr olwg oedd ar wyneb ei fam oherwydd caeodd y drws yn glep y tu ôl iddo a chychwyn heibio Rhys i gyfeiriad y stryd.

'Aros, y cythral bach!' gwaeddodd ei fam arno. 'Be mae'r hogyn wedi bod yn ei ddweud wrthat ti?' arthiodd wedyn ar Rhys. Brysiodd tuag at y bachgen i geisio cael gafael ynddo, ond roedd hwnnw'n rhy chwim ac yn rhy gyfarwydd â thymer ei fam, a sgrialodd o'i gafael.

'Paid ti â gneud dryga'r cythral bach neu mi fydd hi'n

helynt arnat ti!' gwaeddodd ei fam ar ei ôl. 'Dwn i ddim be ddaw ohonon ni, myn Mair. Ieuan yn fan acw'n da i ddim byd, a'r cythral bach yna'n llond llaw...' Yna agorodd y bwndel. 'Edrych be oedd gan gegin y Llwyn i'w gynnig i mi'r bore 'ma, 'chydig o esgyrn a diawl o ddim arall.'

Gwthiodd y wraig y bwndel o dan drwyn Rhys, a chamodd yntau yn ei ôl. Oedd cynnig gweddillion torth ryg Wrsla iddi yn syniad da? Penderfynodd nad oedd o am fynd â hi yn ei hôl, felly mentrodd.

'Mae Wrsla'n gyrru hon i chdi...'

Tynnodd y dorth o'r cadach a'i hestyn iddi. Cythrodd y ferch am y dorth, ond cipiodd y fam hi o'i gafael.

'Hy, dim ond hynna fedri di gynnig i mi?' Roedd golwg orffwyll arni, yno yn ei charpiau yn yr eira a'r hanner torth yn ei llaw. 'Eith hon â ni'n gythral o bell yn gneith, mi gadwith hi ni tan y daw'r borfa yn ôl ella,' chwarddodd. 'Be ydi hi – torth wedi'i witsho gan Wrsla?'

'Mam...' Symudodd y ferch at ei mam a chyffwrdd yn ei llawes yn betrus, fel petai'n erfyn arni i bwyllo.

'Mi fedrwn neud potas a'i mwydo hi, mi gymrith 'Nhad beth o hwnnw...' ceisiodd y ferch.

'Ti a dy dad ddiawl.' Estynnodd hergwd at y ferch, cyn troi at Rhys. 'Fuodd o fawr o werth i mi 'rioed, yli, y diogyn iddo fo, ond tydi o'n werth dim i mi rŵan yn gripil, 'yn nac ydi? Diolch i ti a dy gampau a'r cythral Nannau yna.'

Gwyrodd ei phen am eiliad a rhoi'r bwndel i lawr wrth y drws.

'Meddwl falla y bydda'r ferch yn dod aton ni,' mentrodd Rhys, ac amneidio ati. Cuddiodd honno ei hwyneb yn ei siôl.

'O? A be fydda gan Wrsla i Gwen 'ma i'w wneud felly, dysgu sut i reibio a witsho pobol ddiniwed?'

Ysgyrnygodd cyn troi i bwyso'i thalcen yn erbyn pren y drws. Gwyddai na fyddai Ieuan wedi symud cam ers iddi ei adael cyn i'r wawr dorri; gwyddai fod y croen o dan y gwrthban yn duo a bod arogl pydredd yn treiddio trwy'r ystafell. Roedd yr haint wedi cydio – fyddai o ddim yn hir rŵan.

'Wrsla o ddiawl… Methu wnaeth hithau hefyd… Rhyw ddail diwerth, does gan dy Wrsla di fawr o glem ar wella neb ddeudwn i,' sibrydodd.

Edrychodd Rhys arni, yno yn ei chwman. Roedd hi'n iau na Marged Llwyd mae'n debyg; oedd hi'n ddeg ar hugain tybed? Ac eto, roedd hi'n hen. Disgynnai ei gwallt brith yn gudynnau blêr oddi tan ei chap, a'i hwyneb yn greithiau o rychau a chysgodion tywyll. Doedd hi'n ddim ond lliw marmor a llwydni, dim gwawr o gynhesrwydd ar ei hwyneb, dim argoel bod gwythiennau byw yn cuddio o dan groen gwelw ei gruddiau, a'i gwefus yn un llinell denau, las.

Trodd Rhys oddi wrthi ac amneidio ar i'r ferch ei ddilyn.

'Gwylia ditha dy gam, Rhys ap Gruffydd, ddaeth dim lles i neb sy'n gorwadd efo gwrach fel Wrsla. Mi ffendith y cythral ei hun ei ffordd i dy esgyrn di.'

Agorodd y drws a chamu i dywyllwch yr hofel.

Trodd Rhys at y ferch.

'Oes gen ti rywbeth i ddod efo ti?' holodd. Gwyddai wrth ofyn mai dim ond y dillad oedd amdani oedd ganddi.

'Mae Wrsla'n dy ddisgwyl di,' meddai, a llithrodd Gwen heibio i ddrws ei chartref, ei chamau'n cyflymu wrth i sŵn paderau gorffwyll ei mam godi'n uwch ac yn uwch nes troi'n igian crio.

Gwyliodd Rhys y ferch yn hercian rhedeg, ei siôl denau'n dynn am ei hysgwyddau. Rhedai Gwen i wynebu'r meinwynt a chwipiai drwy Wtra'r Felin. 'Gwynt oer i rewi, oerach i feirioli.' Gwynt y meiriol. Roedd y tywydd ar droi, yr eira wedi dechrau dadmer yn barod a'r diferion yn disgyn oddi ar doeau'r tai gan gymysgu efo'r carthion a'r 'nialwch i greu ffosydd budron hyd y llwybrau. Y ffosydd yn llifo i'r afon wedyn a honno'n gybolfa o weddillion crwyn y tanws. Dilynodd Rhys y ferch, ac o'i flaen safai carchar Dolgellau. Trodd stumog Rhys wrth weld un o'r merched yn codi bwcedi o ddŵr o'r cafn ger yr afon ac yn diflannu trwy ddrws yr adeilad carreg.

Gwelodd Gwen yn pellhau'n rhith rhwng waliau'r bythynnod, ond cyn iddi fynd o'r golwg yn llwyr fe welodd gysgod bach sionc yn ymuno efo hi ac yn llithro ei law i'w llaw hithau. Gwenodd. Mi fyddai'r bychan yn iawn beth bynnag – rhyfedd sut mae ambell un yn gwybod sut i ofalu amdano'i hun, meddyliodd. Fel y bu'n rhaid iddo yntau wneud.

Roedd Rhys wedi gorffen porthi'r gwartheg ac wedi medru eu cael i mewn i'r beudai heb help Tudur. Doedd wybod lle roedd hwnnw – welodd o 'run golwg ohono ers ei adael yn y gegin yn y Nannau y noson cynt. Gwyddai fod yn rhaid cau ar y gwartheg gan fod y tywydd ar droi, y gwynt yn codi a chymylau duon yn berwi o gyfeiriad y glannau. Caeodd y styllod pren dros y tyllau a gosod y preniau rhwng y dolenni i'w cadw'n dynn. Byddai yn ei ôl yn fuan, ond roedd o wedi clywed y sŵn yn dod o'r efail a gwyddai y byddai yno gwmni da.

Roedd hi'n gynnes yno, a'r tân yn rhuo. Eisteddai Siencyn yng nghanol y criw yn brolio ac yn adrodd storïau.

'Arglwy', oedd hi'n drwm hogia… A dyma fo'r diawl gwirion heliodd ni yno,' meddai wrth weld Rhys yn dod i'w canol. Hanes sedd y Llwyn oedd ganddo, a gweision y Nannau yno'n glustiau i gyd, yn chwerthin, canmol a herio.

'Ond fasan nhw mewn diawl o helynt oni bai amdana i,' meddai rhywun o'r fainc bellaf. 'Fi fedrodd ei chael hi'n rhydd, doedd 'na ddim siâp o gwbwl arnat ti, Siencyn.'

Tudur oedd yno, ac wedi ymgartrefu felly, sylwodd Rhys, a bellach yn un o'r dynion. Cododd Siencyn, sythu i'w lawn faint a rhuo fel anifail gwyllt. Chwarddodd y cwmni – roedden nhw am hwyl heno – wrth i Siencyn gythru am y bachgen ar draws y bwrdd a gwasgaru'r cwpanau a'r cwrw i bobman. Symudodd Tudur o'i ffordd, ond cafodd yr hynaf afael yn ei goler a'i dynnu tuag ato. Gwingodd Tudur; roedd o wedi'i ddal. Tynnodd Siencyn y bachgen ar draws y bwrdd gerfydd ei goler, a chan afael yn nhin ei glos cododd y bachgen a'i luchio fel sach i ganol y gweision eraill. Rhuodd unwaith eto cyn eistedd i lawr i fonllefau o weiddi a chwerthin.

Gwenodd Rhys – ia, hwn oedd brenin gweision y Nannau, ac felly y byddai am ambell i flwyddyn eto. Cododd Tudur, brwsio ei ddillad a thywallt cwrw iddo'i hun, ond nid cyn estyn cwpan i Siencyn yn gyntaf. Roedd y ddau'n deall ei gilydd.

Daeth teimlad bodlon dros Rhys. Roedd ganddo ddau dda yn y fan hyn. Estynnodd y gof gwpan iddo a gwnaeth rhywun le iddo eistedd. Yng nghanol y rhialtwch doedd Rhys ddim wedi sylwi ar y tri dyn a eisteddai ar y cyrion, wrth y bwrdd bach. Tri dieithryn, ac eto roedd rhywbeth yn gyfarwydd am un ohonyn nhw, hwnnw efo'r ddwbled o frethyn cochlyd. Morwyr, mae'n debyg. Nodiodd arnyn nhw ac amneidiodd y dynion yn ôl. Yna trodd y tri yn ôl at eu chwarae dis. Sylwodd Rhys fod swp o ddarnau arian ar y bwrdd. Craffodd ar y disiau. Gwenodd. Gwyddai na fyddai'n hir cyn i un o gwmni'r Nannau gael ei demtio; yr unig gysur oedd gwybod nad oedd fawr ddim gan yr un ohonyn nhw i'w roi ar y bwrdd. Doedd gefail y Nannau ddim yn lle i wneud arian mawr, nac i'w golli. Ond roedd hi'n bosib y gallai mwy nag arian newid dwylo.

'Dewch yn nes,' galwodd un o'r gweision, 'dewch i ni gael chwarae.'

Symudodd y tri'n nes at y cwmni, a buan yr aeth y chwarae yn gnoi ewinedd, yn dawelwch ac yn ochneidio, cyn troi'n floeddio a churo cefn drachefn. Roedd dwbled Tudur ar y bwrdd, yr unig beth o werth oedd ganddo. Gwyliai Rhys y dynion dieithr; roedden nhw'n chwarae'r ddrama'n dda, ystyriodd. Un yn chwarae'r ffŵl, yn chwarae'r meddwyn gan fentro mwy na'r un o'r lleill, yn colli'r darnau arian o un i un. Gadael i Tudur ennill, ac yna disgwyl nes iddo roi popeth oedd ganddo ar y bwrdd, gan gynnwys y darnau arian, ei gyllell a'i ddwbled. Sut medrai o golli wrth chwarae yn erbyn meddwyn mor anobeithiol? Ond yna'r newid dis celfydd, y symudiad sydyn gan yr hanner llaw, y grafanc, un dis i fyny i'r llawes a dis arall i lawr ar y bwrdd, hyn yn yr un symudiad â chodi cwpan at wefus. Symudodd Siencyn yn araf draw y tu ôl i Tudur. Gyferbyn ag o safai Rhys; roedd pawb yn aros. Taflodd Tudur y disiau – dau a phump, fe allai ennill.

'Wyt ti am fynd yn dy flaen?' gofynnodd un o'r dieithriaid. Edrychodd Tudur ar ei ddwbled, ei gyllell a'r arian, ac amneidio. Taflodd wedyn, ac ochneidiodd y cwmni; doedd y tafliad ddim yn ddigon. Gafaelodd y meddwyn yn y disiau a'u taflu'n drwsgl. Dau a thri. Roedd o angen un ar ddeg.

'Be amdanat ti?' Doedd hi ddim yn debygol y gallai ennill, ond wedyn, os gallai daflu chwech, yna roedd popeth ganddo. Chwifiodd y meddwyn ei law yn ddi-hid, fel 'tai hi ddim o bwys yn y byd ganddo petai o'n ennill neu'n colli, a chwarddodd. Cododd dyn y grafanc ei gwpan at ei wefus eto. Estynnodd y disiau i'w gyfaill meddw. Taflodd hwnnw, pump i ddechrau. Gwyliodd pawb yr ail ddis yn dawnsio, yn rholio'n ansicr, cyn glanio o'r diwedd… ar un. Roedd y tric wedi gweithio. Sgrialodd Tudur ar ei draed.

'Ha!' bloeddiodd y meddwyn a chythru i gasglu'r celc oddi ar y bwrdd, ond cyn i'w law gyrraedd at gyllell Tudur roedd llafn arall wedi taro a thorri trwy'r croen rhwng y bawd a'r bys. Roedd ei law yn sownd ym mhren y bwrdd. Rhoddodd sgrech, a throdd i weld llygaid Rhys yn syllu arno.

'Beth ydi'r brys, gyfaill?' meddai Rhys yn dawel. Cymerodd Siencyn gam rhyngddyn nhw a'r drws.

'Dangos y disiau,' meddai Rhys wedyn.

Gwthiodd y Grafanc y disiau yn nes at Rhys. Edrychodd Rhys arno, ac edrychodd y llygaid gleision, oer yn ôl.

Diflannodd yr hwyl o wyneb Rhys. Gwyddai pwy oedd y dieithryn nawr, a gwyddai nad dod am sgowt i chwarae dis wrth esgus aros i'r cwch gael ei drwsio oedd ei fwriad chwaith. Diflannodd y blynyddoedd fel tywod sydyn o dan ei draed.

Cododd y gof y disiau ac edrych arnyn nhw – fedrai o weld dim o'i le. Fe wyddai am gampau morwyr fel y rhain. Roedd yna grefftwyr gwlad yn gwneud arian da drwy roi plwm neu arian byw ar ochr dis a hynny mor gywrain fel bod angen chwyddwydr i weld yr ymyl. Digon hawdd wedyn oedd curo efo pa rif bynnag oedd ei angen, a'i dis wedi'i bwyso felly. Craffodd ar y pytiau bach pren a'u pwyso yn ei ddwylo.

'Does yna ddim byd i'w weld yn bod arnyn nhw, Rhys,' meddai'r gof, ond roedd meddwl Rhys eisoes ar garlam.

'Dim ond chwarae diniwed,' meddai un o'r dieithriaid.

'Dim ond chwarae,' adleisiodd y Grafanc, a'i lais melfedaidd yn taflu olew ar y cyffro.

Rhoddodd y dieithryn arwydd ar ei gyfaill i godi. Symudodd Siencyn yn nes; roedd ei ddyrnau'n barod a doedd y fwyell ddim ymhell. Edrychodd y ddau ddieithryn i gyfeiriad y drws. Brysiodd Tudur i wisgo'i ddwbled ac estyn am ei gyllell. Gadawodd yr arian ar y bwrdd. Doedd o ddim wedi colli dim hyd yma.

'Pan weli di'n dda i ryddhau'r ffŵl fe awn ni ar ein taith,' meddai'r morwr arall.

Estynnodd Rhys am garn y gyllell a'i thynnu yn ei hôl trwy groen y llaw. Gwingodd hwnnw a lapio'i gadach poced i geisio atal y gwaed rhag llifo.

Sychodd Rhys lafn ei gyllell, a'i chadw. Cododd y dieithryn yr arian, cyfrodd beth oedd yn eiddo iddo a gadael yr ychydig oedd yn weddill ar y bwrdd. Roedd pob llygad yn ei wylio. Yna cododd ei ben a chwarddodd. Ymlaciodd y cwmni a galwyd am chwaneg o gwrw. Eisteddodd pawb yn ôl, pawb ond Siencyn. Roedd rhywbeth yn ei anesmwytho. Gwyliodd y dieithriaid yn gadael, a Rhys i'w canlyn.

Roedd y cwmni wedi ailafael yn eu sgwrsio, yn taeru am ddis wedi'i bwyso a thriciau'r morwyr.

'Ro'n i'n gwybod fod yna rhywbeth am y dyn yna – y Grafanc, fo a'i siarad od a'i hanner llaw,' meddai un, 'ac i be ddiawl oedden nhw'n dda yn dod am Lanfachreth 'ma?'

'Mae ganddo fo fwnci 'sti,' meddai un arall.

'Paid â malu cachu'r diawl gwirion, gweld dy gysgod wnest ti?'

Ailgychwynnodd yr hwyl.

'Oes myn Duw, roedd o ganddo fo yn Nhŷ Jonat neithiwr i ti, yn gafael amdano fo fel babi blewog ac yn yfad cwrw o gwpan... yn gafael ynddi.'

'Arglwydd mawr.'

'Dduw mawr, nid mwnci oedd ganddo fo siŵr,' meddai'r gof. Roedd hwnnw'n gwybod hynt a helynt pobl cyn iddyn nhw wybod eu hunain, ac mi fyddai o'n gwybod 'tai ganddo fo fwnci. 'Dim ond dod â'r llong i'w thrwsio maen nhw i lawr tua Maes y Garnedd yna.'

A dyna fu wedyn, trafod bywyd ar y môr, a llongau'r Sbaenwyr yn bygwth. Oedd Tudur yn meddwl y gallai fynd yn forwr? Sut y collodd y Grafanc ei fysedd? Roedd Tudur i'w weld yn mwynhau'r sylw. Wedi'r cwbl, doedd o ddim wedi colli'r un ddimai. Gadawodd Siencyn nhw wrthi'n parablu a sleifiodd allan. Gwyliodd Rhys a'r tri'n symud i ymochel wrth dalcen y sgubor. Eisteddodd Siencyn ar ymyl y gasgen, yn ddigon agos i wylio, ond heb glywed dim. Gwyliodd y ddau forwr yn pellhau i adael dim ond Rhys a'r Grafanc yno.

'Poole,' meddai'r Grafanc, gan chwilio am yr ymateb ar wyneb y dyn ifanc a safai o'i flaen. Sylwodd na fradychai wyneb hwn ddim.

'Mae o isio dy weld ti,' meddai'r dieithryn wedyn.

'Na, dwi wedi gadael hynna bellach.'

Roedd osgo Rhys yn amddiffynnol. Sythodd Siencyn yn ei guddfan, yn barod i symud petai Rhys ei angen.

'Does gen i ddim dyled i'w thalu i Poole bellach,' ysgyrnygodd Rhys.

'Nag oes? Ti ddim wedi clywed, ella, fod hen wraig Ty'n y Rhos wedi marw?'

Arhosodd Rhys.

'Does gan y ferch neb rŵan i... sut wyt ti'n dweud... i wylio drosti, ie?'

Gwyliodd y Grafanc y gŵr ifanc, ond fedrai o weld dim yn ei wyneb.

'Mae Poole yn licio mynd i lawr i Dy'n y Rhos, ti'n gwybod, ac mae o yno'n aml ers i'r hen wraig farw...'

'Beth mae Poole eisiau?'

'Dy weld di, Rhys.'

5

ROEDD Y FAINC yn wag. Edrychodd Mallt heibio'r simdde draw at y gornel lle'r arferai'r hen wraig eistedd yn yr hanner gwyll. Symudodd Mallt yn gyflym rhwng y fainc a'r bwrdd yn clirio'r cwpanau a'r platiau piwter. Cymerodd y cadach i sgubo'r briwsion i gledr ei llaw a thaflu'r gweddillion allan heibio i riniog y drws. Cododd yr ast yn ddiog i fwyta'r briwsion oddi ar y garreg las. Roedd hi'n ddiwrnod braf a gallai Mallt deimlo ysgafnder rhyfedd yn ei cherdded. Fore heddiw roedd hi wedi gweld newid yn y golau – roedd y dydd wedi ymestyn mwy na cham ceiliog. Dim ond ychydig wythnosau a byddai'n wanwyn. Cymerodd un cip eto i'r gornel, fel petai hi'n chwilio am yr hen wraig. Ddoe fe roddwyd ei chorff yng ngwaelod y cwch a manteisiodd y Cychwr ar y llanw i rwyfo draw heibio Hirynys, i fyny afon Glaslyn ac i eglwys Llanfrothen. Roedd Mallt wedi dweud digon mai croesi'r Traeth Bach i Lanfihangel y Traethau fyddai ei dymuniad hi, ond un o ochrau Brothen Sant oedd yr hen wraig. Yn fuan iawn byddai'r briallu'n blodeuo yn y fynwent fach.

Fe fyddai'n chwith i Mallt; roedd yr hen wraig wedi bod yn gefn iddi trwy bopeth. Fe wyddai'r hen wraig am natur ei mab, y Cychwr, ac fe wyddai hefyd na fyddai byth wedi dod o hyd i wraig pe na bai hi, ei fam, wedi cymryd tosturi ar y ferch yma a dod â hi o'r traeth i mewn i gynhesrwydd Ty'n y Rhos. Roedd gan yr hen wraig ddylanwad rhyfedd ar bobl; er mor fregus oedd hi, fyddai neb yn ei chroesi.

Cofiodd Mallt am y noson y daeth i Dy'n y Rhos a'i rhoi yn wraig i'r Cychwr. Aeth ias trwyddi; er yr haul, roedd y gwynt yn dal yn finiog oer. Aeth allan i ben y drws a daeth yr ast at ei hymyl. Mwythodd Mallt ei chlustiau sidanaidd cyn plygu i lawr a rhoi ei llaw ar ei phen.

'Dos i chwilio amdano i mi,' meddai.

Cododd ei phen wedyn i chwilio ymyl y llwybr am arwydd o'r bychan. Gobeithiai nad oedd wedi dilyn y Cychwr tua'r traeth. Roedd hwnnw wedi mynd i hebrwng criw o'r milisia dros y tywod. Roedden nhw wedi cychwyn ar eu taith o dref Harlech ac am gyrraedd Pwllheli, medden nhw, cyn i'r nos gau ar eu gwarthaf. Doedd dim amdani felly ond croesi tywod twyllodrus y ddau draeth efo'u ceffylau. Pensynnodd Mallt. Beth oedd eu bwriad ym Mhwllheli? Erlid rhyw drueiniad, mwn, rhywun am ei gred, neu ei ddiffyg cred efallai. Erlid y cyfoethog am ddwyn tiroedd ei gilydd, ac erlid y tlodion am fod heb dir i'w ddwyn. Wedi eu hanfon gan wŷr y Goron ar orchymyn y brenin ei hun, medden nhw'n fawreddog i gyd. Roedd sôn fod y brenin newydd yn fwy goddefgar o'r hen ffydd, a wyddai Mallt ddim beth i'w gredu bellach. Doedd fawr o bwys p'run bynnag, roedd glannau Meirionnydd yn ddigon pell o Lundain. Fe fyddai hi'n dal i weddïo, er na wyddai hi ddim yn iawn ar bwy. Ond fe wyddai un peth – er ei holl weddïo, doedd pwy bynnag oedd yn clywed ddim yn gwrando.

Gan i Mallt fod yn brysur yn clirio ar ôl y teithwyr, welsai hi ddim lle roedd Lewys, ei mab pum mlwydd oed, wedi crwydro. Ond doedd hi ddim yn bryderus chwaith. Roedd ei gynefin wedi magu doethineb ynddo; roedd wedi sugno'r tir a'r môr cyfarwydd i mewn i'w ymwybod, yn union fel sugno maeth. Gwyddai am lannau'r Traeth Mawr, am dro'r llanw, ei gyflymder, ei symudiad, ei fynd a'i ddod. Fe wyddai Lewys am gynneddf gyfnewidiol y môr. Gwyddai am ei natur dda, pan fyddai'n ddiogel i groesi, a'i anian ddrwg, pan fyddai ei lid yn chwipio traed yr Ynys Gron. Gwyddai Mallt nad peryglon naturiol aber afon Glaslyn a'i gwnâi hithau'n anesmwyth. Pobl oedd ei phryder, anwadalwch pobl.

Crychodd ei thrwyn a chraffu draw tua'r ynys, rhag ofn iddi fedru gweld cip arno. Aeth yn ei blaen i lawr heibio'r berllan ac i geg y llwybr. Cerddodd ychydig lathenni ar ei hyd, i lawr i gyfeiriad yr aber. Roedd y traeth yn disgleirio yn yr haul gwan, a gallai weld olion traed y milisia, chwech ohonyn nhw i gyd, a'r meirch, ac ar y blaen olion traed gwahanol, yn fawr a dwfn yn y tywod llaith, olion traed y Cychwr. Felly y meddyliai amdano, nid fel ei gŵr, ei chywely, yr un a roddodd do uwch ei phen a chynhaliaeth iddi; nid fel yr un y galwai ei phlentyn 'Tada' arno. Dim ond fel 'y Cychwr'. Chwiliodd y traeth, ond doedd dim olion traed bychan yn dilyn y lleill.

Galwodd arno, gwaeddodd ei enw, 'Lewys, Lewsyn!' Atseiniodd ei llais draw dros y traeth nes codi ofn ar haid o ddrudwy a'u dychryn i hedfan fel clogyn du uwch ei phen, i fyny yn un haid, a'r clogyn yn cael ei gipio gan awel o'r môr, yna i lawr i gyfeiriad Trwyn y Penrhyn.

'Dos!' Chwifiodd ei braich, a chododd yr ast ei chlustiau. Edrychodd ar ei meistres a siglo ei chynffon.

'Lewys,' meddai hithau yng nghlust yr ast. 'Dos i'w nôl, tyrd â fo adra.'

Trodd yn ei hôl i fyny tua'r tŷ a chamu'n ofalus ar hyd y llwybr, gan fod rhew'r gaeaf wedi rhyddhau peth o'r cerrig. Byddai'n rhaid iddi nôl graean i'w roi ar yr wyneb i'w wastatáu. Clywodd siffrwd y tu ôl iddi; roedd yr ast yno wrth ei chwt.

'Dos!' gwaeddodd yn flin a chwifio ei breichiau eto, ond mynd heibio iddi wnaeth yr ast ac i mewn trwy ddrws agored Ty'n y Rhos. Clywodd Mallt sŵn clebar yr ieir, a hedfanodd dwy allan i'r ardd – roedden nhwythau wedi bod yn y tŷ yn chwilio am friwsion. Yna daeth Lewys i'r golwg trwy'r drws.

'Lle buest ti?' meddai ei fam yn ddiamynedd. Roedd ganddi ddigon o bethau i'w gwneud heb fynd i chwilio am hwn, a fyntau'n cuddio yn y tŷ.

'Edrych!' meddai'r bychan a rhuthro at ei fam. Agorodd ei law i ddangos ffigwr bach crwn – pen bach o asgwrn cerfiedig yn dangos wyneb gwraig dduwiol. Trodd y bychan y glain i ddangos y benglog ar yr ochr arall.

'Lle cest ti hwnna?' holodd hithau a chodi'r glain o'i law ac edrych arno'n ofalus. Roedd hi wedi gweld un fel hyn o'r blaen – *memento mori*, os cofiai hi eiriau'r hen fynach hwnnw oedd yn byw i fyny yn y creigiau uwch Coed Glyn Cywarch. Roedd yn rhan o gadwyn y gleiniau pader, llaswyr yr hen ffydd; wrth gyffwrdd y glain hwn byddai'n rhaid myfyrio ar fywyd, marwolaeth, ac am y byd a ddaw. Cofiai'n dda yr hen fynach yn chwerthin wrth ei gweld yn edrych mor syber arno. Merch fach ddeng mlwydd oed fel hi – i beth fyddai hi angen meddwl am ei henaid ac i ble y byddai hwnnw'n mynd? On'd oedd ganddi oes i feddwl am bethau felly?

Cydiodd Mallt yn ysgwydd y bachgen. 'Ble cest ti hwn, Lewys?' sibrydodd wedyn.

'Gan hen ddyn,' meddai'r bychan, a throdd i gipio'r glain cerfiedig yn ôl. Cuddiodd ef y tu ôl i'w gefn. 'Fi pia fo, ges i o gan y dyn yna fan'na!'

Rhedodd Lewys yn ei ôl i'r tŷ i gyflwyno'r dieithryn.

'Y dyn yna,' meddai wedyn, gan amneidio.

Ond roedd y dyn a fu'n eistedd yn y gornel bellaf lle'r arferai ei nain fod wedi diflannu.

'Roedd o isio ti,' meddai'n ddryslyd.

'Pa ddyn, Lewsyn?' holodd y fam eto, gan gydio yn llaw'r bychan a'i godi ar ei glin.

Gwyddai sut i drin ei mab – pe byddai'n ei herio, dyna ddiwedd ar unrhyw obaith o gael gwybod dim ganddo.

'Oedd o'n ddyn ffeind?' holodd, gan fwytho gwallt y bychan.

'Oedd, roedd o'n gofyn amdanat ti, a gofyn a oedd Tada yma.' Swatiodd Lewys yng nghôl ei fam wrth rwbio'r wyneb cerfiedig â'i fys a chrafu'r baw oddi ar y tyllau lle dylai'r llygaid fod.

'Drycha hyll ydi'r ochr yma,' meddai wedyn wrth droi'r glain i ddangos y benglog. 'Dwi'm yn leicio'r ochr yma 'sti,' meddai'n dawel.

'Na, mae'r ochr arall yn dlysach, 'yn tydi.' Mwythodd y fam ei ben eto; roedd arogl yr heli ar ei wallt.

'Oeddet ti wedi gweld y dyn o'r blaen, Lewsyn?' gofynnodd. 'Ydi o wedi bod yn Nhy'n y Rhos o'r blaen?'

'Na, ddim yn Ty'n y Rhos, ond dwi wedi'i weld o...' Roedd y glain yn mynd â'i fryd. 'Ti isio fo, Mam?'

'Na, cadw di o, 'nisyn i.'

Cododd. Dim ond teithiwr arall oedd o, mwn. Cofiodd yn sydyn am y dorth wenith. Roedd dynion y milisia'n gallu talu am dorth wen, yn wahanol i bawb arall.

'Tyrd, mae gen i dorth wenith yli.'

Roedd hi wedi cadw mymryn o'r crystyn ar ôl ac wedi lapio tafell fechan mewn cadach, cyn i'r dynion ei gorffen. Gwyddai y byddai Lewys wrth ei fodd.

Cipiodd y bachgen y crystyn a rhedeg allan i'r haul gyda glain y llaswyr yn dynn yn ei law.

Roedd hi'n hwyr y prynhawn cyn i Mallt glywed sŵn yr ast yn cyfarth i ddweud bod y Cychwr yn ei ôl. Brysiodd i godi'r cawg oddi ar y bachyn a'i osod ar y bwrdd. Cododd y potas efo'r llwy ddofn a'i dywallt ar ben y dafell o fara rhyg. Daeth yntau i eistedd ac estyn am ei gyllell. Edrychodd Mallt arno gan ryfeddu at y ffordd y byddai'n bwyta. Nid rhuthro bwyta fel dynion eraill, ond bwyta'n drefnus ac yn amyneddgar. Byddai'n aros i'r sug feddalu'r bara, cyn ei dorri'n dameidiau bach taclus, yna gosod y darnau bara'n rhes drefnus gan eu bwyta bob yn un. Cnoi, unwaith, ddwywaith, dair gwaith a llyncu. Gwyliodd Mallt ef, yna cododd yn frysiog – doedd hi ddim wedi rhoi'r gwpan biwter a'r gostrel yn eu lle. Byddai hynny'n ddigon i droi'r drol. Tywalltodd y llaeth enwyn i'r gwpan, ei gosod i'r dde o'r ddysgl botas, a'r gostrel ychydig i'r chwith o'r gwpan – yn union o'i flaen. Yna eisteddodd yn ei hôl ar y fainc. Bwytaodd yntau, gorffen ei fwyd a gadael popeth yn union yr un drefn. Gwyliodd Mallt ef yn symud ei gwpan, dim ond y mymryn bach i'r dde. Gwyddai am y marc ar y bwrdd, wedi blynyddoedd o wylio'r ddefod, a gwyddai fod yn rhaid i'r gwpan fod dros y marc hwnnw.

Wedi sicrhau bod popeth fel y dylai fod, cododd y Cychwr a symud tua'r drws. Gwyliodd Mallt ei gefn llydan yn crymu, yna'n sythu wedi iddo gyrraedd allan i'r cowt o flaen y tŷ. Roedd yn ddyn cydnerth, cryf a diolchai Mallt am hynny. Byddai herian a rhagfarnau'r gymdeithas wedi plygu dyn llai; o leiaf roedd ganddyn nhw barchedig ofn o'r hyn y gallai'r Cychwr ei wneud pe dymunai. Doedd hi erioed wedi dioddef dan ei law, ond gwyddai am ei anian ryfedd; eto i gyd, a hithau wedi byw gydag o ers rhai blynyddoedd bellach, wyddai hi ddim oedd hi'n ei adnabod chwaith. Ei dioddef hi yn ei wely a wnâi. Ni fyddai'n ei chyffwrdd, fyddai yna ddim cydio dwylo, dim cynhesrwydd, dim cysur o fwytho gwallt na sibrwd geiriau mwyn, dim cusan, dim edrychiad chwantus na dal llygaid uwchben dwndwr y dafarn. Dim. Dim ond ei chymryd, cyplysu fel y gwnâi'r cŵn, a dyna fo.

Roedd yr hen wraig wedi sôn wrthi am y sgrechiadau gorffwyll pan oedd yn blentyn, am y siglo a'r symudiadau direol yn cydio yn ei gorff trwsgl. Wedi ei reibio roedd o, gwyddai'r hen wraig hynny'n iawn. Onid oedd hi wedi gwrthod lletya un tro i ŵr bychan, cam, un o blith y tylwyth teg medd rhai? Neu efallai mai ennyn llid tylwyth y gwŷr tywyll wnaeth hi rywsut; gwyddai pawb am ddoniau rheibio y rheiny. Ac fe wyddai hi'n well na neb; yn wir, fe allai hi alw ar eu gwasanaeth pe byddai raid, yn ôl y sôn. Fyddai neb yn croesi hen wraig Ty'n y Rhos – rhag ofn. Byddai eraill yn haeru mai dyna pam yr esgorodd ar ellyll o fab, am iddi roi ei henaid i'r gŵr tywyll ei hun. Beth bynnag oedd yr esboniad, roedd yr hen wraig wedi gwneud yn dda, wedi gofalu am ei mab hanner pan, wedi gallu rhoi bywoliaeth iddo. Ac roedd hi wedi rhoi Mallt yn wraig iddo, a honno yn ei thro wedi geni plentyn croeniach.

Gwyliodd Mallt ef yn dilyn yr un ddefod eto'r prynhawn hwn, fel y gwnâi bob prynhawn arall. Eisteddai ar y stelin llechen wrth y drws yn trin y gwiail, ei blethu'n araf, un llaw i fyny, cydio a thynnu'r rhaff drwyddo, yr un symudiad dro ar ôl tro. Yna gwelodd Lewys yn mynd ato i eistedd, er na fyddai yr un ohonyn nhw'n dweud gair. Dim ond eistedd yno yn yr oerfel nes i'r golau gilio draw dros Drwyn y Penrhyn.

Lewys glywodd sŵn y carnau gyntaf o gyfeiriad Gifftan. Roedd pwy bynnag oedd yno wedi croesi'r Traeth Bach felly, ac ar frys i gyrraedd Ty'n y Rhos cyn iddi nosi. Neidiodd i weiddi ar ei fam, a'r Cychwr eisoes wedi mynd o'r golwg.

Arafodd y meirch a disgynnodd y ddau ŵr bonheddig o'r cyfrwyau.

'Noswaith dda,' meddai'r cyntaf. Edrychodd Mallt arno.

'Noswaith dda, syr,' atebodd. Roedd ei osgo'n gyfarwydd yn yr hanner gwyll, a chysgod pluen ei het yn chwarae mig fel na allai weld ei wyneb yn iawn. Roedd ei ddillad yn dangos ei statws – un o wŷr y plasau oedd o'n ddigon siŵr, gyda'i fantell frethyn drom a'i het uchel.

'Sut wyt ti, Mallt?' holodd, gan symud yn nes ati.

'Gruffydd!' meddai hithau. 'Gruffydd Fychan, Corsygedol, croeso i ti,' a gwenodd.

'Fe glywais am yr hen wraig,' meddai'n dawel. Cyffyrddodd yn ei het a phlygu ei ben; edrychodd o'i gwmpas i chwilio am gip o'r Cychwr. 'Does neb ar ôl yma i wylio drosot ti rŵan, felly?' ychwanegodd.

'Dwi'n ddigon tebol,' chwarddodd hithau, cyn troi ei sylw at yr ail ŵr. 'A phwy ydi'r gŵr bonheddig sydd efo ti?'

'Gruffydd Nannau ydi hwn, weli di, fy nghefnder... Gwylia di hwn!' meddai'n ysgafn.

Llithrodd Lewys i sefyll wrth ymyl ei fam, a theimlodd Mallt ei fysedd bychan yn clymu am ei rhai hi. Roedd y glain yn dal yng nghledr ei law.

6

'WYT TI'N MEDDWL y daw hi i hynny arnon ni?' Roedd
talcen Gruffydd Nannau yn grychau i gyd. 'Fe welodd Cyngor
y Mers yn dda i ddod i lawr ar ein hochr ni y llynedd, 'yn
do?'

'Ond roedd hynny'n wahanol, fe wyddost hynny,
Gruffydd.' Siaradai Gruffydd Fychan, Corsygedol, yn dawel
ac yn daer. 'Achos yn erbyn y Llwyn oedd hwnnw; y Llwyn
oedd yn eich cyhuddo chi o ddwyn tir comin wrth gau tiroedd
Tyddyn Bach, ond roedd gan dy dad a thithau bapurau i'ch
amddiffyn, i ddweud mai chi oedd yn berchen ar y tir, 'yn
doedd?'

Agorodd Gruffydd Fychan ei ddwylo mewn ystum agor
papur swyddogol. Roedd y mymryn lleiaf o fin ar ei lais wrth
iddo ychwanegu, 'Maen nhw'n honni mai tiroedd y Goron
ydi coed Penrhos 'yn tydyn, a tydi'r hawliwr, y Sais yna –
Brett – ddim yn ddyn i'w groesi.'

'Ie, mi wn i. Ac mae diawliaid Oweniaid y Llwyn a'u
cynffonwyr am wneud yn siŵr ein bod ni'n cael ein dwyn o
flaen y *Star Chamber*.'

Gwyliodd y ddau afon Glaslyn yn llifo'n ddiog i lawr tua'r
môr. Byddai'n ddigon bas iddyn nhw groesi'r Traeth Mawr yn
fuan. Gwyliodd Gruffydd Fychan y Cychwr yn cyrraedd pen
y llwybr. Roedd angen amynedd efo rhai pobl, meddyliodd.

Trodd at Gruffydd Nannau. 'Ac fe gawsoch rybudd i
beidio â thorri'r coed… Faint ydi'r gwerth maen nhw'n ei
roi arnyn nhw?'

Gwyliodd Gruffydd ei gefnder yn ysgwyd ei ben yn araf.
Roedd yn cydymdeimlo o fath gyda nhw. Bu yntau mewn

digon o helynt yn ymwneud â thiroedd dros y blynyddoedd, ac roedd Annes Nannau yn fodryb iddo, wrth gwrs, yn hoff fodryb hyd yn oed. Pensynnodd am funud. Er cymaint o ffyliaid oedd y ddau, y tad a'r mab, Huw a Gruffydd Nannau, byddai'n rhaid i deulu Corsygedol fod yn gefn i'w tylwyth. Roedd gwaed yr hen uchelwyr yn dewach na mymryn o ddŵr heli wedi'r cyfan.

'Mae Brett yn honni fod y deri'n gyfwerth â thriswllt yr un, a'n bod wedi cymryd gwerth dros fil a hanner o bunnoedd.'

'Arglwydd mawr!' Edrychodd Gruffydd Fychan yn hurt arno. 'Fedrwch chi ddim codi hanner hynna.'

'Na fedrwn siŵr.'

Edrychodd Gruffydd Nannau ar ei gefnder. Roedd ei dad wedi llythyru â Syr Thomas Myddelton, Castell y Waun, ar gownt y ddyled, gan obeithio y gallai hwnnw ddod i'r adwy eto, ond ni chawsai ateb oedd yn eu plesio hyd yma.

'Mi fydd y Llwyn yn pwyso. Fasa dim yn dod â mwy o bleser iddyn nhw na gweld 'Nhad a finna yng ngharchar y *Fleet*.'

'Ddaw hi ddim i hynny.'

Gwnaeth Gruffydd Fychan ei orau i wneud synau cysurlon, ond fedrai yntau ddim gweld sut y byddai gobaith codi'r math yna o arian. Roedd ei dylwyth ef, teulu Corsygedol a Thalhenbont, Eifionydd, a phlasau bach eraill Llŷn a Meirionnydd yn ddigon cyffyrddus ac yn gallu cynnal eu tiroedd yn ddidrafferth, ond byddai angen gwŷr mawr i godi'r swm hwn o arian.

Cododd Gruffydd Fychan gan ei fod yn awyddus i gael ailgychwyn ar y daith dros y tywod am Eifionydd cyn mynd yn ei flaen am Lwyndyrys, ei gartref arall ger Pwllheli. Gwyliodd Gruffydd Nannau ef yn diflannu i mewn i gegin dywyll Ty'n y Rhos a gwrandawodd ar y ferch yn ei gyfarch yn hwyliog a'r ddau yn mwmian siarad. Clustfeiniodd, ond ni allai ddilyn testun eu sgwrs. Roedd gwraig Ty'n y Rhos yn ferch luniaidd a chorff siapus ganddi, meddyliodd Gruffydd Nannau, a'r llygaid duon herfeiddiol yna'n denu. Roedd yntau wedi etifeddu llygad ei dad am ferch hardd, gwenodd. Beth welodd hi yn y llabwst mulaidd yna? Ni allai Gruffydd Nannau gael dau air ganddo. Methodd gael y Cychwr i ateb unrhyw un o'i gwestiynau'r bore hwnnw, dim ond gwneud rhyw sŵn anifeilaidd yn ei wddf cyn troi ei gefn arno, nes y bu bron â'i fygwth. Doedd uchelwr o dras fel fo ddim yn arfer cael gwaelod toman fel y Cychwr yn ei anwybyddu. Ond roedd llaw Gruffydd Fychan wedi arwyddo mai gadael i bethau fod fyddai orau. Roedd hwnnw'n dod y ffordd hon yn amlach na fo, ar ei daith i Lwyndyrys, wrth gwrs, ac felly'n deall ffyrdd rhyfedd y Cychwr yn burion, mae'n debyg.

Llithrodd cysgod rhyngddo a'r golau ac eisteddodd rhywun gyferbyn ag ef ar y stelin llechen. Ni chododd ei ben yn unionsyth, gan feddwl mai'r Cychwr oedd yno, wedi dod i gasglu ei offer at y daith.

'Bore da, Gruffydd Nannau.'

Cododd ei ben yn sydyn a syllu ar yr wyneb dieithr.

'Am deithio i Lŷn?' holodd y gŵr.

Amneidiodd Gruffydd a chodi ei law i gysgodi ei lygaid rhag y golau, fel y gallai chwilio'r wyneb dieithr.

'Ie, a phwy sydd yn gofyn?'

'Ach,' ochneidiodd y dieithryn, fel petai wedi cael digon ar orfod esbonio pwy ydoedd. '*Fi* ydw i. Ond nid gofyn wnes i chwaith, cymryd mai am Lŷn rwyt ti'n mynd i ganlyn dy gefnder wnes i... Pobl ariannog ochrau Llŷn yna, 'yn does?'

'Beth? Sut y gwyddost ti fy enw?'

Roedd hwn yn ei anesmwytho. Llithrodd ei law yn araf i gyfeiriad ei wregys a'r wain ledr.

'Gyfaill!' Gwyliodd y dieithryn symudiad llaw'r uchelwr;

nid llaw wen, feddal yn hollol, sylwodd – roedd peth ôl gwaith ar hon o leiaf. 'Gyfaill, does dim rhaid tynnu yr un arf; mae gen i newydd fydd yn esmwytháu peth ar dy bryder efallai.'

Gwenodd, ac edrychodd Gruffydd Nannau mewn penbleth arno. Doedd o ddim yn ŵr bonheddig yn ôl ei ddillad, ac eto roedd ystum rhywun uwch ei statws nag iwmon neu lafurwr cyffredin arno. Syllodd y dieithryn arno, yna'n dawel ychwanegodd,

'Dywed wrtha i – yn y byd masnach mae dy frawd, Robert, os ydw i'n gywir, ynte?'

Gwyliodd Gruffydd y gŵr yn defnyddio blaen ei gyllell i lanhau oddi tan ei ewinedd.

'Mae'n gwybod gwerth pethau felly, 'yn tydi? Yn Llundain mae o, ie? Strydoedd y Siêp efallai?' Cododd ei olygon oddi ar lafn y gyllell. 'Tylwyth Huw Nannau wedi gwneud yn dda, 'yn tydyn?'

Chwarddodd y dyn, a chododd Gruffydd. Roedd o wedi clywed digon. Roedd Ty'n y Rhos yn amlwg yn gyrchfan i ynfydion a phenderfynodd fynd i chwilio am ei gefnder, ond cododd y dyn i sefyll yn ei lwybr.

'Paid â gadael mor ddisymwth, gyfaill, dim ond holi 'chydig ar dy hynt, dyna'r cwbwl.'

Ond ni symudodd i adael i Gruffydd fynd heibio. Yn hytrach, cymerodd gam tuag ato ac ychwanegu,

'Rwyt ti'n ŵr craff, Gruffydd Nannau; fe glywais ddigon am feiddgarwch gwŷr y Nannau. Mae angen pobl fel ti a dy dad ar Feirionnydd, pobl â llygad am ffyrdd o wneud ceiniog neu ddwy.'

'Beth glywaist ti felly?'

Chwiliodd Gruffydd heibio i ysgwydd y gŵr rhyfedd, gan obeithio gweld cip ar y Cychwr yn nesu.

'Mae gen i fenter ar droed, efallai y byddai o ddiddordeb i ti.'

'Pa fath o fenter?'

Doedd dim golwg o'r Cychwr, nac o Gruffydd Fychan.

'Mewnforio a masnach – rhyw fân bethau felly.' Daeth y dieithryn yn nes, a gallai Gruffydd arogli'r brandi ar ei wynt wrth iddo sibrwd. 'Paid â dweud nad ydi merchaid plasau Meirion ddim yn gwisgo sidan i gau am eu cyrff bach tlws y dyddiau yma. Maen nhw'n dweud wrtha i hefyd fod pris y cythral ar gasgenni brandi tuag Amwythig 'na.'

'Wn i ddim, fûm i ddim yng nghyffiniau Amwythig ers misoedd.'

'Naddo, mwn. I be eith gwŷr y Nannau i gyboli mynd i'r fan honno a nhwythau'n medru cael eu gweision i gario mor hwylus o afon Mawddach, ynte?'

Cadwodd y gŵr ei gyllell a throdd i edrych draw i gyfeiriad Trwyn y Penrhyn.

'Rhyw bwt o long fach ddigon di-nod â chargo digon cyffredin oedd honno anfonais i am afon Mawddach, ond yn fan hyn, weli di, fe allwn fod beth yn fwy mentrus.'

Trodd y gŵr yn ei ôl i edrych arno, a gwenu wrth weld Gruffydd Nannau yntau yn edrych draw i gyfeiriad y trwyn a'r môr agored. O'u blaenau roedd y Traeth Mawr a'i sianeli dyfnion, ei ynysoedd bach dirgel a'r myrdd o gilfachau cudd. Y tu ôl iddyn nhw, gwyddai Gruffydd am y llwybrau cysgodol i fyny trwy'r coed am dopiau Llandecwyn, Moel y Geifr a draw am Drawsfynydd a'r dyffrynnoedd coediog y tu hwnt. Eisteddodd yn ei ôl ar y stelin ac aeth y dieithryn i'r drws i weiddi am gostrel o'r gwin gorau. Dilynodd Gruffydd ef i'r tŷ ac eisteddodd y ddau yn y cysgod y tu hwnt i'r simdde. Daeth Mallt atyn nhw gyda chostrel a dwy gwpan. Gwyliodd Gruffydd sut yr estynnodd y gostrel i'r gŵr dieithr heb edrych arno a chan gadw ei phellter. Yna daeth y bachgen bach i mewn o'r golau a gwyliodd Gruffydd y fam yn gafael yn ei fraich a'i arwain yn gyflym tua'r bwtri cefn.

'Ha, mae hi fel iâr a'i chyw.'

Chwarddodd y dieithryn a thywallt gwin i'r ddwy gwpan gan nad oedd golwg o wraig y tŷ i wneud hynny drosto. Yna tynnodd y memrwn o'r sgrepan a hongiai o dan ei ddwbled a symud y gostrel a'r cwpanau i'r naill ochr fel y gallai agor y memrwn ar y bwrdd.

7

ROEDD RHYS AP Gruffydd wedi cerdded am rai oriau erbyn iddo gyrraedd cyrion Harlech. Gwyddai am yr ardal yn dda ac anelodd am un o'r beudai diarffordd gan wybod y gallai aros y nos heb i neb ddeall ei fod yno. Roedd y tywyllwch wedi'i guro. Byddai'n rhaid gorffwys; gwyddai beth fyddai'n ei aros yfory.

Nid oedd cyfarfod Poole yn orchwyl i'w chymryd yn ysgafn. Byddai'n rhaid bod yn effro a gwyliadwrus. Dringodd i fyny i'r daflod uwchben y gwartheg a mwmian geiriau tawel wrth fynd heibio i'r fuches, gan sicrhau na fyddai'n aflonyddu yr un ohonyn nhw. Yno, ynghanol y gwair, roedd yn ddigon cynnes, a gwrandawodd am sbel ar anadlu'r gwartheg oddi tano. Gwyddai'n iawn am y daflod – bu yma'n cuddio sawl gwaith – a gwenodd wrtho'i hun. Roedd hynny flynyddoedd yn ôl bellach, a sawl llo wedi'i eni i'r fuches oddi tano ers hynny. Lapiodd ei ddwbled yn dynnach amdano, a gwthio'i gorff yn ddwfn i'r gwellt llychlyd. Gwyddai y byddai'n rhaid iddo fod allan o'r beudy cyn y deuai'r cowmon i'r golwg, a chyn i'r un o'r morynion bach ddod i odro.

Deffrodd yn sydyn ac ysgwyd ei hun yn rhydd o'r gwair, cyn tynnu ei ddwbled ac ysgwyd honno hefyd. Deuai strimyn o olau i mewn o'r hollt yn nhalcen y beudy, a dawnsiai'r gronynnau llwch yn llinell fywiog. Ailwisgodd Rhys ei ddwbled a chyffwrdd yn ysgafn yn y wain ledr ar ei wregys. Gwrandawodd – roedd y gwartheg yn dal i fod yn dawel a llonydd. Disgynnodd yn ofalus ar hyd yr ysgol o'r daflod i'r beudy, gan fwmian o dan ei wynt, ond wnaeth 'run o'r gwartheg fawr mwy na chwipio cynffon yn ddiog.

Wedi cyrraedd yr awyr agored, cyflymodd Rhys ei gam gan nad oedd am aros i gyfarch neb nac i godi sgwrs. Byddai'n rhaid iddo feddwl am reswm da i fod yn crwydro, a gallai rhywun ei adnabod, wrth gwrs, er bod blynyddoedd bellach ers iddo adael y cyffiniau. Llanc oedd o bryd hynny, ond erbyn hyn roedd wedi cryfhau a lledu, ei farf dywyll yn fwy trwchus a'i ddillad yn fwy trwsiadus. Gobeithiai fod yna ddigon o flynyddoedd wedi pasio i ddofi peth ar ei deimladau. Draw yn y Nannau roedd wedi medru rheoli natur fympwyol ei ieuenctid, sef gwneud yn gyntaf a meddwl wedyn. Ond gwrthododd adael i'w feddwl aros yn y Nannau. Fe wyddai mai yno dros dro y bu mewn gwirionedd, a gwyddai y byddai'n rhaid iddo symud yn ei flaen a dilyn ei drwyn a'i fympwy. Rhegodd y morwr a ddaeth â'r neges; rhegodd y Grafanc, a'r llaw a'i rheolai.

Cerddodd Rhys i fyny heibio'r creigiau garw nes cyrraedd y gefnen a edrychai i lawr ar dref Harlech a'r castell gwyngalch, balch. A fentrai i lawr i'r strydoedd culion? Fyddai o'n debygol o ddod ar draws rhywun fyddai'n ei gofio? Gwyddai'n iawn am y rhai oedd yn ei ddisgwyl. Byddai'n rhaid wynebu'r rheiny, wrth gwrs. Dyna pam ei fod yma rŵan, ond roedd o wedi cael cyfle i baratoi ar gyfer hynny ar ei daith. Yr annisgwyl oedd y bwgan. Fedrai o gadw'i ben petai hynny'n digwydd? Oedd ei wedd allanol bwyllog a thawel yn ddigon cadarn i gau'r hen gyneddfau gwyllt dan gaead? Eisteddodd am funud ac estynnodd am y pecyn bwyd a roddodd Wrsla iddo cyn iddo gychwyn ddoe. Doedd arno fawr o awydd bwyd ac roedd y bara'n bygwth ei dagu.

'Pryd byddi di'n dy ôl?'

Fore ddoe roedd Wrsla wedi edrych arno â'r olwg graff yna, fel petai'n holi pam ei fod yn mynd am y glannau. Doedd ei esgus yn gwneud dim mymryn o synnwyr iddi. Ond gwyddai hefyd nad oedd pwrpas ei holi. Fyddai Rhys yn datgelu dim. Pan ddaeth i lawr o'r groglofft ac estyn y sylltau iddi, gwyddai na fyddai yn ei ôl yn fuan, neu… Ond gwthiodd y dewis arall o'i meddwl. Fedrai hi oroesi hebddo? Hwn oedd wedi'i chodi o'r pwll du y bu ynddo ers colli ei gŵr. Gwyddai fod y dagrau'n dechrau cronni. Trodd oddi wrth y drws ac aeth yn ei hôl i'r gegin dywyll. Roedd hi'n rhy brysur i aros i wylio cefn neb. Châi o ddim ei gweld hi, o bawb, yn crio. Roedd hi wedi bod drwy sawl colled cyn hyn; wrth gwrs y gallai ddod dros hyn eto. Safodd Gwen a Tomos y bychan yno ar y rhiniog yn gwylio Rhys yn pellhau.

Erbyn hyn edrychai Rhys draw am y môr, yn falch iddo gymryd ffordd y topiau. Edrychodd ar y corsydd draw am Landanwg i'r de ac i fyny am Lanfihangel i'r gogledd. Roedd y tir isel yn frwynog a sianeli dyfnion yn greithiau drosto. Roedd meiriol yr eira a'r glaw trwm ddechrau'r gwanwyn wedi troi'r llwybrau'n un siglen anwadal, ac felly byddai teithio'r ffyrdd isel ger y môr wedi gwneud ei daith yn un araf a thrafferthus. I lawr ar hyd y gwaelodion hefyd roedd gwrychoedd a choedlannau trwchus – digon o gysgodion i ladron a gwaeth guddio ynddyn nhw. Yma ar y topiau doedd yna ddim lle i guddio. Aeth ias i lawr ei gefn, a chyffyrddodd eto yn y wain ledr a charn ei gyllell. Cymerodd Rhys gegaid o'r cwrw bach o'r gostrel ledr, sychu ei geg a syllu i lawr ar y strydoedd culion oddi tano, lle gallai weld ambell un yn symud yma ac acw. Roedd hi'n dawel, dim ond bref gafr i fyny ar y creigiau a llais pell un o fechgyn bach y gwyddau yn ceisio cymell yr adar yn ôl i'r gorlan.

Disgleiriai'r haul oddi ar furiau'r castell. Roedd y rheiny

wedi gweld dyddiau gwell, y gwyngalch wedi troi'n llwyd budr ac wedi diflannu'n llwyr oddi ar ambell ran. Gwyddai Rhys am y tyrau a'r dioddef fu oddi mewn iddyn nhw, ond rywsut doedd yr un bygythiad ddim ynddyn nhw y bore yma. Edrychai'r castell fel hen fytheiad mawr brith yn hepian cysgu tra bod ei feistr i ffwrdd. Dilynodd llygaid Rhys y ffordd gul a redai heibio i'r mur deheuol, ac ar hyd y ffordd nes iddi fforchio'n ddwy, y naill lôn yn arwain i fyny tuag at ganol y dref tra diflannai'r llall heibio i ymyl y graig. Er ei bod bellach allan o'i olwg, gallai Rhys weld ochr arall y tro'n glir yn ei feddwl. Cofiodd am y noson honno a gallai flasu'r heli ar y glaw…

Diferai'r lleithder oddi ar y cerpyn sach oedd yn cadw'r glaw rhag treiddio trwy ddefnydd ei ddwbled. Roedd y nos wedi cau am y dref a dim ond ambell i edefyn tenau o olau yn gwthio heibio i styllod pren y ffenestri. Llifai'r dŵr i lawr ymylon y stryd gul gan godi'r carthion oedd yn hel ar hyd y corneli a'u cario'n un ffos fywiog, ddrewllyd i lawr i'r gwter ar waelod Twtil. Yno y byddai'r llygod mawr yn gwledda ar weddillion y carthion, yr esgyrn a'r ymysgaroedd a lifai o'r hofelau gyferbyn. Camodd o gysgod mur y castell i ochr arall y stryd gan gymryd gofal i gamu dros y baw a cheisio osgoi'r ffos, er na welai fawr ddim yn y tywyllwch. Cymerodd dro sydyn oddi ar y ffordd gul ac i fyny wtra fechan lle nad oedd prin le i ddau basio'i gilydd, ac wrth nesu at y drws gallai glywed sŵn y gweiddi a'r chwerthin yn codi. Cyffyrddodd garn ei gyllell am y canfed tro a thynnu ei het yn is dros ei dalcen fel bod ei chantel yn cysgodi ei lygaid. Arhosodd, cyn camu i lawr tua'r drws isel, rhoi ei law ar y glicied a gwthio.

Wedi agor y drws derw trwm i mewn i'r ystafell fyglyd, gwelodd

Rhys yn syth fod y byrddau'n llawn. Sylwodd ar ddau neu dri o ddynion cwnstabl y castell yn manteisio ar eu rhyddid tra bod y cwnstabl i ffwrdd, ambell i glerwr ar grwydr, masnachwyr a'r iwmyn hynny oedd â digon o sylltau i'w gwario ar y merched a'r brandi.

Trodd un neu ddau i edrych ar y dieithryn yn dod i mewn o'r glaw. Ond doedd dim yn anghyffredin yn ei ymweliad gan fod digon o fynd a dod yng nghyffiniau tref brysur fel Harlech. Nodiodd Rhys ar ambell un, cyn eistedd ar ymyl y fainc agosaf at y drws. Daeth un o'r merched ato i gynnig cwrw iddo a chymerodd Rhys y gwpan yn ddiolchgar. Roedd o angen y cwrw, llonydd a dim arall. Doedd o ddim angen hon yn gogordroi o'i gwmpas, ei bronnau llawn yn gwthio dros ymyl ei bodis tyn. Wrth weld nad oedd hi'n mynd i gael fawr o sylw ganddo, trodd y ferch a rhoi sgrech o groeso i'r cwsmer nesaf ddaeth i mewn trwy'r drws.

Gwyliodd Rhys hwnnw'n cael ei wthio i gyfeiriad y lle tân, ac i'r sedd orau. Tynnodd y gŵr ei fantell a'i thaenu ar y fainc i sychu, a'r ager yn codi ohoni fel y gwthiai'r gwres drwy'r gwlân llaith. Cyfarchodd dynion y cwnstabl y gŵr bonheddig hwn yn foesgar a symud ato. Ciliodd ei ddau was i'r cysgodion, gan eu bod nhw wedi cyflawni eu gwaith o'i gyrchu yma'n ddiogel. Cyflymodd y curiadau ym mynwes Rhys. Hwn oedd o. Fedrai 'run ffŵl beidio â'i adnabod, gyda'i ddwbled drom, y llewys ffansi, y gwregys llydan a'r bwtsias uchel o groen llo. Doedd neb arall yn yr ystafell dywyll yn meiddio gwisgo dillad sgarlad fel hwn, ddim hyd yn oed dynion y castell. Arafodd symudiadau Rhys wrth iddo godi ei gwpan yn ofalus tuag at ei geg.

Cawsai o a'r dynion eraill ddisgrifiad o'r gŵr bonheddig oedd ar ei ffordd i Faesyneuadd. Sut y gwyddai Poole am symudiadau'r boneddigion hyn? Wyddai Rhys ddim amdanyn nhw. Eto, gwyddai Poole beth oedd eu neges, beth fyddai'n debygol o fod yn eu meddiant a phryd a sut roedden nhw'n teithio. Y drefn fyddai rhoi cynllun ar waith i rwydo'r 'ffyliaid' hyn, fel y galwai Poole hwy, ac i ysgafnhau peth ar eu siwrnai trwy ddwyn beth bynnag fyddai'n pwyso'n drwm arnyn nhw. Aur, neu arfau efallai. Roedd pob manylyn yn ei le ganddo ac, wrth gwrs, y dynion ganddo i wneud y gwaith. Doedd dim byd yn haws; fyddai dim rheidrwydd arno fo i symud oddi wrth ei fwrdd hyd yn oed.

Gwibiodd yr atgofion annymunol trwy ben Rhys wrth iddo gofio mai camgymeriad bachgen ifanc a'i glaniodd dan ddylanwad Poole. Mewn cyfnod pan nad oedd digon gan y meudwy ac yntau i'w cynnal, roedd Rhys wedi mentro i ganol y masnachwyr i farchnad Harlech un bore. Fu o ddim yn farus, dim ond cymryd digon i roi bwyd ym moliau'r ddau. Erbyn hyn, difarai nad un o wŷr y gyfraith a'i daliodd – o leiaf byddai diwrnod neu ddau mewn stanciau yn derfyn ar ei ddioddef. Ond un o wŷr Poole roddodd ei law fawr ar ei ysgwydd y bore hwnnw, a'i ddwyn fel ci bach truenus o flaen ei feistr. Er i Rhys ddweud mai hwnnw fyddai'r tro olaf iddo wneud ei waith budr drosto, bu'n rhaid iddo dalu ei ddyled i Poole sawl gwaith wedyn.

Rhoddodd ei gwpan ar y bwrdd ac amneidio ar y ferch i'w llenwi unwaith eto. Daeth honno ato wysg ei thin, llenwi ei gwpan yn sydyn a'i adael. Synhwyrodd Rhys fod hon yn anesmwytho. Gwyliodd hi'n llenwi cwpan fach arian y bonheddwr â brandi, gan wneud sioe o fod yn araf a gofalus. Chwarddodd hwnnw'n uchel a gafael am ei chanol. Amynedd oedd ei angen, dim ond amynedd. Byddai'n rhaid aros iddo yfed digon i simsanu a chael ei ddigoni mewn ffordd arall hefyd, os mai dyna'i flys. Gwaith Rhys wedyn fyddai ei hudo allan i gyffiniau gwaelod y dref, yn simsan a dryslyd, a heb gwmni ei ddau was.

Gwibiodd llygaid Rhys dros yr ystafell yn chwilio am y drws bach a arweiniai i'r cefn. Gwyddai fod agoriad arall yno'n arwain at y llwybr uchaf a bod hwnnw'n mynd i'r cyfeiriad arall i furiau'r castell. Sylwodd fod cysgod yn stelcian yno a bod y cysgod yn ei wylio. Craffodd yn ddryslyd gan eu bod wedi cytuno mai dim ond fo fyddai'n dod i mewn. Roedd y ddau arall i aros yng nghysgod y muriau. Craffodd unwaith eto. Dim ond un o ferched y tŷ oedd hi mae'n rhaid. Daeth wyneb i'r golwg, wyneb merch ifanc, ei llygaid yn dduon a chanddi dalcen uchel. Gwthiai ambell gudyn tywyll o dan y cap gwyn. Wyneb bach oedd ganddi a phob nodwedd ohono fel petai wedi'i greu o dan ofal crefftwr medrus, yn gain a bregus. Adlewyrchai golau'r gannwyll ar ei chroen gwelw, gan greu rhyw wawl rhithiol a'i hamgylchynai, bron fel lluniau'r angylion rheiny ar nenfwd eglwys Llanfihangel.

Gwyliodd Rhys hi'n sefyll yno'n llonydd, ei llygaid yn gwibio o un yfwr swnllyd i'r llall, ac arhosodd ei lygaid arni nes i'w llygaid hithau symud yn sydyn yn ôl draw i'w gyfeiriad ef. Cododd fymryn ar ei ben fel na fyddai cantel ei het yn cysgodi ei wyneb yn gyfan gwbl. Arhosodd y llygaid duon arno a syllu'n ôl yn herfeiddiol. Gadawodd i'w wên gynnil feddalu peth ar ei wyneb, a sylwodd ar y fflach o ddryswch cyn i gydnabyddiaeth groesi wyneb y ferch. Yna'n sydyn gwthiwyd hi i ganol yr ystafell gan ei chydweithwraig swnllyd. Cythrodd rhai o'r dynion amdani, ond roedd hon yn drysor rhy werthfawr i rywun-rhywun ac arweiniwyd hi draw at ddyn y ddwbled sgarlad. Byddai gan hwn gelc gwerth ei gael i'w roi amdani, a chan ei bod yn un o'r rhai ieuengaf gallai gŵr y tŷ ofyn pris da am ei gwasanaeth.

Gwyliodd Rhys yr olygfa – y bonheddwr yn ei ddillad da yn ei chymryd ar ei lin a'r glafoer yn ddisglair ar ei wefus dew, a dynion y castell yn chwerthin ac yn ei gymell i'w chyffwrdd, i ymbalfalu o dan ei phais, yno o'u blaenau yng ngŵydd pawb. Teimlodd Rhys y tyndra a'r cyffro yn gafael yn y dynion. Fyddai gan hon ddim siawns o gadw ei hurddas ynghanol y rhain. Gwyliodd hi; roedd hi'n dalp o gnawd wedi rhewi a'r llygaid duon yn drobwll o her, cywilydd a dryswch. Fedrai o ddim aros yno yn ei gornel. Gweddïai'n dawel fod y ddau arall yn eu llefydd, fel roedden nhw wedi cynllunio, er ei fod yn gwybod y dylai bwyllo ac aros nes y byddai'r bonheddwr wedi cael cyfle i ymlacio ac wedi anghofio am ei fusnes yn y dref. Doedd symud rŵan ddim yn ddelfrydol; fe ddylai'r bonheddwr fod wedi cael mwy o amser a mwy o frandi i gymylu ei gof.

Cyffyrddodd Rhys yng ngharn ei ddagr, cymryd y fodrwy o'i boced a'i chuddio yn ei law. Croesodd draw at y cwmni wrth y tân a thynnu cantel ei het yn isel dros ei wyneb.

'Syr,' meddai.

Trodd y dynion i'w wynebu. Cododd Rhys ei law i gyffwrdd ei het yn foesgar.

'Syr, maddeuwch imi yn tarfu arnoch fel hyn.'

Cododd y bonheddwr ei wyneb i'w archwilio. Gallai Rhys deimlo'r dryswch. Pwy oedd hwn a feiddiai ei gyfarch? Yn ôl ei olwg, doedd o'n ddim mwy nag iwmon cyffredin.

'Maddeuwch i mi, ond mae gen i neges, syr, gan y meistr.'

Gollyngodd y dyn ei afael ar y ferch a symudodd hithau'n sydyn oddi ar ei lin, er i'r dyn ddal ei afael am ei chanol. Doedd o ddim am golli cyfle mor fuan â hynny.

'Neges? Dydw i ddim yn disgwyl neges gan neb o'r cyffiniau hyn.'

Gallai Rhys deimlo'r tyndra'n codi ymhlith dynion y cwnstabl. O gornel ei lygad, cafodd gip ar un ohonyn nhw yn estyn o dan ei fantell.

'Neges oddi wrth sgweiar Corsygedol, syr. Mae arno angen eich gweld ar frys.'

Teimlai Rhys gledrau ei ddwylo yn chwysu a'r fodrwy'n drwm yn ei ddwrn.

'Corsygedol?'

Gwelodd Rhys y dyn yn sythu. Roedd y geiriau fel rhyw gyffyrddiad hud a wnaeth iddo newid ei holl osgo. Gallai Rhys fod wedi enwi unrhyw un o dai bonedd yr ardal, ond ymresymodd mai Fychaniaid Corsygedol oedd â'r dylanwad mwyaf yn y rhan hon o'r wlad y dyddiau hynny. Roedd ei gynllun wedi llwyddo. Gwthiodd y dyn y ferch o'r neilltu a gwyliodd Rhys hi'n symud yn sydyn tua chefn y dafarn, ei dwylo'n prysur ailosod ei dillad i guddio'i chorff.

'Ie, mae am i mi ddangos hon i chi, syr.' Gwyliodd y dyn yn estyn ei law am y fodrwy a sylwodd Rhys ar yr amheuaeth yn croesi ei wyneb, cyn iddo gofio am ei gydyfwyr, dynion y milisia a'r cwnstabl. Trodd at Rhys a gwenu'n llydan. Cymerodd un olwg ar y fodrwy yn ei law, ac yn yr hanner gwyll byddai angen llygaid craff i adnabod unrhyw farc arni.

'Wrth gwrs, wrth gwrs, fachgen, arwain di'r ffordd.'

Cododd y gŵr, a chododd y gweision hefyd, ond amneidiodd ar y rheiny i aros. Roedd modrwy aur yn ddigon o arwydd iddo'i ddilyn; doedd dim rhaid wrth ragor o gwestiynau. Fyddai hi ddim yn syniad da chwaith, ymresymodd, i weision glywed popeth.

Dilynodd Rhys allan i'r stryd. Roedd y glaw wedi peidio.

'Mae'r ceffylau ar waelod yr allt yn y fan hyn, syr.'

Arweiniodd Rhys y dyn tua'r fforch yn y ffordd, a gweld gyda rhyddhad fod dau gysgod yno'n eu haros y naill ochr i'r llwybr. Gafaelodd ym mraich y bonheddwr.

'Gwyliwch eich traed, syr, fyddai hi ddim yn weddus i esgidiau lledr meddal fel y rheina fynd i ganol chwdrel y dref, 'yn na fyddai?'

Gwenodd Rhys a theimlo corff y bonheddwr yn tynhau wrth i hwnnw sylweddoli bod dau gysgod arall wedi ymuno â nhw o'r tywyllwch. Cythrodd am ei gleddyf, ond roedd llaw arall eisoes wedi cael gafael ynddo. Teimlodd y bonheddwr flaen llafn oer yn cyffwrdd â'i war; fedrai o wneud dim ond dilyn, a'r fodrwy felen yn llosgi cledr ei law. Gosodwyd mwgwd dros ei lygaid, a theimlodd ei hun yn cael ei wthio i fyny rhes hir o risiau ac yna i lawr llwybr serth. Sylweddolodd fod llwybrau caled y dref ymhell y tu ôl iddo bellach, a châi ei arwain trwy goedlan neu ddrysni o fath, a'i draed ar dir meddal. Tawelodd synau cyfarwydd y dref, yna arhosodd y dynion, agorwyd drws a gwthiwyd ef trwyddo.

'Aha, croeso i chi, syr,' meddai llais Poole. 'Mae'n fraint o'r mwyaf deall eich bod chi'n fodlon dod aton ni i drafod rhyw fater bach fel hyn.'

Llithrodd Rhys i'r tywyllwch, ei waith wedi'i gyflawni am y noson. Erbyn iddo gerdded yn ei ôl i'r dref, i fyny'r allt a heibio i fur dwyreiniol y castell roedd yr awyr wedi clirio. Edrychodd i lawr ar y strydoedd culion, budr a theimlo pwysau'r darnau arian yn ei boced. Yna, cyn cychwyn i fyny am ei gartref, sylwodd ar ffigwr bach eiddil yn symud yn ddirgel i fyny gan gadw at ochr dywyll y stryd. Gwyliodd y cap gwyn yn nesu. Daeth y ferch i sefyll wrth ei ymyl, a heb yngan gair edrychodd y ddau i lawr tuag at amlinell y bae a thrwyn Llŷn yn y pellter.

'Diolch,' meddai hi, a chyffwrdd ei bysedd yn ysgafn â chefn ei law.

8

GWYLIODD RHYS Y mynd a'r dod o gyfeiriad y grisiau a arweiniai i lawr i'r clwstwr o adeiladau ar fin y dŵr. Roedd hi'n ddiwrnod ffair yn y dref, a'r masnachwyr wedi codi'u byrddau ers ben bore. Crafai ambell i farcud ynghanol y tomennydd carthion, gan ffraeo dros asgwrn neu damaid o groen a daflwyd i'r stryd gan y cigyddion. Eisteddodd Rhys yno'n gwylio'r stŵr, y tynnu coes, y chwerthin, y cymharu nwyddau a'r herio; roedd bywyd y dref yn codi'i galon, ac am funud anghofiodd pam ei fod wedi dychwelyd. Gwrandawodd ar yr acenion cyfarwydd a'r dywediadau bachog. Adnabu'r hen wraig oedd wedi gosod ei basgedi ar y llawr wrth dro'r Twtil. Cofiai fentro at hon yn fachgen wrth fynd ar neges ar ran y meudwy. Gwenodd. Doedd neb yn cael y gorau arni wrth iddi weiddi ei bygythiadau ar ôl y bechgyn bach a ddaethai'n rhy agos ati, ei chap ar ochr ei phen a'i cheg yn ogof ddu heb yr un dant yn y golwg.

Rhegodd yr hen wraig yr apothecari oedd wedi meiddio gosod ei stondin yn rhy agos ati. Edrychodd hwnnw'n anesmwyth a'i rhegi yn ôl o dan ei wynt. Gwyddai Rhys i'r dieithryn wneud camgymeriad, gan nad oedd neb yn rhegi hon ar chwarae bach. Un o ffwrdd oedd yr apothecari, yn ôl ei acen – o gyffiniau'r gogledd-ddwyrain, Caerwys efallai, ond roedd yn amlwg nad oedd wedi bod ym marchnad Harlech cyn hyn. Bob tro yr agorai ei geg i frolio'r 'ffisig gwyrthiol at y fogfa' byddai hithau'n mynd ati i besychu dros y lle a haeru ei bod yn cymryd y trwyth ers mis ac nad oedd y diawl peth yn dda i ddim. Daliai hwnnw i gynnig trwyth am hyn a'r llall i bawb a gerddai heibio: dail i gael gwared ar lyngyr, cribau llau, siart y sêr i ddynodi pa amser y dylid gwaedu'r corff a gosod gelod.

Gwyliodd Rhys ef wrth ei waith, gan wybod am gynnwys ei gist a gwybod hefyd mor ddiwerth oedd y rhan fwyaf ohoni. Gwyddai am y pris roedd yn rhaid ei dalu wrth gymryd rhai o'r moddion hefyd, y cyffur yn gwenwyno'r corff yn araf. Cofiodd am y rhai a ddeuai at ddrws y meudwy a'r costrelau bach yn eu dwylo. Symudodd yr apothecari draw ymhellach oddi wrth yr hen wraig ac arhosodd un neu ddau i sgwrsio ag o, i fodio trwy'r costrelau ac i ofyn am gyngor. Ond dal i wylio a gwenu wnâi'r hen wraig. Yna nesaodd gŵr bonheddig at yr apothecari a sylwodd Rhys ei fod yn camu'n ofalus, gan gadw un llygad ar y dorf yn bryderus. Amneidiodd ar yr apothecari i ddod ato i gysgod y graig, a gwelodd yr apothecari yn nodio cyn troi ei gefn ar y dorf a thynnu potel fechan, dywyll o'r tu mewn i'w siercyn a'i rhoi yn llaw'r gŵr. Dilynodd llygaid yr hen wraig yr arian yn newid dwylo.

'Ha, y frech fawr sydd arno fo. Gwyliwch chi be dwi'n ddeud!' sgrechiodd hithau. 'Waeth i ti heb ddim.' Chwarddodd yn orffwyll.

Arhosodd ambell un i gael golwg ar yr olygfa: y gŵr bonheddig yn ceisio cuddio'r botel ym mhlygiadau ei fantell, cyn ymdoddi i'r dorf, a'r hen wraig yn gweiddi a chwerthin ar ei ôl.

'Waeth i ti heb â chuddio ddim, ti â dy frech dinboeth. Wnaiff ychydig o arian byw ddim byd i wella dy hen bidlan di!'

Chwarddodd y dorf ac annog yr hen wraig i ychwanegu at ei haeriadau a'i chlebar. Sgrialodd y gŵr i ffwrdd a chaeodd y dorf a phrysurdeb y farchnad amdano. Anghofiodd pawb am yr hwyl gan fod clerwr pen pastwn ar fin cychwyn ei lafarganu wrth ddrws agored un o'r tafarndai. Gwahanodd y dorf, rhai i wrando ar ei ddyrïau gan obeithio cael cywydd efallai, ac eraill i osod eu dimeiau ar y ceiliog du a sythai'n fygythiol wrth stondin arall yng nghysgod y castell.

Edrychodd Rhys ar yr hen wraig a gwenu. Cododd hithau ei hwyneb i'r haul – wyneb a'i nodweddion wedi crebachu fel afal wedi gwsnio. Sylwodd ar Rhys yn ei gwylio, a chraffu cyn amneidio arno i ddod yn nes.

'Tyrd i edrych beth sy gen i, ŵr ifanc,' galwodd. 'Edrych ar y cewyll yma, chei di ddim cryfach cewyll i ti…' Craffodd wedyn, a sylwodd Rhys fod ei hwyneb yn newid a'i llygaid yn lledu. Roedd hi wedi'i adnabod.

'Cydia ynddi, drycha ysgafn ydi hi,' gwaeddodd. Cododd y gawell a'i thaflu i gyfeiriad Rhys. 'Chei di mo'i gwell…'

Daliodd ati i glebran a bargeinio nes i'r gwragedd fu'n byseddu'r basgedi symud yn eu blaenau.

'Fachgen.' Cydiodd ym mraich Rhys a'i dynnu'n nes. Gwibiai ei llygaid dros y dorf ac ar hyd ymylon y strydoedd; roedd hi wedi hen arfer eu gwylio. 'Fachgen, be ddaeth â thi yn ôl yma?' Gwthiodd ef led braich oddi wrthi er mwyn iddi gael ei weld yn iawn. 'Rwyt ti'n iach, beth bynnag, wedi cael lle da yn rhywle – ddim fel buest ti, yn ddim ond croen ac asgwrn.'

Pwniodd Rhys yn chwareus, cyn difrifoli'n sydyn.

'Oes rhai yn dy wylio di?'

Holodd, a'i llygaid yn chwilio eto. Gwelodd ddau o ddynion y castell yn nesu, a throdd yn ôl i weiddi a bargeinio.

'I ti, syr, fe gei di hi'n rhad – ond i ti ddod â mymryn o fêl i hen wraig dlawd fel finna. Mi cadwith hon dy wenyn rhag heidio'n siŵr i ti. I be yr heidian nhw â basged mor glyd ganddyn nhw'n 'te?'

Chwarddodd yn orffwyll wedyn, gan wneud sioe o'i

gwiriondeb a'i henaint. Chwarddodd dynion y castell hwythau, a brysio heibio iddi, gan alw ar Rhys i brynu'r fasged er mwyn iddo gael llonydd gan yr hen wrach wirion. Chwarddodd yntau a chymryd arno fynd i'w sgrepan i chwilio am ei arian. Plygodd hithau ato, nes i'r dynion bellhau, yna meddai,

'Mae o'n dal yno, wyddost ti, y meudwy. Yn dal yno yn hel ei hen ddail chwerw ac yn cymysgu rhyw hen sothach fel y byddai o.'

Gwenodd Rhys. Fu fawr o eiriau rhwng y meudwy a neb ond roedd llai fyth o eiriau rhyngddo a hon. Ei dioddef hi fyddai'r meudwy, dioddef ei chlebar a'i chellwair. Fo, Rhys, fyddai'n cael ei anfon ati ar neges; fyddai'r meudwy ddim yn dioddef ffyliaid. Ac eto, roedd rhyw ddealltwriaeth ryfedd rhyngddyn nhw mae'n rhaid, oherwydd fyddai dim arian yn newid dwylo.

'Tasa fo'n byta'n iawn mi fydda gwell graen arno fo. Tydi o cyn ddalled â phost y glwyd erbyn hyn, wyddost ti, ond fel honno, mae o'n clywed pob dim 'fyd.'

Edrychodd yr hen wraig arno, yna cythrodd am ei law a syllu arno. 'Dos i'w weld o, Rhys. Colli dy fam ac wedyn dy golli ditha, dwn i ddim sut mae o'n dal ati.'

'Ydi o'n iach?' holodd.

'Cyn iached ag y medr unrhyw un fod, a fynta wedi dioddef cymaint dan law'r cythral yna o ddewyrth sydd gen ti.'

'Dewyrth?'

Edrychodd Rhys ar yr hen wraig. Beth oedd gan hon yn cosi dan ei chap rŵan? Roedd blynyddoedd o fargeinio a chael ei diawlio wedi gadael eu hôl arni hithau, debyg – hen wraig ffwndrus, wedi hurtio gydag amser. Wyddai o ddim am unrhyw ddewyrth. Fe wyddai i'w fam fod yn feistres Llechollwyn ar lan y Traeth Bach unwaith, a phan fu hi farw bod y meudwy wedi'i gymryd ef ato i'w fagu. Wyddai Rhys ddim y rheswm yn iawn; yr unig beth a ddeallodd gan y meudwy oedd bod y glannau yn lle rhy beryglus i blentyn bach ac nad oedd cychwr Llechollwyn yn gyfrifol drosto.

Edrychodd yr hen wraig arno a chuchio.

'Ia, y cythral hwnnw. Paid titha â gwneud dim efo fo eto, cofia. Ddaw dim lles i ti o fela o'i gwmpas o,' sibrydodd. Prin y medrai Rhys ddilyn ei geiriau dryslyd. 'Wnaeth o fyth faddau i dy fam, yn dwyn gwarth arnyn nhw yn caru efo'r meudwy fel yna…'

Edrychodd Rhys arni'n syn. Amneidiodd hithau arno i nesu ati, a chydio yn ei fraich.

'Dal i ddial arnat ti wnaiff o, gwylia di 'ngeiriau i, fachgen, gwylia di.'

Yna gwthiodd Rhys oddi wrthi.

'Dos at y meudwy, Rhys.'

'Gwnaf siŵr, mi af i fyny i'w weld cyn mynd am adre.'

'O? Oes gen ti "adre" felly, oes?' prociodd hithau. 'Fedra i ddweud i mi dy weld di 'ta?'

'Gweld? Pwy welsoch chi yn y farchnad heddiw, felly?'

Edrychodd Rhys arni. Gwyliodd hi'n nodio'n araf, ac yn difrifoli.

'Hy, hen wraig wirion fel fi. Welais i neb roeddwn i'n ei nabod, siŵr. Fydda i ddim yn gweld neb i gael sgwrs efo nhw'r dyddia yma wyddost ti, syr. Tydi pawb ar ormod o frys ar ryw berwyl neu'i gilydd, a hen wraig ffwndrus fel fi yn gwneud dim ond siarad efo hi ei hun, neu siarad efo cysgodion pobol roeddwn i'n arfer eu gweld erstalwm… Dydd da i ti, syr, a Duw fo gyda thi.'

Trodd oddi wrtho, codi basged wrth ei thraed a'i thaflu i gyfeiriad merch ifanc oedd yn nesu. 'Basgedi ysgafn… Chewch chi mo'u gwell.'

Arhosodd Rhys yng nghysgod y muriau i feddwl dros eiriau'r hen wraig. Beth oedd eu hystyr? Oedd yna ystyr iddyn nhw o gwbl ynteu ai clebar gwag dynes ffair oedden nhw? Ailgododd ei sgrepan; roedd wedi stelcian digon. Roedd dyddiau bellach ers iddo adael y Nannau a gwyddai fod Poole yn ei ddisgwyl. Fe fyddai ei ddynion wedi rhoi gwybod iddo bellach fod Rhys yn y cyffiniau. Roedd rhywbeth ar droed, rhyw waith angen ei wneud, ond wedi blynyddoedd o lonydd siawns nad oedd gan Poole rywun arall fedrai wneud ei waith budr drosto. Gwyddai ar ôl cyfarfod â'r Grafanc yn yr efail yn y Nannau nad oedd dewis ganddo, roedd yn rhaid ateb y wŷs. Gallai Poole droi'r tir cadarn o dan ei draed yn draeth o swnd a'r trai ar droi, pe dymunai.

Cerddodd yn gyflym. Arweiniai'r llwybr ef i ffwrdd oddi wrth sŵn a phrysurdeb y dref a thrwy goedlan fechan. I fyny uwch ei ben codai'r graig yn serth a choediog ac oddi tano disgynnai yr un mor serth i lawr trwy'r eithin a'r drysni i gyfeiriad y môr. Gwyddai am yr ardal hon yn iawn, gwyddai am yr ogofeydd dirgel a'r creigiau lle gallai rhywun guddio am ddyddiau, gan symud o un llecyn i'r llall. Gwyddai hefyd fod llygaid yn y coed yn ei wylio, dynion garw heb ddim i'w golli ond digon i'w ennill o gadw ar yr ochr gywir i rai pobl. Arafodd i wrando a chwilio ymhlith y brigau uwch ei ben, ond roedd rhain wedi arfer bod yn anweledig. Aeth yn ei flaen, yna trodd ar hyd llwybr arall a ddisgynnai i lawr trwy'r drysni nes dod i olwg clwstwr o adeiladau. Gwyliodd y mwg yn codi'n ddiog uwchben y coed.

Daeth haid o gŵn o rywle a rhuthro amdano. Cododd lond ei ddyrnau o gerrig o'r llwybr a thanio at yr agosaf. Anelodd yn gywir a tharo un o'r helgwn yn ei glust. Udodd hwnnw'n uchel a chilio i lyfu ei glwyfau. Gwyliodd Rhys y ci'n symud yn bwdlyd i'r cysgod a'i gynffon rhwng ei goesau

– cŵn trwsgl, diog a dwl yr olwg. Dilynodd un neu ddau o hen fytheiaid heglog y cyntaf. Trodd sylw Rhys at y daeargi, a gwyddai na fyddai hwn mor barod i ildio. Yna daeth gwaedd o grombil yr adeilad agosaf a swatiodd y daeargi i wylio'r dieithryn – dim ond un cam o'i le… Gwenodd Rhys. Roedd hwn yn gi defnyddiol.

Daeth llanc i'r drws a'i gyfarch.

'Rhys ap Gruffydd? Tyrd, mae o'n dy ddisgwyl di.'

Arweiniodd Rhys trwy'r cyntedd agored a'r rhwydwaith o ddrysau a muriau nes dod i ystafell fechan, dywyll.

'Rhys, ble buest ti cyhyd?'

Chododd Poole ddim i'w gyfarch.

Edrychodd Rhys arno. Roedd wedi bolio beth, mae'n debyg, ers iddo'i weld ddiwethaf – gormod o win a bwyd da. Ond roedd yn parhau'n ŵr cydnerth, cryf, ei wallt a'i farf gwta yn dal yn dywyll a'i lygaid caled yn gwylio pob symudiad. Daeth merch i mewn yn cario costrel a chwpanau piwter. Diflannodd am funud cyn dychwelyd â bara a chosyn o gaws. Sleifiodd y daeargi i mewn i'w chanlyn, a gwyliodd Rhys y ci'n llithro o dan y bwrdd at draed ei feistr. Eisteddodd Rhys gyferbyn â Poole.

'Tyrd, bwyta, mae'n rhaid dy fod ti ar dy gythlwng a thithau wedi teithio ers cymaint o amser,' chwarddodd. 'Pam na fyddet ti wedi gofyn am farch gan Huw Nannau? Does bosib nad oes gan hwnnw rhyw hen ful i'w fenthyg i ti?'

Daeth yr hen deimlad anniddig dros Rhys; nid llanc oedd o bellach, ond roedd osgo a hyder hwn yn ei daflu. Gwyddai am y wên a'r geiriau teg.

Sylwodd Rhys ar y bara, bara da, a gwin i'w olchi i lawr wedyn. Fyddai hwn ddim yn mynd heb ddim.

'Sut gwyddet ti lle roeddwn i?'

Ers y noson honno y daeth y Grafanc i'r Nannau gwyddai

Rhys nad oedd ei le yn ddiogel yno. Byddai'n rhaid symud oni bai y gallai berswadio'r dyn yma i gau ei geg. Ond doedd dynion fel Poole ddim yn gwneud dim nad oedd o fantais iddyn nhw. Gwyddai nad oedd teyrngarwch at bobl yn rhan o lif anwadal ei feddyliau.

'Sut y gwyddwn i? Myn Duw, oeddet ti'n meddwl 'mod i'n credu storïau hen wragedd – i Iwerddon o ddiawl! *Ti* mewn lifrai milwr?'

Chwarddodd Poole wrth gofio beth oedd penderfyniad y cwnstabl a'r ynad heddwch wedi iddyn nhw ddal Rhys a'i ddwyn gerbron y llys. Roedd ymosod ar fonheddwr yn drosedd a fyddai fel arfer yn gofyn am gosb drom, ond roedd unrhyw droseddwyr oedd yn ddigon cryf a heini yn bobl ddefnyddiol gan fod angen bechgyn ifanc ar y fyddin. Wedi'r cyfan, roedd yn rhaid i Feirionnydd fel pobman arall gasglu arian a milwyr at y pwrpas, ac roedd brwydr i'w chwffio gan Goron Lloegr bob amser. Roedd bonheddwyr Meirionnydd wedi cael gorchymyn i baratoi mintai ar gyfer rhyfela yn erbyn criw Tyrone. Byddai waeth i droseddwyr ifanc di-dras fynd i Ulster i lwgu nag i wynebu'r grocbren neu bydru mewn cell. Chwarddodd Poole wrth weld y dryswch ar wyneb Rhys.

'Fe ddoist ti allan ohoni'n rhyfeddol, Rhys ap Gruffydd – pawb yn meddwl mai gweld dy ddiwedd yn Iwerddon wnest ti, pawb wedi anghofio amdanat ti wel'di. Does yna amser wedi mynd heibio?' Gwenodd Poole cyn ychwanegu, 'Wel, bron pawb... Ac fe gest ti le da tua'r Nannau yna gobeithio?'

'Pam y galwest ti fi yma?'

Roedd Rhys yn dechrau blino, ei feddwl ar ras a rhyw gorddi yng ngwaelod ei gylla.

'Dyn da fel ti yn gwneud dim ond gwylio gwartheg. Mae gen i waith angen 'i wneud ac mi fedra i ddibynnu arnat ti i'w wneud o.' Tywalltodd Poole y gwin. 'Gwin da, Rhys, gest ti ddim gwin yn y Nannau debyg? Fe ddyliwn fod wedi dy alw'n ôl cyn hyn, ond wedyn, petai rhywun wedi dy adnabod.'

'Doedd dim angen gwin arna i yn y Nannau, ac mae'r gwartheg yn haws gwneud efo nhw na dynion.'

'Creaduriaid mud, myn Duw.' Edrychodd Poole arno a gwthio'r gwpan draw i'w gyfeiriad. 'Tyrd, cymer y gwin, mi fyddet ti'n ei lowcio'n sicr petaet ti'n gwybod llaw pwy fu'n ei dywallt o'r gasgen i'r gostrel yma... Gwin Ty'n y Rhos, ynte, Rhys?'

Arhosodd Rhys, ond gwrthodai ofyn na holi. Cofiodd am yr hen fardd Siôn Phylip, ac mor wahanol oedd procio'r ddau. Ni roddai'r pleser i hwn drwy ei holi. Gwthiodd y gwpan oddi wrtho. Doedd o ddim wedi dod yma i yfed gwin.

'Fe ddylai hithau fod wedi derbyn fy nghynnig i ddod yma ata i hefyd, Rhys, yr eneth yna y buest ti'n snwyrian o'i chwmpas hi, beth ydi ei henw hi? A ia, Mallt! Un dlws ydi hi hefyd, Rhys.'

Arhosodd Poole a gwylio wyneb Rhys, yna chwarddodd. 'Ha, dydw i ddim wedi gorffen efo honno eto chwaith...'

Trodd Rhys oddi wrtho a theimlo'r cyhyr uwchben ei lygad yn plycio. Symudodd ei law at ei ystlys a gallai deimlo carn ei gyllell.

'Ha, dwyt tithau'n newid dim chwaith, Rhys ap Gruffydd,' chwarddodd, gan dynnu ei law dros ei farf. Yna oedodd cyn ychwanegu, 'Fuest ti i fyny at y meudwy eto? Ydi hwnnw yn dal ar dir y byw?'

Rheolodd Rhys ei dymer. Gwyddai am driciau hwn, am ei ddawn i wylltio ac anesmwytho dyn.

'Mi fyddwn wedi gwneud fy amser yn Iwerddon bellach, ac ar fy ffordd yn ôl,' meddai rhwng ei ddannedd.

Ceisiodd Rhys feddwl beth a glywsai am wrthryfel Tyrone

– oedd pethau wedi tawelu yno? Fyddai milwyr Meirionnydd wedi cael dychwelyd bellach? Na fydden, debyg, dim ond eu hanfon i rywle arall i baffio dros ryw achos annelwig. Gwibiai ei feddwl hwnt ac yma, fel hydd yn ceisio dianc o afael yr helgwn, ffordd yma, ffordd acw.

Gwyddai na fyddai cynllun Poole ar ei gyfer yn gwneud dim ond ei arwain i drafferthion unwaith eto. Pam na fyddai wedi cael llonydd? Gallai fod wedi aros ei ddyddiau yn y Nannau, roedd ganddo gyfeillion da yno. Byddai wedi medru anghofio am ei orffennol, cadw o afael y gyfraith. Meddyliodd am Huw Nannau a'r helynt yn yr eglwys. Tybed fyddai ganddo siawns i ddisgwyl i hwnnw ei gefnogi? Doedd dim ar ôl yn y cyffiniau yma iddo bellach, oni bai am…

'Mae gen i le da yn y Nannau, a chyfeillion o dras, mi fydden nhw'n eiriol drosta i.'

'O, fydden nhw?' Cododd Poole ei gwpan at ei wefus a chymryd dracht o'r gwin cyn gosod y gwpan yn ofalus ar y bwrdd. 'A, ie, fe glywais fod gen ti gyfeillion agos yno.'

Gwyliodd Rhys y dyn yn pendroni a throi'r fodrwy fawr, drom o amgylch ei fys yn hamddenol cyn edrych yn syth i'w lygaid.

'Mae cyfeillgarwch yn beth brau.'

Sylwodd Rhys ar y newid yn ei lais a chododd y daeargi ei glustiau.

'Tybed fyddai cyfeillgarwch yn goroesi honiad o drais yn erbyn chwaer neu ferch?'

'Beth?'

'Ti a dy ferched, Rhys! Wyt ti'n anghofio meddalwch cnawd merch mor fuan? Marged Llwyd, merch Huw Nannau a gwraig Llwydyn yr ynad heddwch o bawb. Mi wnest ti ddewis da – fel y byddi di!' Chwarddodd Poole, chwerthiniad sych, oer. 'Sut un oedd hi, dwêd? Fu hi'n barod i agor ei choesau i ti, Rhys – neu efallai i ti orfod gwneud mwy na'i chymell?'

Teimlodd Rhys y surni'n codi i'w geg, a chwalodd ei feddyliau yn ddarnau mân.

Ychwanegodd Poole yn dawel, 'Dim ond ei gair hi yn erbyn dy air di – mewn llys barn, gair pwy fyddai'n sefyll tybed?'

Arhosodd, a chodi'r gwpan yn araf a diog cyn ychwanegu, 'Mae yna ddigon neith dystio fod ei chnawd gwyn clws hi'n gleisiau duon ar ôl dy fachau budron di, Rhys ap Gruffydd.'

Plygodd Poole i gosi clust y daeargi.

'Merched. Tydyn nhw erioed wedi dod â fawr o lwc i ti, 'yn nac ydyn? Mae eisiau dewis merch yn ofalus, Rhys, yn union fel dewis gast.'

Edrychodd Rhys tua'r drws, ond roedd yr helgi du eisoes yno'n dangos ei ddannedd.

9

ROEDD HI'N DYWYDD clòs a theimlai Siencyn y chwys yn treiddio trwy ei ddillad trwm. Safodd y ferlen a gafaelodd Siencyn yn y tennyn, cyn dal ei law i helpu'r ferch oddi arni. Tywysodd y ferlen i mewn i fuarth Rhiwgoch a dilynodd y ferch ef yn swil. Roedd y gweision wedi dod allan i gymryd ceffyl Gruffydd Nannau oddi arno. Tynnwyd y pecynnau oddi ar gefn ei farch a throdd Gruffydd at Siencyn gan amneidio arno i'w cymryd. Chymerodd neb sylw o'r ferch. Safai honno'n dawel yng nghysgod y clawdd yn gafael yn dynn yn ei bwndel.

'Tyrd â nhw i'r tŷ, Siencyn, wnei di?'

Cydiodd Siencyn yn y pecynnau. Wyddai o ddim beth oedd eu cynnwys ond fe ddeallai ddigon i wybod mai dod ar y daith i warchod ei feistr a'r pecynnau yma oedd ei ddiben o. Yna cofiodd am y ferch, Gwen ferch Ieuan.

'Aros yn fan hyn am funud ac mi ddaw rhywun atat ti rŵan,' meddai wrthi.

Roedd Wrsla wedi'i siarsio i edrych ar ei hôl. Doedd Siencyn ddim wedi arfer gorfod edrych ar ôl neb, ac yn enwedig nid merch ifanc dair ar ddeg oed. Wyddai o ddim beth i'w wneud ohoni. Diolch i Dduw nad oedd hi'n un o'r rheiny oedd yn crio a rhyw nadu, fel y byddai merched. Edrychodd Siencyn arni. O leiaf fu hi'n ddim trafferth; doedd hi ddim wedi arfer efo maldod, reit siŵr, o gofio pwy oedd ei mam hi.

Yna rhuthrodd Marged Llwyd allan i gyfarch y teithwyr. Edrychodd ar Gwen, yna ar Siencyn, ac yna ar y ffordd y tu ôl iddo, fel petai hi'n disgwyl gweld rhywun arall yn dilyn ar y gynffon. Am ennyd gallai Siencyn synhwyro rhywbeth yn ei hosgo, rhyw ddryswch neu siom efallai.

'Croeso, croeso. Ddaeth 'Nhad ddim efo chi?'

Yna trodd at Gruffydd ei brawd a daeth y wên yn ôl i'w hwyneb.

'Na, mae'r fogfa yna'n ei boeni, Marged, ond mae Mam yn anfon hwn i ti.'

Cynigiodd Gruffydd becyn bach i ddwylo ei chwaer, ac wedi iddi agor y pecyn daliodd y siôl les gain i fyny i'r golau. Rhyfeddodd ati, a'i lapio'n ofalus. Gwenodd ei brawd arni. Roedd ei chwaer yn enghraifft wych o sut y dylai merch fonheddig ymddwyn, yn osgeiddig ac urddasol. Roedd graen ar ei gwisg a gofal amlwg wedi'i roi i'w gwedd, gyda'i gwallt golau wedi'i osod i ddisgyn fel rhaeadrau bach dros ei hysgwyddau. Daeth Elis, ei mab hynaf, ar ras i'r golwg, ac un o'r helgwn wrth ei droed.

'Elis, tyrd i gyfarch dy ewythr,' galwodd Marged.

Arhosodd y bachgen am funud, ei wyneb yn wrid o gynnwrf. Safodd i wynebu Gruffydd Nannau.

'Dydd da, syr,' meddai gan ymgrymu'r mymryn lleiaf, yna trodd a brasgamu i ymuno â'r dynion. Roedd yr helfa'n galw.

Chwarddodd Gruffydd.

'Mae o'n fachgen cryf, Marged,' meddai.

Gwenodd Marged. Oedd, roedd hi'n falch iawn o'i phlant, yn arbennig Elis Llwyd, ei bachgen hynaf, ac roedd trefniant wedi'i wneud yn barod am briodas o bwys ar ei gyfer.

Cododd Marged y siôl at groen llyfn ei boch, yna trodd i gydnabod y ferch wrth y clawdd yn ei sgert garpiog, ei siôl denau a'i chap gwyn pyglyd.

'A dyma Gwen, ie?'

Nodiodd y ferch yn swil.

'Dos trwodd i'r gegin ffordd acw, Gwen, fe edrychan nhw ar dy ôl di.'

Gwyliodd Siencyn y ferch yn sgrialu mynd, ei phen yn isel a'i hysgwyddau'n grwb. Fedrai o ddim deall y teimlad rhyfedd ddaeth drosto – roedd o eisiau dweud wrthi y byddai popeth yn iawn. Roedd o'n mynd yn feddal yn ei henaint mae'n rhaid.

'Ydi Robert Llwyd adre?' holodd Gruffydd.

'Na, mae wedi mynd draw i Lwydlo ar ryw fusnes. Dwn i ddim, Gruffydd, mi wyddost nad oes gen i ddiddordeb mewn rhyw gyfreitha diflas,' meddai Marged, a chwarddodd yn ysgafn cyn arwain ei brawd i mewn i'r neuadd. Dilynodd Siencyn y ddau, gan aros i gael gwybod lle y dylai roi'r pecynnau.

'Ga i adael y rhain yn y siambar gen ti, Marged?' gofynnodd Gruffydd. Galwodd ei chwaer ar un o'r morynion ac arweiniodd honno Siencyn i fyny'r grisiau derw ac agor un o'r drysau trymion. Edrychodd Siencyn ar y moethusrwydd – y carped a'r tapestriau trwchus a'r gwely llydan, braf. Gosododd y pecynnau i bwyso yn erbyn y gist a chau'r drws ar ei ôl. Yna aeth allan i'r stablau i wneud yn siŵr fod gweision Rhiwgoch wedi rhwbio'r chwys oddi ar y meirch yn iawn, a'u bwydo.

'Ar dy ffordd i Gorsygedol wyt ti? Am ymweld â'r Fychaniaid?' holodd Marged. Gallai Gruffydd gymryd y llwybr trwy Fwlch Drws Ardudwy ac i lawr i Nantcol, cyn mynd yn ei flaen am Gorsygedol. 'Wyt ti'n mynd yn dy flaen heddiw?' holodd. Ni fyddai'r daith o Riwgoch trwy'r bwlch yn un hir, ac roedd y dydd yn ymestyn yn braf.

'Na, mi arhosaf y nos os caf fi, Marged, ac ailgychwyn ar fy nhaith yn y bore.'

Edrychodd Marged arno, ond nid oedd fel petai'n awyddus i ddweud mwy am ei daith. Anaml y byddai ei brawd yn dod y ffordd hyn – byddai'n fwy tebygol o grwydro i gyffiniau Amwythig a chyn belled â Llundain ar ryw berwyl neu'i gilydd. Edmygai fenter ei brawd a'i thad, gan na fethai'r un o'r ddau gyfle i hyrwyddo safle'r Nannau yn y cylchoedd bonheddig o bwys. Roedd ei thad wedi llwyddo i drefnu priodasau da ar gyfer ei chwiorydd a hithau, wrth gwrs, gwenodd, ac roedd Robert Llwyd a hithau'n cynllunio'n barod ar gyfer eu plant hwythau. Wyddai Marged ddim yn iawn sut i gloriannu ei theimladau tuag at ei gŵr. Oedd, roedd ei thad wedi trefnu'n dda ar ei chyfer, ac roedd ei phriodas, wrth gwrs, wedi sicrhau bod gan ei thad rywun i wylio dros ei fuddiannau yn y byd gwleidyddol. Yn ei dro, diolchai Robert yntau i'w dad yng nghyfraith am ei gefnogaeth, ac am Marged yn wraig. Roedd cysylltu Rhiwgoch â theulu'r Nannau wedi bod yn fanteisiol iddo yntau hefyd. Ond ai dyna'n unig oedd Robert Llwyd iddi, trefniant a dyna i gyd? Gwthiodd y llun o Rhys ap Gruffydd o'i meddwl, yn gwybod ei bod yn troedio tir sigledig, a cheisiodd ddwyn wyneb ei gŵr i'w meddwl yn ei le.

Cododd Gruffydd Nannau. Sylwodd Marged fod ei brawd fel petai ar binnau hefyd. Beth oedd ei fwriad, tybed? Gwthiodd Marged ei chwestiynau i'r naill du – roedd ganddo gynlluniau busnes yn rhywle, mae'n debyg, ac roedd ei pherthynas hi â'i brawd wedi newid. Nid ei chwaer ddireidus oedd hi bellach, yn rhannu cyfrinachau; yn hytrach, roedd hi'n wraig o statws, gwraig â dyletswydd at ŵr yn gyntaf, a thad a brawd wedyn. Doedd hi ddim yn disgwyl i'w brawd drafod materion busnes gyda hi.

'Dim ond ymweliad bach cwrtais, Marged.' Nid oedd reswm dros ddweud mwy. Tybed faint a wyddai ei chwaer am drafferthion y Nannau a'r achos llys fyddai'n siŵr o'u hwynebu pe na baent yn medru talu'r pris gofyn am goed

Penrhos? Roedd Gruffydd a'i dad wedi trafod y peth gyda Robert Llwyd pan fu hwnnw yn y Nannau dros ŵyl yr Ystwyll, wrth gwrs, ond fyddai o ddim yn trafod dim o bwys â'i wraig. Felly y dylai pethau fod, meddyliodd Gruffydd, doedd a wnelo merched ddim â busnes na gwleidyddiaeth. Doedd o'n sicr ddim am sôn am ei gynlluniau wrth ei chwaer – fyddai dim lles yn dod o hynny. Byddai hi'n siŵr o ddweud wrth Robert Llwyd, ac roedd hwnnw ormod ar ochr y gyfraith i ymddiried dim ynddo.

Bu ei dad ac yntau'n trafod hyd berfeddion ai doeth oedd mynd rhagddo â'r cynllun. Oedd y gŵr dieithr yn Nhy'n y Rhos i'w drystio? Ond wedyn, pe bai popeth fel y dywedodd y dieithryn, byddai'r arian yn llifo i mewn efo llanw'r Traeth Mawr.

Yna cofiodd Gruffydd yn sydyn am y ferch.

'Mae gen ti le yma i'r ferch, oes Marged?'

Roedd Annes Nannau wedi mynnu bod y ferch, Gwen, yn dod at Marged i Riwgoch. Wedi'r cyfan, mae'n debyg fod dyletswydd arnyn nhw i ofalu amdani, gan i'w thad farw o ganlyniad i ddamwain a gafodd wrth wneud gwaith i'r Nannau. Doedd gan Gruffydd fawr o feddwl o'i thad – un digon diog fu Ieuan yn ei feddwl o – ac roedd ei wraig o'n butain o ddynes os cofiai'n iawn. Câi hi le da yma gyda Marged, a Duw a ŵyr roedd angen ychydig o sylw arni. Doedd hi'n ddim ond swp o esgyrn ar hyn o bryd, ac er bod Wrsla wedi ceisio trwsio hynny a fedrai ar ei siôl, doedd yna fawr o raen arni.

'Oes, mi fedra i wneud efo morwyn fach go siarp o gwmpas y lle 'ma.' Amneidiodd ar ei brawd i eistedd yn y gadair. 'Oes ganddi dylwyth?'

'Dim ond mam sydd ganddi erbyn hyn. Wyt ti'n cofio Wrsla, gweddw Edward ap Dafydd? Fe gymerodd honno hi i'w thŷ.' Agorodd Gruffydd ei ddwbled a llacio ei goler. 'Dwi'n meddwl mai Rhys ap Gruffydd fu'n rhoi gair da drosti yng nghlust Mam. Meddwl y basat ti'n gofalu amdani?'

Gwyliodd Gruffydd ei chwaer yn symud ei bys hyd ymyl y siôl les. Oedd o'n gweld mymryn o wrid yn codi ar ei hwyneb?

Cododd Marged a throi ei chefn ar ei brawd. Aeth trwodd i'r gegin i sicrhau bod trefniadau swper ar droed.

'O, ac ar ba berwyl mae mistar bach y Nannau?'

Roedd hen was Rhiwgoch yn ei gwman ar y stôl ger y tân. Anaml y byddai'n mentro allan o'r gegin bellach, dim ond i'r cowt efallai, neu cyn belled â'r stablau i ganfod beiau yng ngwaith y gweision eraill. Ond er nad oedd yn mynd i unman, fo fyddai'n gwybod hynt a helynt pawb yn ddieithriad. Byddai rhai yn taeru bod ganddo'r gallu i glywed sgyrsiau yn y creigiau a'i fod yn gweld y dyfodol yn symudiad y cymylau. Edrychodd Siencyn arno; doedd ganddo fawr o feddwl ohono, ac fel hen snichyn busneslyd y gwelsai o erioed.

'Dim byd o bwys.' Aeth Siencyn i eistedd i gornel y fainc.

'Am y glannau mae'ch trwyna chi felly?'

Doedd Siencyn ddim yn un i rannu gwybodaeth ar y gorau, a phan ddaeth Marged i mewn diolchodd nad agorodd ei geg. Cyffyrddodd ei gap yn weddus.

'Gwna'n siŵr fod Siencyn yn cael llond 'i fol wnei di, Malan, a phaid titha â holi.'

Trodd Marged ei llygaid miniog ar yr hen ŵr. Chymerodd hwnnw fawr o sylw, dim ond codi'i law fel 'tai'n ymlid pryfyn. Yna gadawodd Marged y gegin a mynd i chwilio am y forwyn newydd. Daeth o hyd iddi yn siambr y morynion.

Gwyliodd Marged hi'n rhoi cynnwys ei bwndel yn y coffor yn y gornel o dan y distiau. Pais a sgert frethyn, sanau gwlân a chapan llin – roedd ei mam wedi darparu dillad ar ei chyfer o'r Nannau felly. Gwyliodd Marged y ferch fach eiddil hon yn gosod ei dillad, ei heiddo i gyd, yn y coffor. Roedd hi'n dair ar ddeg ond doedd dim ohoni, dim siâp i'w chorff, dim ond migyrnau ac arddyrnau'n amlygu eu hunain yn lympiau esgyrnog o dan frethyn ei dillad. Pam y bu i Rhys drefnu iddi ddod yma? Oedd o'n meddwl na châi lonydd gan ddynion y Nannau? Roedd Marged wedi clywed storïau, wedi clywed sibrwd ac ensynio ymysg y gweision, sibrydion am ei thad, Huw Nannau. Teimlai'n anesmwyth. Gwyddai Marged am y cyfnodau penyd y bu'n rhaid i'w thad eu dioddef yn eglwysi Llanfachreth a Dolgellau, ac roedd hynny wedi bod yn achos cywilydd mawr i'w mam ac i'r teulu i gyd. Ac eto, gwyddai Marged hefyd am y rhai a fyddai'n baglu dros ei gilydd i luchio baw i gyfeiriad y Nannau. Teulu Oweniaid y Llwyn fel arfer. Rhain oedd yn gyfrifol am ddwyn yr achosion hyn yn erbyn ei thad. Sut roedd posib profi tadolaeth y plant hynny y câi ei thad ei ddwyn i gyfraith yn eu cylch?

'Gest ti rywbeth i'w fwyta?'

Trodd y ferch yn sydyn; doedd hi ddim wedi clywed Marged yn nesu. Chwiliodd Marged ei hwyneb diniwed, y llygaid mawr ofnus. Roedd yn rhaid iddi amddiffyn hon, er na wyddai hi ddim yn iawn pam.

'Ty'd, mi awn ni i'r gegin, mae gan Malan botas yn barod.'

Gwenodd ar y ferch, a gwenodd hithau'n ddiolchgar, er na ddywedodd hi ddim gair.

'Fedri di odro?'

Nodiodd Gwen a gwenu. Efallai y gallai fod yn hapus yma wedi'r cyfan.

'Mae angen codi'n gynnar, cofia,' a dilynodd Gwen ei meistres newydd i gynhesrwydd a phrysurdeb y gegin.

Gadawodd Marged y gweision ac aeth yn ei hôl at ei brawd. Byddai Malan yn dod â'r bwyd trwodd toc. Safodd Gwen wrth y drws yn plethu ei bysedd segur yn ôl a blaen, ei llygaid yn astudio'r crawiau ar y llawr.

'A phwy wyt ti, felly?' holodd yr hen ŵr.

Gwyliodd Siencyn y ferch yn gwrido. Edrychodd Malan i'w chyfeiriad.

'Does gen ti ddim tafod, hogan?' meddai'r forwyn, ond doedd ganddi ddim amser i roi mwy o sylw iddi. 'Tyrd i osod yr hambwrdd yma i fynd trwodd, yn lle sefyll yn fan'na fel delw.'

'Gwen ydi hi,' chwyrnodd Siencyn, 'mae hi yma ar gais eich meistres.'

Rhuthrodd Gwen i wneud y gorau a allai mewn cegin ddieithr, er na wyddai hi ble i ddod o hyd i ddim.

'Dim ond Gwen, ie?' prociodd yr hen ŵr. 'Oedd yna reswm dros ei hanfon o'r Nannau 'ta?'

Gallai Gwen synhwyro ei lygaid yn chwilio ei chorff, gan aros o gwmpas ei bol. Symudodd yn sydyn i ochr arall y bwrdd fel na allai ei lygaid ei dilyn.

'Does yna ddim stori i ti yn y fan yna, hen ŵr, felly paid â mynd ati i greu un,' ysgyrnygodd Siencyn wedyn.

Prysurodd Gwen i baratoi'r bara ar gyfer swper y gweision, a theimlo brath tafod Malan sawl tro, ond diolchodd fod Siencyn yno'n gefn iddi. Wrth dywallt y potas ar ben y bara, gwnaeth yn siŵr fod y cig yn mynd i ddysgl Siencyn. Rhoddodd yntau wên gynnil iddi.

Wedi gorffen bwyta, ysgubodd y gweddillion oddi ar

y bwrdd a chlirio'r cwpanau. Teimlai ei chorff yn boenus gan nad oedd hi wedi gadael ei chynefin cyn hyn. Er nad oedd fawr o bellter rhwng Rhiwgoch a Llanfachreth, teimlai ei chartre'n bell iawn oddi wrthi'r noson honno yn y gegin ddieithr.

Cododd y gweision ac aeth Siencyn i'w canlyn i chwilio am wely am y noson.

'Edrych di ar ei hôl hi, Malan,' meddai a chyfeirio'i ben at yr eneth fach eiddil oedd bellach yn hepian wrth y tân.

Cododd Gwen ei phen, gwenu arno a mentro sibrwd nos da.

10

ROEDD RHYS WEDI aros i'r llanw gilio oddi ar dywod y
Traeth Bach. Wedi gadael Poole, penderfynodd mai doeth
fyddai mynd i olwg yr aber unwaith eto. Byddai angen iddo
ddod i ailadnabod y llanw ac ail-gwrdd â'r elfennau fyddai'n
gwneud y gwahaniaeth rhwng llwyddo a methu, rhwng arwain
y dynion i ddiogelwch neu i drybini. Craffodd Rhys draw i
gyfeiriad y môr agored a gweld ambell hwyl ar y gorwel.
O leiaf gallai fod â rheolaeth dros y rhan hon o'r fenter. Fo
oedd yn adnabod y Traeth Bach, neu o leiaf bu unwaith yn
adnabod y traeth. Byddai'n rhaid i Poole sefyll i'r naill ochr a
gadael i Rhys arwain yma.

Roedd wedi galw yn Llanfihangel y Traethau, yr eglwys
wyngalch ar lan y traeth. Er nad oedd bedd wedi'i farcio yno y
medrai aros uwch ei ben i dalu gwrogaeth, gwyddai mai yno y
claddwyd ei fam, ymhell yn y gorffennol. Gallai gofio amlinell
ohoni, er nad oedd o'n siŵr o hynny chwaith, amlinell niwlog
efallai. Doedd ganddo ddim manylion wedi'u hysgythru ar ei
gof, yn llun i'w gadw. Doedd ganddo ddim wyneb i'w roi
iddi, dim ond gair a disgrifiad y meudwy ohoni. Ond gallai
glywed ei llais yn canu iddo'n blentyn – y dyrïau bach doniol
a'r rhigymau. Fe gofiai ei llais yn llafarganu ei phaderau a
chlician gleiniau'r llaswyr, ac fe gofiai hefyd am gychwr
Llechollwyn, yr un fu'n gofalu amdano cyn i'r meudwy ei
nôl oddi yno. Ni chofiai Rhys pam y bu'n rhaid iddo adael
y Traeth Bach a phrysurdeb y tŷ ar fin y dŵr, dim ond ei
fod wedi'i gipio oddi yno ar frys ryw noson. Gwenodd wrth
gofio iddo fynnu dychwelyd yno pan ddaeth yn ddigon hen i

grwydro'r glannau ar ei ben ei hun, ond gwyddai'r meudwy ble i ddod o hyd iddo, a byddai'n rhaid iddo ddychwelyd bob tro i'r hofel fach yn y bryniau.

Tynnodd Rhys ei esgidiau a'i sanau a'u gosod yn ei sgrepan. Roedd teimlo'r swnd eto o dan wadnau ei draed yn mynd â fo yn ôl ymhell bell, yn bellach na llais ei fam. Anelodd am Ynys Gifftan ynghanol yr aber. Gwyddai am y ffosydd dyfnion a'r tywod sigledig a gwyddai hefyd sut y gallai'r traethau hyn fod yn dwyllodrus i ddieithryn. Roedd mis yn gyfnod hir i fod o olwg traeth os am ei adnabod yn iawn. Cofiai y gallai'r afon newid ei gwely, weithiau'n llifo i'r gogledd o'r ynys ac weithiau i'r de. Edrychodd draw i gyfeiriad Eryri, yr Wyddfa a'r cribau uchel, a sylwi bod ambell graith o eira'n glynu'n styfnig yno, er bod llethrau'r Cnicht a'r ddau Foelwyn yn dechrau glasu. Gwyddai fod tiroedd a chymoedd diarffordd i'r cyfeiriad hwnnw, draw heibio Nanmor a phont Aberglaslyn. Ond nid oedd cuddio yn unman yn hawdd erbyn hyn, pan fyddai penderfyniad wedi'i wneud i ddod o hyd iddo.

Edrychodd draw i gyfeiriad Gifftan a'r llwybr i'r de o'r ynys. Gallai glywed rhywun draw yno'n galw ar y geifr, llais gwraig yn codi'n glir ac uchel uwch y traeth. Yna lleisiau plant yn chwerthin a dwrdio chwareus y wraig yn eu hateb. Roedd y gwanwyn yn brysio i mewn i gilfachau'r traeth efo'r llanw, a'r haul yn dechrau cynhesu'r pridd tywodlyd. Doedd ryfedd fod tinc chwareus yn llais y fam, am fod dyddiau llwm y gaeaf yn pellhau a'r olwyn ar droi'n araf ond yn sicr unwaith eto.

Neidiodd Rhys. Roedd dŵr y traeth yn dal yn rhewllyd beth bynnag. Cododd ei draed i gamu'n sydyn drwy'r ffos fach er mwyn cyrraedd y strimyn o dywod yng nghanol y traeth. Rhaid oedd iddo graffu o'i flaen a chwilio am y pyst i ddangos y llwybr, ac yntau wedi anghofio chwilio am ffon cyn cychwyn dros y tywod. Byddai'n rhaid iddo wylio am y tir sigledig, y tywod byw fyddai'n cau am ei fferau ac yn ei sugno efo'r wefus fawr, yn araf, araf, cyn ei fygu a'i lyncu fel na fyddai dim ond ôl ei draed ar ôl.

Edrychodd yn ei ôl tua Llanfihangel a gweld ei olion yno'n eglur yn y swnd. Craffodd. Oedd yna olion traed rhywun arall yno'n ei ddilyn? Nid yn ei ddilyn chwaith, ond yn cyd-gerdded ag o. Olion traed llai, olion traed cain rhywun ysgafn yn sgimio hyd wyneb y swnd, rhywun yn rhedeg, a godre'i gwisg yn gadael ôl fel ymyl adain ar y tywod llaith. Arhosodd. Gallai glywed sŵn ei hanadl yn ei ddychymyg wrth iddo frysio ar draws y traeth...

'Tyrd, rho dy law i mi, neidia...'

Roedden nhw'n rhedeg draw dros y morfa a dim ond yn aros weithiau i gael eu gwynt atyn nhw. Gwyddai'r ddau na fyddai'r cwnstabliaid ymhell y tu ôl iddyn nhw. Y bore hwnnw daethai'r meudwy draw i'w rybuddio. Roedd dynion mewn lifrai wedi bod i fyny ato ben bore bach yn bygwth a rhegi, gan rwygo'r hofel yn rhibyns efo'u ffyn a'u pastynau. Gwelsai Rhys y cleisiau yn dechrau duo ar wyneb yr hen ŵr. Ond chawson nhw ddim gwybodaeth ganddo, gwyddai Rhys hynny. Fyddai o ddim yn dweud gair wrth ddiawliaid y gyfraith. Rhegodd Rhys y cythreuliaid, a'i regi ei hun am adael y meudwy yn ddiamddiffyn i dderbyn curfa.

'Dos tra medri di, Rhys!'

Ceisiodd Rhys rwystro Mallt rhag ei ddilyn. Doedd ganddi hi ddim brwydr yn erbyn y gyfraith, ond gwyddai mai ei ddilyn fyddai hi, waeth faint o ymbilio a wnâi.

Roedd y llanw ar droi a'r Traeth Bach yn agor yn wyn a disglair o'u blaenau. Byddai'n rhaid ei groesi i gyrraedd Minffordd ac yna croesi'r Traeth Mawr er mwyn dianc ymhell o Feirionnydd a draw am diroedd diogel Arfon. Doedd dim dewis arall. Gan afael yn ei llaw, tynnodd Rhys hi ar ei ôl. Llusgai ymylon ei gwisg trwy'r dŵr a hithau'n gafael yn y brethyn a'i godi dros ei fferau gan ymlwybro trwy'r afon fas. Petaen nhw ond yn gallu cyrraedd cysgod yr ynys, efallai y bydden nhw'n gallu cadw o olwg y dynion wedyn. Llamai'r ddau ar draws ehangder y tywod, ambell waith yn camu'n sydyn i gyfeiriad gwahanol er mwyn osgoi'r pyllau, a dro arall bu'n rhaid newid cyfeiriad wrth i Rhys deimlo'r tywod yn symud yn ansicr dan eu traed. Uwch eu pennau sgrechiai'r gwylanod eu rhybuddion, fel petai'r rheiny'n gweld yr holl beryglon ac yn eu hannog i beidio ag aros. Wrth redeg, pwniai curiadau ei galon trwy ei ben ac felly dechreuodd wrando ar rythmau ei hanadl cyson hithau. Am funud anghofiodd am bopeth, â dim ond ei hanadl hi'n ei amgylchynu.

Doedd o ddim fel petai o yno ar y traeth o gwbl, doedd dim sŵn gwylan uwchben na thywod dan draed, dim ymyl miniog cragen na dafnau oer y pyllau heli. Dim ond rhythmau cyson ei hanadl hi'n curo trwy ei gorff. Ei llaw yn cyffwrdd ei law yntau, yn boeth a chwyslyd. Arafodd y llamu a newid yn hercian ansicr. Arhosodd y ddau. Edrychodd Rhys arni. Gollyngodd hithau odre'i gwisg a throi i'w wynebu. Roedd y rhedeg wedi codi gwrid dieithr ar ei hwyneb. Yr wyneb main yna a'r geg yn llinell styfnig, a'r gwallt tywyll wedi'i ryddhau o garchar y cap gwyn ac wedi'i chwipio i bob cyfeiriad gan y gwynt. Syllodd Rhys arni, a'i llygaid tywyll yn syllu'n ôl. Roedd hi mor hardd, mor eiddil o hardd. Llaciodd y wefus o'r llinell syth, styfnig mewn gwên. Yna trodd y wên yn chwerthiniad bach ysgafn, mor ysgafn â dafnau dŵr dros gregyn y traeth.

'Paid ag edrych mor brudd,' meddai, gan glosio ato.

'Fedri di ddim dod efo fi, 'sti.' Ceisiodd ymresymu â hi unwaith eto.

'Waeth i ti heb â dadlau, dwi wedi dod cyn belled,' chwarddodd.

'Fedri di ddim, wna i ddim mynd â thi ymhellach.' Gwyliodd y chwerthin yn cilio a'i llygaid yn caledu. 'Fedri di droi yn ôl rŵan, os ei di yn ôl a chymryd y llwybr heibio Llechollwyn a thua'r eglwys.'

Trodd Rhys yn ei ôl ac edrych draw i gyfeiriad y lan, er mwyn dangos iddi olion y llwybr i fyny o'r traeth a thrwy'r coed i eglwys Llanfihangel y Traethau.

'Mi fedri di guddio yno yn yr eglwys nes byddan nhw wedi pasio. Fford acw y daw'r dynion.'

Chwifiodd ei freichiau i ddangos y llwybr arall o gyfeiriad y morfa iddi a gwyddai ei fod wedi codi ei lais wrth ymbilio arni i weld rheswm. Roedd yn rhaid iddo ei gyrru yn ei hôl, mynnu ei bod yn dychwelyd.

'Does ganddyn nhw ddim byd yn dy erbyn di. Dwyt ti ddim wedi gwneud dim i'w poeni nhw.'

Gwyliodd hi'n troi ei chefn arno ac yn llamu yn ei blaen yn benderfynol am y lan bellaf.

'Er mwyn Duw, Mallt, dos yn dy ôl!'

Gwaeddodd arni, ond chwipiodd yr awel ei lais a gwyliodd hi'n pellhau, ei chefn yn syth a'i gwallt gwyllt yn donnau tywyll yn erbyn llwydni'r awyr. Gwyliodd hi'n cyflymu ei cham nes ei bod hi'n rhedeg draw tuag at gysgod yr ynys o'i flaen. Er bod pellter rhyngddyn nhw, daliai i glywed rhythm cyson ei hanadl yn treiddio trwyddo. Rhedodd yntau i geisio ei dal; wrth gwrs na fyddai hi'n ei adael. Roedd hi wedi addo y byddai hi fel cysgod iddo, yn ei ddilyn i ble bynnag yr âi. Dyna'i haddewid iddo'r noson yr aeth â hi adref gydag o i'r hofel yng nghoed Gerddi.

Wrth godi o'r traeth i gysgod y llwyni clywsant y sŵn. Doedd dim camgymryd sŵn fel yna – bytheiaid yn udo. Sgrialodd y ddau i'r cysgod. O'u safle ar y lan gallent edrych draw dros y llwybr roedden nhw newydd ei groesi. Yno ar draws y traeth roedd y dynion wedi casglu'n fintai fach, a'r cŵn â'u ffroenau'n synhwyro'r awyr.

'Faint gymran nhw rŵan?' holodd Mallt. Gwyliai'r ddau y dynion yn sefyllian ar y lan gyferbyn. Edrychodd Rhys i lawr i gyfeiriad ceg yr afon. Gallai weld y ffosydd yn lledu gyda'r llanw, a'r pyllau bach yn dyfnhau eto. Teimlodd y tyndra tuag ati'n llacio; trodd a chydio ynddi a'i gwasgu tuag ato. Roedden nhw'n ddiogel am y tro.

'Fedran nhw ddim croesi ar ein holau ni rŵan, os nad ydyn nhw am fod yn fwyd i'r pysgod... Edrych, mae'r lli'n codi.'

Chwarddodd hithau a gorwedd yn ôl ynghanol y rhedyn i gael ei gwynt ati.

'Ty'd.' Tynnodd hi ar ei thraed. 'Rhaid i ni drio cael pellter rhyngddyn nhw a ni.'

Dilynodd hithau, a dringodd y ddau i fyny'r llwybr am Finffordd â'r llwyni yn eu cuddio, nes cyrraedd i ben y gefnen a gweld y llanw'n llenwi'r llwybrau a groesai'r Traeth Mawr a'r tir na fedren nhw bellach ei roi rhyngddyn nhw a'r gyfraith.

Ailglymodd Mallt ei gwallt yn daclus o dan ei chap gwyn a cherddodd y ddau'n dawel heibio'r tyddynnod ac i lawr i gyfeiriad Ty'n y Rhos. O leiaf fe fydden nhw'n medru talu am ychydig o fara a llymaid, ond gwyddai'r ddau nad oedd gobaith ganddyn nhw fedru talu am wasanaeth y cwch i'w croesi.

Craffodd hen wraig Ty'n y Rhos ar y ddau ifanc.

'Am Eifionydd ewch chi felly?' holodd.

Nodiodd Rhys, ond nid oedd am gynnig mwy o wybodaeth. Daliodd i fwyta a sylwi bod Mallt wedi tynnu ei chap yn isel dros ei hwyneb a chodi ei siôl rhag yr awel a ddaethai i mewn gyda llanw'r Traeth Mawr.

'Oes ganddoch chi dylwyth y ffordd honno?' holodd yr hen wraig wedyn.

'Na, nid tylwyth yn hollol.'

Daliodd i gnoi. Gwyddai y dylai fod wedi meddwl am ei stori cyn hyn.

'Mae hi'n rhy gynnar iddyn nhw fod angen pladurwyr,' meddai hithau'n ysgafn a chodi un ael. 'Ond mi glywes fod digon o waith i borthmyn tua Llŷn...'

Gwenodd yr hen wraig ac aeth yn ei hôl i dywyllwch y tŷ. Roedd criw yno'n aros yn barod i'r Cychwr roi'r arwydd – criw o glerwyr yn ôl eu sŵn. Cymerodd Rhys gip i'r tywyllwch a sylwi bod yno griw yn barod i groesi am dai mawr Eifionydd. Clywodd un yn galw ar yr hen fardd i'w ddifyrru.

'Tyrd, Siôn Phylip, dyro flas i ni ar dy eiriau.'

Closiodd Rhys at ymyl y drws a gwrando ar ganu'r pencerdd. Cyfarch yr wylan roedd geiriau'r bardd, yn gofyn iddi fynd ar neges at ei gariad gan fod y môr wedi llifo i'r aber a'i rwystro rhag ei chyrraedd.

'Hed i'r lan, hydr oleuni,
A dywed lle'm dalied i...'

Pwysai Mallt ei chefn yn erbyn wal y tŷ, a sylwodd Rhys ar ei hwyneb gwelw a'i chorff eiddil, a sylwi hefyd ar y chwydd yn ei bol. Eisteddodd wrth ei hymyl a chymryd ei dwylo yn ei rai ef. Cododd y dwylo at ei wefusau. Roedd o wedi methu gwneud yr union beth roedd wedi'i addo iddi. Gofalu amdani, ei gwarchod rhag hyn, rhag gorfod wynebu perygl a thrachwant dynion. Crynodd; fe wyddai beth fyddai'r driniaeth i ferch yn nwylo'r gyfraith. Ddylai hi ddim bod yma efo fo rŵan. Fe ddylai hi fod ar y lan arall, yn ôl yn y bwthyn neu i fyny efo'r meudwy, nid yn y fan hyn gydag o.

Hen eiriau gwirion oedd geiriau'r bardd; nid deisyfu i fod efo'i gariad roedd Rhys ond deisyfu iddi hi fod yn ddigon pell oddi wrtho fo, yn ddiogel. Doedd hi ddim yn ddigon cryf i fod ar ffo gyda bytheiaid a gwŷr y gyfraith yn eu herlid.

Daeth yr hen wraig allan yn ei hôl. Talodd Rhys iddi, a chodi ei sgrepan.

'Fe awn ni,' meddai, gan gadw ei lais yn isel rhag iddi glywed yr amheuaeth yno.

'I ble'r ewch chi?' holodd.

'Ymlaen am Lanfrothen, fe awn ni am y topia.'

'Mae hi'n mynd yn hwyr iddi hi, a hithau fel mae hi.' Plygodd yr hen wraig ei phen tuag at y ferch. 'Mae gen i le iddi hi aros os leici di.'

Arhosodd Rhys. Oedd gobaith?

'Na!' Sythodd Mallt ei chefn. 'Na, mi awn ni yn ein blaenau,' meddai.

Diflannodd yr hen wraig i dywyllwch y tŷ unwaith eto, a dod allan yn ei hôl gyda charthen wlân yn ei breichiau. Roedd rhywbeth ynglŷn â'r ferch yn ei thynnu ati, yn codi'n bryder ynddi – ei thawelwch mae'n debyg. Doedd yn dda gan yr hen wraig ddim rhyw hen ferched penchwiban, swnllyd. Roedd hon yn wahanol. Gwyliodd y ferch yn sythu, yn codi ei phen yn falch ac yn derbyn y garthen gan fwmian ei diolch.

'Duw a'ch cadwo,' sibrydodd Mallt cyn troi am y llwybr.

'Tyrd â hi yn ei hôl pan fyddi di'n dod ffordd yma nesa,' galwodd yr hen wraig.

Gwyliodd yr hen wraig y ddau yn dilyn y ffordd ymlaen am Hirynys, a'r ferch, y garthen yn ei breichiau, yn hercian mynd y tu ôl i'r gŵr ifanc, ac yntau'n stopio i gymryd ei llaw. Daeth rhyw dristwch drosti wrth iddi sylweddoli na fydden nhw'n teithio yn bell, a'r gwynt yn codi ac yn chwipio'r heli i mewn o'r bae. Doedd ei mab, y Cychwr, ddim am fentro heno chwaith. Siawns na fyddai pethau'n well yn y bore ac y byddai'n ddiogel i'w lletywyr groesi. Gallai hithau ddweud bod dau ifanc wedi croesi gyda'r clerwyr ar eu taith. Ie, dyna fyddai hi'n ei ddweud, beth bynnag, petai rhywun yn holi.

11

'DWI'N MYND DRAW am Riwgoch ben bore, os oes gen ti neges i Gwen.'

Sythodd Tudur yn y drws.

Gwenodd Wrsla. Roedd o mor siŵr, mor sicr ohono'i hun. Y bachgen bach crwn hwnnw wedi troi'n llanc cydnerth. Gwyddai ei bod yn chwith ganddo fod heb arweiniad Rhys, ond ers i Rhys fynd roedd wedi cael ei ddyrchafu'n un o'r cowmyn, ac yn ôl y sôn yn plesio Huw Nannau efo'i ddycnwch. Roedd ganddo arian yn ei boced ac roedd yr hen wraig, ei nain, yn edrych yn well nag erioed. Diolchai honno'n ddyddiol i'r Forwyn Fair, yn ddistaw bach wrth gwrs, am eu hachub o ddwylo crintachlyd y plwyf, er iddi hi wneud yn siŵr nad oedd Tudur erioed wedi mynd heb fwyd yn ei fol.

Safai Tudur yn y drws yn dal pecyn wedi'i lapio mewn cadach i Wrsla.

'Y feistres yn anfon hwn i ti o'r gegin.'

Estynnodd Wrsla am y pecyn yn ddiolchgar, ac ynddo roedd tamaid o bastai wmlws, y bastai a wnaed o'r darnau gwastraff na fydden nhw'n gweddu i fyrddau'r boneddigion.

'Diolch i ti, Tudur,' gwenodd Wrsla arno. Roedd ceisio cael Tomos i fwyta unrhyw beth yn frwydr felly roedd yn ddiolchgar iddi am gofio amdani. Roedd hi mor falch hefyd fod lle wedi'i ganfod i Gwen yn Rhiwgoch – o leiaf roedd un geg yn llai i'w bwydo. Ac wrth gwrs, roedd y ddaear yn deffro a'r modd ganddi eto i hel ei llysiau a'r deiliach, felly o leiaf fe fyddai ganddi siawns o fynd ati i baratoi eli a thrwyth. Fyddai gan ei phobl hi ddim modd fforddio costrelau bach drud yr apothecari; at Wrsla y bydden nhw'n dod, gydag wyau efallai neu glwt o wlân yn gyfnewid am driniaeth neu swyn.

'Be ydi dy neges di yn Rhiwgoch felly, Tudur?' holodd Wrsla, gan symud iddo gael dod i mewn.

Sylwodd ar ei glocsiau newydd a'i ddwbled frethyn.

'Rwyt ti'n edrych yn dda, Tudur,' chwarddodd. 'Symud gwartheg ydach chi fory? Gwylia di ddifetha dy esgidiau newydd. Fasa hi ddim yn well i ti ddefnyddio'r hen rai a hithau'n sych dan draed?'

'Nage, nid ar berwyl gwartheg fydda i fory, Wrsla,' meddai Tudur. Eisteddodd ar y fainc wrth y pentan a symud ei fysedd ar hyd lledr caled ei glocsiau. 'Drycha lledr da sydd ynddyn nhw, Wrsla.' Yna cododd ei ben yn chwareus. 'Rhyw ddiwrnod ella y prynith Rhys rai fel hyn i ti!'

'Rhys? I be fasa hwnnw'n prynu clocsia i mi, neno'r tad?'

Chwarddodd Wrsla a gwridodd Tudur; efallai iddo ddweud gormod. Diolch i Dduw nad oedd Rhys yno i'w glywed, neu fe fyddai ei ben yn yr afon cyn nos.

'Na, does 'nelo'r daith ddim byd â gwartheg,' meddai wedyn yn frysiog.

'O?'

Taerai Wrsla y gallai weld y balchder fel petai'n haen o olau cynnes, bodlon yn ei amgylchynu.

'Gruffydd Nannau sydd wedi galw arna i…'

'O, felly.' Chwarddodd. Roedd Tudur mor ifanc ac mor barod i blesio. Yna sobrodd. Roedd hefyd yn un mor beryglus o hawdd ei dwyllo. 'Cymer di ofal, Tudur, mae Gruffydd Nannau yn un i'w wylio, cofia di hynny.'

'Mae o'n fistar da wyddost ti, Wrsla, dwi wedi cael lle da gan y ddau, Huw a Gruffydd, a does 'na ddim curo ar Annes.' Yna cofiodd am y pecyn bach oedd y tu mewn i'w ddwbled. 'Drycha be mae hi yn ei anfon i Gwen.'

Estynnodd y sanau a'r cap les gwyn a'u rhoi i Wrsla i'w hastudio.

'Maen nhw'n rhai da, graen arnyn nhw. Rwyt ti'n iawn, Tudur, un ffeind ydi hi.'

Esmwythodd Wrsla y crychau oddi ar ddefnydd lliain y cap gwyn. Dilynodd y llinell o grych tua'r rhimyn bach o les – mor gain oedd yr edau fain, fel gwe ar fore o farrug. Lapiodd y dillad yn ôl yn y pecyn yn frysiog a'i estyn i Tudur a stwffiodd Tudur y pecyn yn ôl y tu mewn i'w ddwbled.

'Paid â phoeni amdana i, Wrsla, dwi'n medru gofalu amdana fi'n hun yn iawn, 'sti.'

'Wyt, mae'n debyg.' Camodd Wrsla allan i ben y rhiniog. 'Ond rwyt ti'n ifanc, Tudur, ac fel pawb dy oed di, yn hawdd dy ddallu am dy fod yn rhy barod i roi dy ffydd mewn pobl – mi glywais i dy hanes di efo'r llongwr yna yn yr efail, cofia di rŵan...'

'Ia, ond dieithryn oedd hwnnw'n de, wyddwn i ddim mai twyllwr oedd o. Dwi'n nabod Gruffydd Nannau, 'yn tydw.'

'Wyt ti dwêd?' Edrychodd ar y bachgen a rhoddodd weddi fach sydyn dan ei gwynt. 'Duw gadwo di felly, Tudur, a chofia fi at Gwen, wnei di?'

Gwyliodd y bachgen yn brasgamu i fyny i gyfeiriad y Nannau.

Ceisiai gofio yn ôl i'r adeg pan fu hithau'n brasgamu i fyny tua'r Nannau hefyd, yr haul ar ei gwar a chap lliain gwyn newydd yn cuddio'i gwallt. Cafodd hithau le da yn y Nannau gydag Annes hefyd am sbel, cyn iddi briodi a dod yn fam. Pendronodd Wrsla. Annes y wraig fonheddig, freintiedig yn ei dillad drud. Wyddai hi ddim am hirlwm gaeaf; fyddai dim rhaid iddi hi boeni pan fyddai'r gwanwyn yn hir yn cyrraedd; fyddai cistiau ei chegin hi, na'r bachau na'r llechi oer byth yn gwacáu. Ac eto, pan fu farw gŵr Wrsla yn y ffrwgwd ar y Marian fe ddaeth Annes i'w gweld. Y wraig osgeiddig, dlws yn wylo gyda hi yma yn yr ystafell foel hon, yn cydio yn Wrsla ac yn ymbil am faddeuant ar ran ei theulu. Dim ond ffrwgwd arall rhwng dau feddwyn yn ôl y cwnstabl. Chwarae'n troi'n chwerw – dyna i gyd. Ond gwyddai Wrsla mai camu i ganol brwydr nad oedd a wnelo fo ddim â hi a wnaeth ei gŵr. Brwydr teulu'r Nannau a'r Llwyn oedd hi, brwydr barhaus y teuluoedd bonheddig – yr union rai oedd wedi sicrhau mai nhw oedd â chyfrifoldeb dros gadw cyfraith a threfn ym Meirionnydd. Dim ond ffrwgwd arall yn troi'n llofruddiaeth, gan adael gwraig arall yn weddw a phlentyn arall yn amddifad. Ond gwyddai Annes Nannau yn burion ar ddwylo pwy roedd y gwaed, pwy oedd wedi gadael Wrsla yn ei hofel yn galaru. Byddai'n rhaid iddi hi ddychwelyd at fwrdd y wledd yn y Nannau i gyd-fwyta ac i wylio'r dwylo hynny'n torri'r bara gwyn, meddal a'i roi i fwydo yng ngwin gorau'r cyfandir.

Trodd Wrsla yn ôl i'r tŷ. Daeth wyneb Rhys i'w meddwl, y llygaid tywyll a'r wefus honno a hanner gwên arni. Dduw mawr, oedd hi am golli Rhys eto? A beth am Tudur, y llanc diniwed yma? Teimlodd Wrsla am y glain bach a gariai yn ei phoced, hwnnw roedd hi wedi rhoi'r swyn arno. Trodd yn ei hôl a rhedeg i ben y llwybr, gan alw ar Tudur.

'Hwda!' Arhosodd Tudur am funud a gwylio Wrsla yn rhedeg tuag ato. Estynnodd hithau ei llaw iddo. 'Cadw fo yng ngwnïad dy ddwbled, Tudur, paid â'i golli!' Edrychodd y llanc arni. 'Ac os gweli di Rhys, dwêd wrtho…'

Arhosodd Tudur, 'Ia?'

Ond roedd Wrsla wedi troi oddi wrtho. Roedd hon yn waeth na'i nain efo'i swynion a'i gleiniau hud, meddyliodd. Coel gwrach, ond fe gaeodd ei law am y talismon a'i gadw'n ddiogel efo pecyn Gwen.

12

NEIDIODD RHYS AR ei draed. Fedrai o ddim cofio lle roedd o am eiliad. Edrychodd o'i gwmpas. Roedd y garthen wlân yno wrth ei draed ar y silff garreg. Cynefinodd ei lygaid â'r golau llwydlas. Clustfeiniodd. Fedrai o glywed dim, ddim hyd yn oed cri'r gwylanod. Ymbalfalodd tua cheg yr ogof; roedd y llawr yn anwastad a llithrig. Galwodd arni, ond doedd hi ddim yno.

'Mallt?'

Trawodd ei lais ymylon yr ogof a thasgu'n fil o ddarnau bach, nes bod ei henw'n disgyn o'i gwmpas ymhobman. Ble roedd hi? Gallai deimlo'r dychryn yn codi'n don drwyddo, ond nid dychryn yn unig chwaith. Teimlai ei wrychyn yn codi. Oedd rhaid iddo glymu ei hun wrthi? Roedd hi'n styfnig a phenderfynol. Fyddai hi'n ddim mwy na maen melin am ei wddf; pam ddiawl na fedrai hi weld hynny ac aros ar ôl yn Llanfihangel neu yn yr hofel gyda'r meudwy? Roedd angen rhywun i ofalu am hwnnw, ac mi fyddai'r ddau wedi gwneud yn iawn – y ddau mor benstiff â'i gilydd.

'Mallt!' gwaeddodd, gan gyrraedd yr agoriad rhwng y llwyni. O'i flaen ymestynnai'r traeth yn wyn yng ngolau'r hanner lleuad, cyn tywyllu eto gyda gwib y cymylau. Chwiliodd y traeth islaw; doedd 'run adyn i'w weld yno, neb am fentro'r swnd ynghanol nos fel hyn. Rhegodd o dan ei wynt. Pam ddiawl y bu'n rhaid iddo gysgu o gwbl? Petai o heb gysgu mi fyddai o wedi cyrraedd Penmorfa ar y lan arall bellach. Rhegodd wedyn, a chicio carreg o dan ei droed. Sgrialodd honno'n swnllyd i lawr y sgri, gan yrru mwy o gerrig i bowlio tua'r clogwyn ac i'r traeth islaw. Yna clywodd y brigau uwch ei ben yn symud. Trodd a gwylio Mallt yn sgrialu i lawr tuag ato.

'Tyrd, rhaid i ni fynd,' sibrydodd hi, 'mi fedrwn ni groesi rŵan.'

Trodd oddi wrthi.

'Lle buest ti, Mallt? Pam na fasat ti wedi 'neffro i?'

Ceisiodd Rhys feddwl faint o'r nos aeth heibio wrth iddyn nhw orwedd yno ar y graig, y ddau yn gwlwm o dan y garthen wlân. Doedd o ddim wedi cysgu'n esmwyth, fe wyddai hynny; roedd o wedi gorwedd yno'n effro yn gwrando ar y tonnau'n taro godre'r graig. Roedd wedi cau ei freichiau amdani fel petai rywsut yn gallu ei hamddiffyn rhag pob ofn a wibiai 'nôl a blaen i'w feddyliau. Sawl gwaith y bu'n gwrando, yn ysu am i'w hanadl dawelu am eiliad fel y gallai glywed yn iawn ai sŵn traed yn nesu ynteu sŵn y gwynt trwy'r llwyni a glywai? Gyda phob ochenaid a roddai hithau yn ei chwsg, fe wyddai Rhys fod rhyw fytheiaid yno'n ei hunllef yn synhwyro'r awyr uwch ei chorff. Yna mae'n rhaid ei fod yntau wedi llithro i gwsg rywbryd cyn i'r llanw ddechrau cilio, oherwydd chlywodd o mohoni'n datod ei freichiau ac yn gadael yr ogof.

'Rŵan, Rhys, rhaid i ni fynd rŵan.' Cydiodd Mallt yn ei fraich ond gwthiodd Rhys hi oddi wrtho.

'Pam ddiawl na fasat ti wedi 'neffro i?'

Gollyngodd Mallt ei fraich a chrafangu ar hyd yr ymyl ac yn ôl i'r ogof, cyn codi'r garthen a'i chlymu am ei hysgwyddau. Yna dechreuodd ddisgyn yn ofalus i lawr ymyl y sgri tuag at y clogwyn a'r traeth islaw.

'Paid â sefyll yn fan'na yn pwdu, tyrd yn dy flaen,' galwodd arno.

Craffodd Rhys o'i flaen ar gysgod tywyll bryniau Arfon. Petai ond yn gallu cyrraedd y fan honno cyn i'r wawr dorri fe fyddai'n gallu dianc. Gallai ddechrau bywyd newydd yn rhywle, draw yn Eifionydd; roedd o'n siŵr i'r meudwy sôn rywdro fod tylwyth ei fam o gyffiniau Eifionydd. Gallai weithio, roedd yn weithiwr da, yn gryf ac yn iach; fyddai o ddim yn gorfod cardota. Byddai'r gyfraith yn siŵr o anghofio amdano ymhen amser, a gallai gymryd arno mai llanc o Arfon oedd o, neu o unrhyw fan arall 'tai hi'n dod i hynny. Siawns nad oedd diflannu yn beth gweddol hawdd i'w wneud, dim ond iddo fod yn ofalus.

Roedd Mallt wedi mynd o'i olwg bellach a fedrai o ddim ond clywed ei thraed yn symud ar hyd y creigiau. Fyddai pethau ddim mor hawdd i ddau ohonyn nhw, wrth gwrs. Pam ddiawl y bu iddo ei chymryd i mewn y noson honno y gwelodd hi yn y dafarn yn Harlech? Fe ddylai fod wedi'i gadael a mynd yn ei ôl at y meudwy a'r hofel ddiarffordd ar ei ben ei hun. Fyddai neb wedi dod o hyd iddo yn y fan honno chwaith.

Ond fe wyddai pam yn iawn. O'r eiliad y gwelodd hi yn y dafarn yn Harlech fe wyddai mai ei gwarchod fyddai raid. Gyda Mallt fe brofodd dynerwch na allai fyth fod wedi'i amgyffred. Dim ond atgof pell, pell oedd ganddo o deimlo cariad fel y rhoddodd hi iddo. Gallai gael gafael ar ferch i fyrhau'r nos gyda hi, wrth gwrs – doedd dim prinder merched fyddai'n fodlon ei ddiddanu. Ond efo Mallt doedd dim rhaid dweud nac esbonio, dim cymryd arno; roedd hi'n ei garu heb ofyn dim yn ôl, dim ond ei gwmni.

Fe fyddai'n dod o hyd i le diogel yn gyntaf; digon hawdd wedyn fyddai dychwelyd i'w nôl hi ato.

'Faint o amser sydd ganddon ni?'

Roedd Mallt wedi cyrraedd godre'r sgri; gallai Rhys glywed y cerrig yn llithro dan ei thraed.

'Faint sydd yna nes daw'r llanw yn ei ôl?' galwodd hi wedyn.

'Dwyt ti ddim yn dŵad efo fi, Mallt,' gwaeddodd a theimlo'i lais yn caledu. 'Glywest ti? Dwyt ti ddim yn dŵad efo fi... Rhaid i ti fynd yn dy ôl. Dydw i ddim isio i ti ddod efo fi, dwyt ti'n ddim byd ond magl diawl am fy nhraed i, Mallt.'

Gwrandawodd ar sŵn ei thraed yn pellhau.

'Mallt, aros.'

Gwaeddodd arni, yna arhosodd a gwrando eto. Roedd hi'n llonydd rŵan, neu o leiaf fedrai o ddim clywed sŵn y cerrig yn symud, felly rhaid bod ei eiriau wedi'i chyrraedd. Clustfeiniodd, gan ddisgwyl clywed y llais styfnig yn ei herio neu'n chwerthin fel petai ei eiriau yn ddim ond rhigwm bach doniol.

'Aros...'

Yna clywodd Rhys sŵn carreg yn llithro, ac un arall yn ei dilyn. Llonyddodd, a mynnu bod pob gewyn yn aros.

'Mallt, er mwyn Duw, gwranda arna i...'

Dechreuodd symud yn gyflym gan sgrialu cerrig a brigau i bob cyfeiriad.

'Lle gythral wyt ti?' gwaeddodd wedyn, yna trawodd ei droed yn erbyn rhywbeth heblaw cerrig a gwreiddiau. Trawodd rywbeth meddal.

'Mallt, wyt ti'n iawn? Arglwydd mawr, ateb fi,' sibrydodd.

Roedd cwmwl wedi llithro eto dros yr hanner lleuad, ond gallai Rhys weld bod ei droed wedi dod o hyd i'r garthen. Plygodd i'w chodi. Chwiliodd ymyl y clogwyn ond doedd dim golwg o'r ferch.

'Mallt!'

Trodd yn wyllt wrth glywed brigyn yn torri y tu ôl iddo, yna trawodd ymyl rhywbeth caled ochr ei wyneb a theimlodd ei hun yn syrthio. Cythrodd i gael gafael ar wreiddyn neu lwyn, unrhyw beth rhag iddo lithro tuag at ymyl y clogwyn. Clywodd sŵn haearn yn taro haearn, a thraed trymion yn rhuthro.

'Dal o, myn Duw, maen nhw isio fo'n fyw y penci,' gwaeddodd rhywun. 'Dal y diawl, cyn iddo fo fynd dros yr ymyl.'

'Rhys!' sgrechiodd Mallt, cyn i law ei thawelu.

Teimlodd Rhys y ddaear oddi tano'n crynu, a theimlo bysedd mawr yn cau am ei fferau ac yn ei lusgo trwy'r sgri. Ceisiodd ryddhau ei goesau. Ciciodd a chrafangodd am y breichiau a'i daliai. Rhyddhaodd un o'i goesau ac anelu cic at wyneb un o'r dynion. Trawodd yn dda, a neidiodd y dyn yn ei ôl gan regi a bytheirio. Pistyllai'r gwaed o'i geg.

'Mi gei di hi'r sglyfath,' sgrechiodd y dyn.

Tynhaodd Rhys ei gorff yn barod am yr ergyd. Trawodd ymyl dur ei ben-glin a theimlodd Rhys y cyhyr yn rhoi oddi tan yr ergyd. Gwingodd ar y ddaear wrth i'r dyrnau a'r ergydion ddisgyn yn genlli o bob cyfeiriad. Weithiau'n ddur ac weithiau'n droed neu'n ddwrn. Llithrai'r hanner lleuad yn ôl a blaen rhwng y cymylau yn union fel y llithrai meddwl Rhys yn ôl a blaen rhwng ymwybyddiaeth a düwch. Yn gefndir i'r cyfan roedd sgrechiadau Mallt, neu efallai mai cri'r gwylanod a glywai, fedrai Rhys ddim bod yn siŵr.

Agorodd y drws a llifodd y golau i mewn fel llafn cyllell gan yrru iasau o boen trwy ei benglog. Roedd blas gwaed yn ei geg.

'Ar dy draed, yr uffarn.' Cythrodd yr horwth amdano a llusgo Rhys i bwyso ar y wal fel ei fod yn wynebu'r dyn.

'Lle ydw i?' Roedd ei lais yn ddieithr iddo, yn floesg, a'i dafod yn dew.

Methai sefyll yn syth. Nofiai'r distiau yn nes ato, a disgynnodd wedyn yn ei ôl ar y llawr pridd.

'Cwyd y cwdyn.'

Llwyddodd Rhys i rowlio o gyrraedd y droed wrth iddo ymbalfalu wedyn ar ei gwrcwd i gyrraedd y drws. Herciodd allan i'r golau a llaw'r horwth yn dal yn dynn yn y gefynnau a glymai ei ddwylo y tu ôl i'w gefn.

'Diawl o bwys lle wyt ti rŵan, 'yn nach'di,' chwarddodd y dyn. 'Fasa hi ddim yn well i ti ddyfalu i ble w't ti'n mynd?'

Gwthiodd y dyn ei wyneb tuag at wyneb Rhys a thynnu ei fys yn llinell ar draws ei wddf.

'Taswn i'n ti, mi faswn i'n dechra deud fy mhadar, yli.'

Chwarddodd nes i'r chwerthin droi'n bwl o besychu cas. Wrth besychu, plygodd y dyn, a'i wyneb mawr yn troi'n biws hyll gyda'r ymdrech. Yna sythodd, carthu ei lwnc a chodi fflem a glafoer a'i boeri'n syth i wyneb Rhys. Rhegodd hwnnw gan geisio rhwbio'r gymysgfa ffiaidd oddi ar ei wyneb â'i ysgwydd. Chwarddodd y dyn.

'Be s'an ti, dŵad, ofn i'r beth fach glws yna dy weld ti efo llysnafadd ar dy wynab, ia?' Tynnodd ben Rhys yn ôl gerfydd ei wallt nes y gallai Rhys weld y llygaid gorffwyll yn fflachio ac ogleuo'r anadl o'r geg yn llawn pydredd. 'Duw, dydi'm bwys gan honna am fymryn o lysnafedd wel'di – mi gafodd lond ceg ohono fo gynna ac roedd hi wrth ei bodd...'

Gwibiodd wyneb Mallt trwy feddwl Rhys. Ei Fallt ef, ei thynerwch a'i diniweidrwydd, ei chorff meddal yn cael ei fyseddu gan hwn. Rywsut rhyddhaodd ei hun o afael y dwylo garw a throdd yn sydyn i wynebu'r dyn. Tynnodd ei ben yn ôl a dod â'i dalcen i lawr gyda grym gordd ar drwyn yr horwth. Atseiniodd y glec dros y buarth a disgynnodd y dyn ar ei din, a'i drwyn yn siwrwd.

13

'TYRD I EISTEDD efo fi am funud, Siôn Phylip.'

Eisteddai Annes Nannau yn gefnsyth ar y fainc dderw a bwysai yn erbyn wal y neuadd fawr. Craffai ar y brodwaith yn ei dwylo, ac weithiau, pan ddeuai at bwyth mwy cymhleth na'i gilydd, byddai'n newid ei hystum fel y gallai droi'r gwaith cywrain yn ei llaw i gyfeiriad y golau a dreiddiai trwy gwareli isa'r ffenestr. Gadawodd ei brodwaith i syrthio i'w chôl, ochneidio a phwyso'i chefn yn erbyn y tapestri Arras cyfoethog a orchuddiai'r wal.

'Tydw i fawr haws â chlosio at y ffenestr, 'nelo faint o ola ddaw trwyddi.' Ochneidiodd wedyn, a chau ei llygaid am eiliad. 'Dwi'n heneiddio, wyddost ti, yn cael trafferth i frodio hyd yn oed. Mae Robert yn dweud y daw o â chwyddwydr newydd i mi o Lunden tro nesa daw o adra.'

Symudodd Siôn Phylip yn nes at y tân. Tynnodd ei het wlân a'i gosod ar y ffendar cyn troi at feistres y Nannau a gwenu arni.

'Aha, ie, dyma hi, hen wraig y Nannau a hithau heb fod yn drigain eto!' Chwarddodd y ddau. 'Ydi Robert wedi mynd yn ei ôl i Lunden yn barod?' holodd.

'Do, ac fe aeth Gruffydd am Riwgoch.' Estynnodd Annes am y chwyddwydr oddi ar y ford gron wrth ei hymyl. 'Edrych, mae hon yn sgriffiadau i gyd, wela i ddim byd trwyddi.'

'Am Riwgoch?' Oedodd Siôn Phylip, ond ddaeth dim ymateb. 'Ydi Marged a Robert Llwyd mewn iechyd?'

'Ydyn, neno'r tad, rhyw fusnes oedd ganddo efo Robert Llwyd debyg.'

'O?'

'Dwn i ddim, Siôn, mi wyddost fwy na mi.'

Lapiodd Annes y chwyddwydr yn y cadach a'i adael yn ei chôl.

'Does gan Elen druan, Duw a'i helpo hi, fawr o drefn ar y plant yna, a tydi Gruffydd yn rhoi dim arweiniad iddyn nhw…' Gososdodd Annes y chwyddwydr yn ddiamynedd yn ôl ar wyneb derw'r ford. Roedd hi wedi dal yr ieuengaf o'i hwyrion yn chwarae gyda'r gwydr y bore hwnnw a doedd Elen, ei merch yng nghyfraith, heb allu gwneud dim i'w rwystro. 'Tydyn nhw'n cael mela efo pob dim – ond dyna fo, gwell i minnau dewi a pheidio â thynnu 'nhylwyth i 'mhen.'

Gwyliodd y bardd hi am funud yn eistedd yno'n edrych ar ei dwylo. Dwylo gwraig fonheddig, er nad oedd y cryd cymalau yn dewis ei bobl yn ôl tras. Roedd y cymalau yn chwyddedig a'r bysedd yn camu, ond o leiaf doedd yna ddim ôl creithiau gwaith garw arnyn nhw, dim ewinedd wedi'u hollti na gwe o wythiennau duon hyd wyneb y croen. Ond gallai Siôn gofio'r dwylo hyn yn wyn, yn esmwyth a meddal. Gwyddai hefyd nad y chwyddwydr oedd achos ei hwyliau drwg – fedrai neb gyhuddo Annes o fod yn wraig blagus, bigog. Gwyddai Siôn gymaint oedd ei balchder wrth weld ei hwyrion yn tyfu'n fonheddwyr bach. Yn arbennig Huw, y cyntaf ohonyn nhw. Roedd ymarweddiad Huw, hyd yn oed yn awr yn bymtheg oed, yn rhoi gobaith iddi y deuai yna drefn rywbryd ar fuddiannau'r Nannau. Gwyliodd Siôn hi'n gorffwys ei phen yn ei dwylo ac yn cau ei llygaid. Gobeithiai yntau y byddai yna rywbeth ar ôl i'r Huw ifanc yma ei etifeddu.

Doedd ymadawiad rhai o'r dynion am Riwgoch yn rhoi dim esmwythyd meddwl i Annes.

'Fe ddywedodd Wrsla wrtha i fore heddiw fod rhai o'r dynion wedi mynd am Riwgoch hefyd, Siôn?'

Cododd y bardd a symud draw at y ffenestr, gan edrych ar y patrymau a'r ffigyrau bach ar y tapestri. Dilynodd un o'r patrymau cywrain â'i fys.

'Mae hwn yn dal ei liw yn dda, Annes. Wyt ti'n cofio hwnnw ar dalcen y neuadd yng Nghorsygedol? Mae hwnnw ag olion mwg yn arw arno erbyn hyn.'

'Ydi o?'

'Ydi, mae'r llinellau fel tasan nhw wedi rhedeg i'w gilydd.'

'O.'

'Ond mae graen go dda ar yr hen le er hynny, cofia,' ychwanegodd.

'Oes, debyg iawn. Mae Gruffydd Fychan yn fachgen da, Siôn, petai o ddim ond yn medru dylanwadu peth ar fy Ngruffydd i, ynte?'

Penderfynodd y bardd aros yn dawel. At bwy arall y medrai Annes droi i ddweud ei chŵyn? Doedd yna'r un forwyn yma y medrai hi ymddiried ynddi, a gwyddai Siôn na wnaeth hi erioed gyfaddef dim o'i phryderon yng ngŵydd yr un o'i merched. Yn sicr, ni fyddai hi'n iselhau ei hun i rannu ei meddyliau ag Elen, ei merch yng nghyfraith. Hi oedd y feistres, wedi'r cwbl. Croesodd Siôn Phylip ac eistedd wrth ochr Annes ar y fainc. Er mai ei frawd, Rhisiart, oedd bardd teulu'r Nannau, doedd hwnnw ddim yn adnabod Annes fel yr oedd ef yn ei hadnabod, a fyddai hi ddim yn debygol o ddweud ei meddwl wrth unrhyw hen fardd.

'Ddaeth yna ddim newydd da gan Myddelton o'r Waun y tro yma, Siôn. Fe wyddost ti fod gelynion y Nannau yn galw am glirio'r dyledion, ac fe fu Syr Thomas yn dda iawn wrth y Nannau ers blynyddoedd. Mae'n debyg fod gormod o straeon wedi dod i glustiau hwnnw bellach hefyd.'

'Mae Huw Nannau wedi gwneud penyd, Annes; does yna ddim cyhuddiadau yn ei erbyn bellach.'

'Twt, nid dyledion felly. Dydi talu ambell swllt am gadw plentyn gordderch ddim am ein torri ni, a phaid â chymryd arnat nad wyt ti'n gwybod am helynt coed Penrhos chwaith.'

Cododd ei brodwaith eto'n ddiamynedd. Fe ddylai Siôn Phylip o bawb wybod yn well na cheisio cymryd arno ei fod yn ddwl. On'd oedd hi'n ei adnabod erioed fel un o'r gwŷr mwyaf craff, a phan fyddai ar ei hynt ar daith glera o amgylch y tai mawr fyddai o'n siŵr ddim yn mynd i'w wely pan fyddai'r sgwrs yn troi'n ddifyr.

Tawelodd y bardd. Wrth gwrs y gwyddai am ddyledion Huw Nannau, a gwyddai hefyd mor ofalus oedd penteulu'r Nannau â'i gyfrifon. Doedd neb, yn ôl y sôn, yn cadw cyfrifon mor drwyadl â meistr y Nannau. Hynny, mae'n debyg, a boenai gymaint ar y teulu; roedden nhw'n gwybod yn iawn faint eu helbul ariannol. Fe wyddai'r hen fardd hefyd fod cynlluniau ar droed fyddai'n fodd i leihau peth ar y ddyled, ond doedd o ddim am fod yn gyfrifol am gario mwy o newyddion a allai beri pryder i glyw Annes.

'Mi addawodd Huw i mi, wyddost ti Siôn, wedi'r helynt efo'r ferch Catrin yna o'r dre, na fyddai'n dwyn gwarth arna i eto...'

Cododd Siôn gan deimlo'n anesmwyth. Fe wyddai am y siarad a'r crechwenu fu wrth fyrddau gwledd y tai mawr, a gwyddai hefyd mor daer y crafai rhai o fonheddwyr Meirionnydd am unrhyw si ynghylch ffolineb gwŷr y Nannau. Byddai Oweniaid y Llwyn a'u carfan o gefnogwyr yn arbennig o brysur efo'u hewinedd, yn crafu pob crachen. Fydden nhw ddim am dawelu unrhyw stori amheus, dim ond ei chwyddo a'i rhannu, a chwerthin gan mor hawdd oedd eu gwaith o ddiystyru hawl teulu'r Nannau i reoli ym Meirionnydd. Pwy yn ei iawn bwyll a roddai werth ar farn a chyngor Huw Nannau a Gruffydd ei fab bellach?

Teimlai Siôn ddyletswydd bardd yn un trwm iawn ar brydiau – y cywyddau canmoliaethus yn mynd yn anos eu canu, ond canu oedd raid os am nawdd. Gwyddai'n iawn am ddyletswydd pencerdd.

Croesodd at y tân. Roedd yntau'n heneiddio, a gadawodd i'r gwres dreiddio trwy frethyn ei siercyn. Yna cododd ei ben yn sydyn. Annes oedd hon, Annes y ferch hardd, ddoeth honno a fagwyd yng Nghorsygedol, honno y gwnaeth o addewid tawel y byddai'n gwylio drosti o bell.

'Ond mi rwyt ti uwchlaw hyn i gyd, Annes, mae dy enw di'n cael ei barchu, rwyt ti'n gwybod hynny. Annes y Nannau ie, efallai, ond paid ag anghofio dy linach – mae balchder Fychaniaid Corsygedol yn ddwfn ynot ti, yn ogystal â theulu Llwyndyrys ac uchelwyr Llŷn ac Eifionydd.'

'Mae Corsygedol yn teimlo'n bell, bell, Siôn...'

'Hy, welais i erioed mohonot ti'n hunandosturiol fel hyn. Mi fedri anwybyddu llithriadau Huw bellach, siawns. Edrych – ti sydd yma'n eistedd wrth y tân yn feistres y Nannau...'

'Hen feistres a'i golwg ar drai a'i bysedd yn camu...'

'O, Duw a'n gwaredo, rwyt ti wedi edrych gormod trwy'r chwyddwydr cymylog yna, Annes. Tyrd...'

Chwarddodd hithau, codi a gosod ei siôl dros ei hysgwyddau, yna cofiodd am yr ebol.

'Ie, pa fendith ddaw o eistedd a 'nhrwyn mewn gwydrau wedi'u sgriffio trwy'r dydd? Welaist ti'r ebol newydd?'

Rhoddodd Siôn ei het wlân yn ôl am ei ben ac aeth y ddau allan.

'Mae o'n ebol cryf, a'r seren wen yna ar ei drwyn o. Mi wnaiff farch da i ti, Annes.'

Pwysodd y ddau ar y glwyd ac edrych draw dros y cae bach lle roedd yr ebol yn gorwedd yn yr haul. Yna trodd Annes i edrych ar y bardd.

'Wyddost ti am yr eneth fach yna fu'n aros efo Wrsla? Gwen? Mae hi wedi mynd i Riwgoch at Marged yn forwyn erbyn hyn.'

'Merch Ieuan wyt ti'n feddwl?'

'Ie, Ieuan fu cystal â'i magu hi, beth bynnag.'

'Does yna fawr o drefn ar ei mam hi 'yn nag oes, yn ôl y sôn.'

'Nag oes, druan â hi. Wedi gorffwyllo mae hi, mae'n debyg, wedi marw Ieuan. Wyddost ti rywbeth am y ddamwain gafodd o?'

'Na, dim ond iddo dorri ei gefn...' Gwyddai Siôn i ble roedd y cwestiynu'n arwain.

'Rhyw helynt yn eglwys Dolgellau ynte?'

'Dwn i ddim.'

'O? A wyddost ti ddim pam y cymerais i dosturi dros y ferch yna, Gwen, felly?'

Gwyliodd Siôn yr ebol yn codi ac yn ymestyn ei goesau heglog.

'Mae hi'n ferch ordderch i Huw, yn hanner chwaer i 'mhlant i, Siôn. Sut y medrwn i ei gadael hi ar dosturi'r fam druan yna? Fe gafodd aros efo Wrsla, chwarae teg iddi, nes i mi berswadio Marged i'w chymryd hi'n forwyn i Riwgoch.'

'Un arw ydi ei mam hi, Annes, pan oedd hi yn ei phwyll hyd yn oed; doedd yna ddim trefn arni, hen hoeden...'

'Ie, efallai mai hoeden ydi hi, Siôn. Putain, hoeden, beth bynnag y galwi di hi – tlawd oedd hi, ynte? Mae'n rhyfedd beth wneith pobl pan maen nhw'n llwgu. O leiaf wn i ddim byd am dlodi fel yna... eto.'

Ciledrychodd Siôn arni. Hon ddylai fod yn fardd, un o'r beirdd newydd yn edrych ar y byd fel ag y mae. Nid rhyw hen glerwr fel fo, yn dal ati i ganu am fyd trwy lygaid nawdd, y byd hwnnw y mae'r gwŷr mawr eisiau i bobl ei weld.

14

GLOYWODD LLYGAID GWEN wrth iddi estyn am y sanau
gwlân a rhoddodd floedd fach o bleser wrth weld y capan
gwyn â'r ymyl les. Pwysodd Tudur yn erbyn ymyl y drws yn
ei gwylio, a sylwi fel roedd ei chorff yn dechrau meddalu, yr
onglau esgyrnog yn dechrau llyfnhau a llenwi. Sylwodd ar y
gwrid cynnes ar ei chroen, er nad oedd hi yma yn Rhiwgoch
ond ers wythnos neu ddwy, ac yn barod roedd bywyd i'w
weld yn dechrau llifo trwy ei gwythiennau. Symudodd Tudur
ei bwysau a phlygu un pen-glin fel bod ei droed yn pwyso
yn erbyn y palis. Sythodd. Tybed oedd hi wedi sylwi ar ei
glocsiau newydd eto, ac ar y graen ar ei ddillad? Pesychodd,
ond doedd Gwen ddim am dynnu ei llygaid oddi ar ei chap
newydd.

'Wel, ydyn nhw'n dy drin di'n iawn yma felly?' holodd
Tudur. Symudai ei bwysau o'r naill droed i'r llall, gan grafu
gwadn ei esgid yn erbyn crawiau'r llawr, ond chododd Gwen
mo'i phen.

'Ydyn.'

'Achos mi fedrwn gael gair efo rhywun, 'sti, tasat ti ddim
yn cael lle go lew yma,' ceisiodd wedyn i ddenu ei sylw.

'Na, maen nhw'n ddigon ffeind yma, wsti.'

Lapiodd Gwen y cap a'r sanau yn eu holau yn y pecyn
a chodi i fynd heibio i Tudur, oedd wedi symud i sefyll
rhyngddi hi a'r drws. Byddai'n mynd â nhw i'w cadw yn
y coffor rhag i Malan eu gweld. Un ddigon rhyfedd oedd
honno, yn siŵr o blagio neu ddial os gwelai rywun yn cael
mantais arni hi. Fynnai Gwen ddim iddi ddod i wybod am ei
phecyn o'r Nannau. Safai Tudur yno o'i blaen, ei frest allan

fel ceiliog. Gwasgodd hithau heibio iddo a rhedeg i gadw'r cap a'r sanau.

Wedi dod yn ei hôl i'r gegin, cododd y bwcedi a throi'n ôl allan i'r buarth bach yng nghefn y tŷ. Dilynodd Tudur hi, ac wrth iddi godi'r bwcedi o'r cafn a ddaliai'r diferion o'r pistyll, cythrodd Tudur i'w helpu.

'Tyrd â fo i mi,' meddai ac estyn am y cyntaf o'r bwcedi. Wrth symud o un llaw i'r llall, llithrodd y bwced a thywallt y dŵr dros draed Tudur. Chwarddodd Gwen.

'Damia!' Gollyngodd Tudur y bwced nes i'r dŵr redeg dros y cerrig crynion.

'Lwcus wyt ti, Tudur, yn medru cael y crydd i wneud clocsia da fel yna i ti. Ydyn nhw'n dal dŵr?' holodd Gwen yn ddiniwed. Edrychodd i lawr at ei thraed ac ar yr hen ffagau blêr oedd ganddi, ond o leiaf doedd hi ddim yn droednoeth.

'Ydyn siŵr, chei di ddim sgidia gwell na rhain yn nunlle i ti,' atebodd y bachgen. O leiaf roedd hi wedi sylwi ar ei esgidiau newydd o'r diwedd. Ceisiodd anwybyddu'r lleithder oer oedd yn dechrau treiddio trwy ymylon y gwadnau a thrwy wlân treuliedig ei sanau.

'Be uffarn wyt ti'n neud, hogan, yn gadael i'r dŵr redag dros y cowt fel hyn?' Yr hen was oedd yno, ei lygaid craff yn llyncu pob manylyn. 'A phwy wyt ti, a pha berwyl ddaeth â thi yma?'

Trodd i rythu ar Tudur. Sythodd hwnnw. Doedd rhyw hen ŵr gwargam fel hwn ddim yn ei ddychryn.

'Os mai dŵad i snwyrian o gwmpas y rhacsan hogan yma fel rhyw hen gi'n canlyn gast wyt ti, gwadna hi o'ma, mae gan hon ddigon ar ei dwylo,' ysgyrnygodd.

'Rwyt ti'n cyfarch Tudur ap Siôn, cowmon y Nannau, hen ŵr, ac nid unrhyw hen berwyl ddaeth â fi yma chwaith, ond ar wŷs fy meistr i ti gael deall.'

Edrychodd Tudur ar yr hen ŵr a gallai weld yn syth nad oedd taflu enw'r Nannau at hwn yn gwneud fawr o wahaniaeth. Cymerodd gip ar wyneb Gwen yn wrid poeth, a gallai deimlo'i hanesmwythyd. Roedd o eisiau melltithio'r hen frych hyll a safai o'i flaen, ond...

'Hy, ar wŷs dy feistr, ie, ac ar ba berwyl gythral mae hwnnw tybed, yn hel c'nafon gwyllt fel ti hyd y lle 'ma?'

Cododd yr hen was y bilwg oedd yn ei law a chyfeirio'i flaen at frest Tudur.

'Mae yna ryw helynt ar droed, a faswn i ddim yn dilyn meistr bach y Nannau mor falch chwaith, os wyt ti am gadw dy groen yn iach.'

Stryffaglodd Gwen i godi'r ail fwced yn llawn o'r cafn. Gwyddai nad oedd Tudur yn gwneud unrhyw ffafrau â hi yn ateb hwn yn ei ôl, ond er hynny roedd hi'n dal yn ddiolchgar iddo am geisio cadw ei chefn.

'Cofia di mai merch y Nannau ydi dy feistres di,' meddai Tudur wedyn. 'Beth wnâi hi, tybed, petai hi'n clywed hen ŵr crintachlyd fel ti'n siarad mor wamal am ei theulu?'

Trodd yr hen ŵr oddi wrtho a symud yn araf yn ei gwman tuag at gynhesrwydd y gegin.

'Hy, merch y Nannau! Ie, bleiddast ydi honno yn hel i'w gwâl, gneud ei nyth yn barod i'w hepil,' ysgyrnygodd yr hen ŵr rhwng ei ddannedd. Yna trodd yn ei ôl i wynebu Tudur. 'Hen ŵr ydw i bellach wel'di, fachgen, ond mae'r llygaid yma'n dal i weld. Fe wn i un neu ddau o betha, yli, ac ella na fasa hi gystal arni hi na'r Nannau petai fy meistr i, Robert Llwyd, yn dod i wybod amdanyn nhw.'

Daeth Malan i'r drws fel roedd yr hen was yn nesu, a gweld Gwen yno'n gafael yn y bwced.

'Beth sy'n dy gadw di, hogan? Tyrd â'r dŵr yn dy flaen, does gen ti ddim amser i ogordroi o gwmpas yr hogia.'

Brysiodd Gwen i lenwi'r ail fwced.

'Gwell i ti fynd i chwilio am Siencyn dwi'n meddwl, cyn i ni'n dau fynd i chwaneg o helynt,' meddai wrth Tudur, cyn rhuthro yn ei hôl i'r tŷ gyda'r dŵr yn tasgu dros ei choesau.

Clywodd Tudur sŵn y gwartheg yn nesu a'r dynion yn gweiddi. Gallai glywed y brefu a'r carnau yn rhuthro gan dasgu'r cerrig rhydd ar hyd y ffordd i bob cyfeiriad. Cododd oddi ar y graig lle bu'n eistedd, yn falch fod rhywun wedi cyrraedd o'r diwedd. Doedd o ddim am fentro i mewn i gegin Rhiwgoch at Malan a'r hen was. Craffodd ar y gyr o wartheg duon, gwartheg gwyllt yr olwg – byddai angen porfa dda ar y rhain cyn y gellid eu symud yn eu blaenau am farchnadoedd Amwythig neu Lundain. Byddai porfa'r gwanwyn a dechrau'r haf yn eu twchu a'u tawelu.

Sylwodd Tudur nad oedd neb yn arwain y gwartheg, dim ond dynion ar eu meirch yn eu gyrru ac ambell gi coch yn gwau rhwng eu coesau gan sicrhau eu bod yn dilyn y ffordd gywir. Gwaeddodd rhywun arno, a gwelodd Tudur yn syth fod angen eu gyrru i mewn i'r cae newydd o dan y plasty. Cydiodd mewn hen sach wrth ei draed a rhuthro i gyfarfod y bustach cyntaf. Cyfarthodd y cŵn ac aeth un o'r dynion i'r chwith o ben y gyr er mwyn eu harafu. Rhedodd Tudur yntau i lawr i'r dde o'r adwy. Daliodd yn ôl am funud rhag i'r gwartheg ei weld a rhusio – byddai symud yn annisgwyl felly yn ddigon i'w dychryn a'u gyrru i bob cyfeiriad. Yna rhuthrodd y bustach cyntaf i mewn trwy'r adwy a symudodd Tudur i'r golwg gan chwifio'r sach uwch ei ben, a llifodd y gwartheg yn afon ddu, swnllyd i mewn i'r cae, gan gicio a thyllu'r tywyrch. Rhuthrodd Tudur i gau'r adwy ar eu holau.

Arafodd y ceffylau a thawelodd y cŵn. Doedd Tudur ddim yn adnabod y tri cyntaf – gweision Rhiwgoch oedden nhw, mae'n debyg – ond yna sylwodd ar gefn llydan cyfarwydd, a gwenodd. Roedd Siencyn yn eu canol.

'Lwcus ohona i rŵan, 'yn doeddet?' gwaeddodd Tudur. 'Taswn i ddim yn fan'na rŵan mi fasa rhain drwy ddrws Ardudwy yn fan'cw ac yn 'nelu am y môr, a dy farch di ar ei linia dan dy bwysa di'r uffarn!'

'Hy, lwcus ohonat *ti*, myn cythral i, dyna'r cynta i mi weld rhain 'di rhusio, a ninna wedi'u gyrru nhw o Sir Gaernarfon. Roeddan nhw'n dŵad yn dawal reit nes y gwelson nhw dy hen wep di wrth ymyl yr adwy yna…'

Chwarddodd Tudur ac aeth draw i ddal pen y march i Siencyn. Rhoddodd hwnnw ei fraich yn chwareus o amgylch gwddf Tudur, yna tynhaodd ei afael a dyna ddechrau ar yr ymaflyd a chodymu nes bod Tudur ar ei gefn yn y ffordd a throed fawr Siencyn yn pwyso ar ei frest.

'Dwêd mai fi 'di'r cryfa o ddynion y Nannau'r uffarn neu ar dy gefn ar y ffordd fyddi di…'

'Gad iddo fo godi, Siencyn, myn Duw. Fedri di ddim gweld 'i fod o'n ŵr bonheddig rŵan, a siercyn frethyn swanc amdano fo?' Daeth llais arall o gyfeiriad y ffordd a daeth Rhys ap Gruffydd i'r golwg.

'A lle ddiawl cest ti'r clocsia 'na, Tudur?' meddai Siencyn wedyn. 'Sbia'r golwg sy arnyn nhw, Rhys. Welais i ddim clocsia fel rheina ers i Nain gael rhyw hen grydd dall o ochra Bermo i wneud rhai iddi erstalwm!'

Neidiodd Tudur ar ei draed a rhwbio'r llwch oddi ar ei ddillad, cyn sythu a cheisio cadw'r wên lydan o'i wyneb rhag i ddynion Rhiwgoch feddwl mai llencyn hanner pan oedd o. Ond allai o ddim cadw'r balchder o'i lais.

'Arglwydd, dwi'n falch o'ch gweld chi'ch dau,' meddai.

Pesychodd a chofio mai fo oedd cyw cowmon y Nannau. 'Diawl o fustych da gen ti fan'na, Rhys. Ble cest ti nhw dŵad?'

Gwelodd Siencyn a Rhys yn edrych ar ei gilydd, a gwibiodd eiliad o ddryswch rhwng y tri chyfaill.

'Ochra Nanmor, angen eu pesgi. Mi wnân nhw bris da rhyw ddiwrnod – mae gan y mistar lygad dda am wartheg, Tudur. Mi gafodd fargen ynddyn nhw mae'n debyg i ti,' meddai Rhys, a dilynodd y ddau Siencyn i gyfeiriad y tŷ. Doedd o ddim am dynnu'r llanc i mewn i unrhyw helynt. Fyddai hwnnw ddim callach am bobl Nanmor, nac yn gwybod sut warheg fyddai ganddyn nhw.

Dim ond dilyn cyfarwyddyd Huw a Gruffydd Nannau oedd Siencyn hefyd, mae'n debyg. Wedi mynd draw i gyfeiriad afon Glaslyn i nôl gyr o wartheg efo gweision Rhiwgoch ben bore roedd o. Wyddai Rhys ddim mwy na hynny, ond roedd yntau wedi cael cyfarwyddyd i fynd draw i eglwys Brothen Sant cyn toriad gwawr. Poole oedd wedi rhoi'r gorchymyn iddo fo, a doedd o'n sicr ddim wedi disgwyl gweld Siencyn yno'n aros amdano efo tri o weision Rhiwgoch. Wyddai o ddim beth i'w feddwl bellach. Ysai am gael cyfle i holi Siencyn heb fod neb arall o fewn clyw, ond ni ddaeth y cyfle eto.

Roedd hi'n dod yn eglur bellach fod Gruffydd Nannau a Poole yn deall ei gilydd, wedi meddwl am ryw gynllun fyddai'n dod ag elw iddyn nhw heb beryglu dim ar eu crwyn eu hunain, wrth gwrs. Rhegodd Rhys. Gwyliodd Tudur yn cerdded yn dalog am y tŷ. Roedd Rhys wedi derbyn bellach fod helynt yn ei ganlyn. Roedd rhyw felltith arno, fe wyddai hynny – melltith a olygai na châi lonydd ac na fyddai unrhyw lwybr, pa mor gul bynnag, yn gwneud dim ond ei arwain i dir sigledig. Ond bellach roedd y felltith yn tynnu pobl eraill ato bob gafael, ac yn eu tynnu hwythau i'w ganlyn. Safodd i syllu ar y llanc Tudur. Dduw mawr, nid hwn eto, ystyriodd. Pam na chaiff hwn ei arbed? Roedd o'n rhy ifanc a gormod o fywyd yn weddill ganddo i'w fyw. Ystyriodd Rhys am eiliad, yna gwnaeth ei benderfyniad. Byddai'n rhaid iddo ymweld â'r meudwy.

Erbyn iddyn nhw gyrraedd y plasty bach roedd yr hen was allan ar ben y drws yn aros amdanyn nhw. Aeth dynion Rhiwgoch yn eu blaenau heibio iddo, ac am y tai allan. Daeth lleisiau o'r gegin, lleisiau merched, llais Malan a'r feistres yn trafod rhyw fanylion ynglŷn â'r pryd bwyd, yna peidiodd y siarad a daeth cysgod at y drws. Gwelodd Rhys yr hen was yn camu o'r neilltu i wneud lle i'r feistres ddod i'r buarth bach i nôl sbrigyn o rosmari. Gwyddai Rhys oddi wrth osgo'r hen was ei fod am hawlio'r olygfa oedd i ddod. Camodd Marged allan ac aros yn stond pan welodd y tri yn sefyll yno. Tynnodd y tri eu capiau'n foesgar a gwyro eu pennau'n weddus. Cododd Rhys ei ben mewn pryd i weld Marged yn troi yn ôl ar ei sawdl am y tŷ. Sylwodd fod yna ryw osgo ansicr yn ei hamgylchynu, fel petai hi wedi'i thaflu am funud. Gwyddai Rhys fod llygaid yr hen was yn ei wylio. Mwmiodd rywbeth am y meirch a brasgamu am y stablau. Dechreuodd yr hen was grawcian chwerthin o'i gornel, yna trodd y chwerthin yn besychu blêr.

'Gobeithio tagith y brych ar ei fflem,' ysgyrnygodd Siencyn, wrth i Tudur ac yntau eistedd ar y stelin carreg i aros i Gwen ddod â'r medd allan i ben y drws iddyn nhw.

Roedd hi'n dywyll yn y stabl, a diolchodd Rhys fod gweision Rhiwgoch wedi gorffen gyda'r ceffylau ac wedi gadael y creaduriaid mawr yn fodlon yn eu corau. Roedd o angen llonydd i bendroni. Pwy wyddai am ei gyfarfyddiadau â Marged Llwyd, a beth oedd hynny'n ei olygu? Sut y gwyddai Poole am ei garwriaethau? Oedd ganddo ysbïwyr yn

Rhiwgoch tybed? Doedd Rhys erioed wedi hoffi yr hen was crintach – roedd yna rywbeth yn atgas yn ei grechwen a'i holi diddiwedd. Byddai'n rhaid iddo wylio'r hen gythraul.

Yna clywodd Rhys swn pedolau ar y cerrig crynion a swn rhywun yn nesu. Clywodd lais Robert Llwyd yn cyfarch y gweision ac yn gweiddi gorchymyn i'r gwas bach ddod at y march. Clywodd hefyd ei lais yn codi mewn gorchymyn am i rywun fynd i chwilio am y cowmon. Roedd o wedi gweld y gwartheg dieithr ac eisiau eglurhad.

Yna clywodd Rhys lais yr hen was yn cyfarch ei feistr. Gwrandawodd.

'Syr, ac fe ddaethoch adre mewn pryd,' meddai'r llais.

'Pwy sydd piau'r gwartheg?' gofynnodd Robert Llwyd.

'A ie, y gwartheg.' Gallai Rhys ddychmygu'r hen was yn plygu ei ben mewn ystum o wyleidd-dra ffug. 'Meistres Marged sy'n gwybod hanes y gwartheg, syr, gwŷr y Nannau ddaeth â nhw yma. Maen nhw'n wartheg da, syr, yn werth arian i rywrai…'

Arweiniodd Robert Llwyd ei farch heibio'r gwas i dywyllwch y stabl, a safodd pan welodd Rhys yno'n sefyll. Clymodd y tennyn a thynnu'r cyfrwy.

Edrychodd ar Rhys a chamodd hwnnw yn ei flaen i gymryd y cyfrwy oddi arno.

'Beth wyt ti'n ei wneud yma, Rhys ap Gruffydd?'

Edrychodd Robert Llwyd ar y gŵr ifanc yn sefyll yno yng ngwyll y stabl. Gallai weld sut y bu i Marged syrthio am hwn, roedd o'n dal, yn gydnerth ac yn iach, nid fel fo, yn ŵr canol oed a'i gefn yn crymu. Teimlai ei anadl yn llafurus a phwysodd yn erbyn un o'r stanciau a wahanai'r corau. Roedd ei waith yn Llwydlo wedi cymryd gormod o'i amser o lawer, a'r daith wedi bod yn un hir ac anodd. Pesychodd.

'Beth sydd yn dod â gweision y Nannau yma?' holodd

wedyn. Sylweddolodd Rhys na wyddai hwn ddim am weithgareddau Gruffydd Nannau. Roedd yn amlwg am gymryd arno nad oedd wedi clywed dim o eiriau'r hen was. Sut y byddai'n ei ateb? Beth ddylai o'i ddweud am y gyr oedd yn aros yn y cae dan y tŷ yn disgwyl eu pedoli yn y bore? A faint tybed a wyddai Robert am y cynllun oedd ar droed i ddod â nwyddau i mewn yn ddi-doll i gilfachau'r Traeth Mawr?

Roedd Robert Llwyd yn un o wŷr y gyfraith, wrth gwrs. Onid oedd o wedi bod yn Aelod Seneddol ac yn gyfrifol am gadw cyfraith a threfn? Fedrai hwn ddim cadw gwartheg wedi'u dwyn ar ei dir. Gwyliodd Rhys y dryswch ar wyneb y gŵr bonheddig.

'Cael neges i nôl y gwartheg ac i'w gyrru yma ges i, syr, fi a'r ddau arall o'r Nannau.' Arhosodd am funud; roedd yn rhaid bod yn ofalus. 'Mae gan Gruffydd Nannau fusnes i'w wneud am y glannau…'

'Ha, Gruffydd Nannau, ie?'

Teimlai Robert Llwyd ei galon yn cyflymu. Beth oedd ei frawd yng nghyfraith wedi'i gynllunio rŵan? Fe dybiai Gruffydd, mae'n debyg, y byddai o, Robert Llwyd, i ffwrdd yn Llwydlo am sbel, a sylweddolodd Robert fod y ffaith iddo ddychwelyd yn gynnar wedi tarfu ar gynlluniau ei frawd yng nghyfraith. Teimlai'r blinder yn treiddio trwy ei esgyrn. Gwyddai nad oedd ei safle fel mân uchelwr a chyw ustus ym Meirionnydd yn un diogel o gwbl; dim ond gair yng nghlust ei wrthwynebwyr a gallai golli popeth. Roedd o wedi bod trwy drafferthion felly yn barod, wedi'i gyhuddo o dwyll ac wedi colli peth o'i bŵer. Doedd o ddim am fynd i fwy o helbul. Ond ar y llaw arall, roedd ei deulu yng nghyfraith yn deulu o bwys ac roedd yn dibynnu ar gefnogaeth teulu dylanwadol fel y Nannau. Doedd ganddo ef mo'r tiroedd na'r cyfoeth oedd gan ei dad a'i frawd yng nghyfraith yn y Nannau yn gefn iddo, nac ychwaith y cyfeillion uchel eu tras oedd gan y Nannau. Cofiodd am nawdd Syr Thomas Myddelton ei hun, a'i gefnogaeth barod i Huw Nannau. Roedd Robert Nannau hefyd â'i lygad ar gael lle yn y llys brenhinol. Gwyddai Robert Llwyd fod ei safle ef mewn cymdeithas ynghlwm wrth safle ei dad a'i frawd yng nghyfraith. Ond gwartheg wedi'u dwyn? Roedd o newydd ddychwelyd o fod yn gwrando ar achos tebyg ac roedd y porthmon hwnnw wedi bod yn ffodus i ddianc. Llaciodd Robert Llwyd y goler o amgylch ei wddf.

'Mi fedrwn ni eu symud, syr, y gwartheg...'

Gwyliodd Rhys y gŵr bonheddig yn pwyso'n drymach ar bais y côr. Roedd bron yn ei blyg, ei wyneb yn welw a'i anadl yn llafurus.

'Ti, Rhys. Rydw i'n clywed geiriau teg amdanat ti,' meddai'r gŵr bonheddig. Safodd Rhys yn hollol lonydd. 'Cowmon y Nannau.'

Gwyliodd Rhys y gŵr yn ceisio sythu unwaith eto. Beth oedd yn mynd trwy ei feddwl? Roedd o'n ddyn â dylanwad ganddo mewn rhai cylchoedd, ac eto teimlai Rhys dosturi drosto. Gwas bach i'r Nannau oedd hwn hefyd.

'Nid ffŵl mohono i, Rhys ap Gruffydd, a dydw i ddim wedi colli fy malchder i gyd chwaith. Ydi, mae'r crechwen a'r enw "cwcwallt" yn dal i effeithio arna i.'

Roedd ei lais yn dawel a phrin y gallai Rhys glywed ei eiriau, ond teimlodd y rhyddhad yn treiddio trwyddo. Felly, roedd hwn yn gwybod.

'Rydw i am i ti symud y gwartheg, Rhys. Fe gei di fynd â fy ngweision i efo ti, ond dydi'r gwartheg ddim i aros yma. Rydw i am iddyn nhw fynd trwy'r bwlch i Ardudwy erbyn iddi wawrio bore fory. Mae yna fwy o diroedd tua

Corsygedol i'w cuddio.' Roedd ei lais yn codi, yn cryfhau wrth roi gorchymyn.

'Mi wn i am dir caeëdig heb fod ymhell, syr. Gallwn eu gyrru dros y topia am Benrhos, felly fydd dim angen mynd am Ardudwy.'

'Ie, ie, fe wnaiff hynny'r tro. Dim ond iddyn nhw a thithau fod oddi yma y peth cyntaf bore fory...'

Edrychodd Rhys ar y gŵr bonheddig, a nodio.

'Beth am orchymyn Gruffydd Nannau?'

'Gad Gruffydd Nannau i mi...'

Aeth Rhys allan i chwilio am y dynion a hithau'n hwyrhau, a'r lleuad fach eisoes yn codi uwchben y gefnen.

15

Gwyliodd Gwen y llwch yn codi wrth i'r march garlamu i lawr i gyfeiriad y ffordd; gwyliodd nes iddo gyrraedd y tir gwastad, yna aeth yn ei hôl i'r tŷ. Roedd Rhys wedi dod i ffarwelio â hi, a phan ofynnodd Gwen iddo pryd y byddai'n dod yn ei ôl heibio Rhiwgoch eto, syllodd arni fel petai'n ceisio penderfynu beth i'w ddweud. Atebodd drwy ddweud wrthi am gymryd gofal, yn union fel petai o'n dweud ffarwél am y tro olaf. Roedd pethau rhyfedd yn digwydd yno'r bore hwnnw, meddyliodd Gwen. Neidiodd i fwrw ati i ddechrau clirio'r cawgiau wrth glywed Malan yn nesu – roedd honno fel y feistres mewn hwyliau du. Fedrai Gwen ddim deall y peth. Ers neithiwr roedd rhyw deimlad o dyndra wedi disgyn dros y lle, a fedrai hi yn ei byw â dirnad beth oedd y rheswm. Roedd y meistr, Robert Llwyd, wedi cyrraedd yn ei ôl yn hwyr y dydd, ond fedrai hi ddim beio hwnnw chwaith; roedd pawb ar binnau cyn i hwnnw ddod i'r fei.

Beth bynnag oedd y rheswm, penderfynodd Gwen mai cadw o'r ffordd a chadw'n brysur fyddai'r peth gorau iddi hi ei wneud. Gosododd y cawgiau ar y fainc yn barod i'w golchi, yna cofiodd am y padelli toes wrth y tân. Cododd y caeadau oddi arnyn nhw i weld a oedd y toes wedi codi. Yna clywodd y lleisiau o'r neuadd, lleisiau blin a geiriau cwta, a rhuthrodd Malan fel storm i'r gegin.

'Gad lonydd i'r padelli yna, mi ddylet wybod bellach na chodith y toes ddim mymryn a thitha'n sefyll uwch eu penna nhw. Be sydd arnat ti, hogan? Dwi'n dechra dy ama di, does 'na ddim graen ar y peilliaid na chlapio ar y menyn ers i ti ddod i'r tŷ yma. Mi glywis i si yn dy gylch di. Rheibes wyt ti'n ddigon siŵr, a dwn i ddim be oedd ar y feistres yn dy gadw di yma. Dwi wedi dweud digon wrthi y bydda hi wedi bod yn well iddi gymryd morwyn o fan hyn na dod â gwrach fel ti i'w chanlyn.'

'Taw, Malan, does yna'r un wrach waeth na thi yn y tŷ hwn a rhag dy gywilydd di'n bwrw dy lid ar yr enath ddiniwad yma.'

Trodd Gwen i weld Marged Llwyd yn y drws.

'Wnei di fynd â neges i mi ar frys, Gwen?'

Trodd y feistres ei chefn ar Malan, a sylwodd Gwen fod ysgwyddau honno wedi disgyn a'i phen wedi suddo. Sythodd Gwen. Wrth gwrs yr âi hi ar neges, doedd dim byd na wnâi hi er mwyn ei meistres.

'Dos i chwilio am Tudur, a dwed wrtho am ddod i fy nghwfwr i'r stabl ar ei union.'

Trodd Marged a rhuthro yn ei hôl tua'r neuadd.

Sgrialodd Gwen allan i'r buarth bach a rhoi ei phen i mewn heibio drws y stabl. Trodd un o'r merlod i edrych arni cyn troi yn ei hôl wedyn yn ddigynnwrf. Cododd Gwen ei gwisg rhag i'w godre faeddu a mentro heibio'r buarth ac i lawr i gyfeiriad y cae dan tŷ. Oedd y dynion yn eu holau tybed? Roedden nhw i gyd wedi cychwyn yn blygeiniol i symud y gwartheg yn eu blaenau. Wyddai Gwen ddim i ble yr oedden nhw'n mynd ond roedd Tudur wedi sibrwd y byddai yn ei ôl erbyn y byddai hi wedi paratoi brecwast iddo. Gallai glywed y dynion, ond doedd dim sŵn gwartheg yno bellach, roedd popeth wedi tawelu. Cofiodd fod sôn ddoe bod angen i'r gof ddechrau ar y gwaith pedoli yn barod i symud rhai o'r bustych, ond roedd y gwartheg wedi'u symud cyn i'r gof gael cyfle i'w pedoli.

Daeth rhyw gysgod i'w meddwl. Roedd yr hen was wedi

sibrwd rhywbeth dan ei wynt wrth Malan, rhywbeth ynglŷn â symud gwartheg yn sydyn cyn i'w perchnogion ddeall eu bod nhw wedi mynd. Gwthiodd Gwen yr hanner syniad o'i meddwl. Fyddai gan Rhys ap Gruffydd na Siencyn fyth ran yn ymwneud â dwyn gwartheg, siŵr. Roedden nhw'n wŷr bonheddig bron â bod – roedden nhw'n fonheddig efo hi beth bynnag. A fyddai Tudur byth yn gwneud dim o'i le rhag ofn i'w nain glywed a'i fygwth â thân uffern. Gwyddai Gwen fod ar Tudur fwy o ofn tân uffern na heyrn poeth y cwnstabliaid hyd yn oed. Yr hen was crintach oedd yn trio creu helynt eto, mwn.

Suddodd ei thraed i'r llaid a chafodd drafferth i ddal ei gafael yn ei gwisg a dal ei hun rhag syrthio. Gollyngodd y defnydd a chwifio ei breichiau. Cododd ei gwisg eto a mentro yn ei blaen. Roedd wedi cyrraedd y glwyd cyn i Tudur ei gweld ac erbyn hynny roedd godre'i gwisg yn chwdrel o faw a llaid. Neidiodd Tudur y glwyd.

'Be sy, Gwen, be sy wedi digwydd i ti?' Rhuthrodd tuag ati a gafael yn ei phenelin i'w harbed rhag syrthio ar ei hyd i'r ffos ym môn y clawdd.

'Rhaid i ti ddod ar unwaith, mae ar Marged Llwyd dy angen di,' sibrydodd.

Wyddai hi ddim pam iddi sibrwd chwaith, ond rywsut fe wyddai y byddai'n well i weision Rhiwgoch beidio â chlywed.

'Fi?'

Gwelodd Gwen y benbleth yn lledu dros wyneb Tudur.

'Ia, tyrd, mae hi eisiau i ti ei chyfarfod yn y stabl. Brysia, roedd golwg wyllt arni, Tudur.'

Dringodd y ddau yn ôl i gyfeiriad y buarth bach a'r adeiladau. Roedd Marged Llwyd yno'n disgwyl amdanyn nhw wrth ddrws y stabl, ac roedd mantell drom dros ei hysgwyddau.

'Fedri di baratoi'r march i mi, Tudur? Rhaid i mi fynd ar daith ac mi fydd angen i ti ddod efo mi. Tyrd â'r hen farch, mi fydd angen creadur sicr ei gam arnon ni.'

★

Arweiniodd Rhys ei geffyl i lawr ar hyd y llwybr a ddisgynnai o Fwlch Tyddiad i gyfeiriad Cwm Bychan yn Ardudwy. Hwn oedd y llwybr a gysylltai diroedd Trawsfynydd â thiroedd y glannau a thref Harlech. Roedd yn llwybr caregog i fyny dros y mynyddoedd, ond fel arfer byddai taith fel hon ar ddiwrnod braf yn hwb i galon Rhys. Doedd o ddim fel y dynion hynny â gormod o'r beil du yn rhedeg trwy eu gwythiennau, creaduriaid tywyll eu natur oedd yn methu gweld heibio'r cysgodion. Ond heddiw mynnai rhyw flinder bwyso arno yntau, rhyw deimlad o anesmwythyd. Gobeithiai fod geiriau'r hen wraig honno ym marchnad Harlech yn wir, a bod y meudwy yn dal yno yn ei gell yng nghoed Gerddi. Daeth ysfa drosto, rhyw angen dwys i'w weld a chael clywed ei lais yn falm ar ei feddyliau unwaith eto. Byddai'n gofyn am ei weddïau dros ei enaid a thros ei gyfeillion, yn arbennig efallai y bachgen Tudur. Roedd ganddo ffydd yn yr hen feudwy; fe fu Duw yn gwrando ei weddïau unwaith.

Camodd dros y cerrig gwastad a gweld i rywrai fod yn brysur yn gosod y cerrig yn risiau pwrpasol ar gyfer creaduriaid a'u llwythi. Teimlai Rhys ryw genfigen ryfedd tuag at y dynion fu'n turio yno ar ochrau Carreg y Saeth, yn naddu'r cerrig yn grawiau gwastad, yn eu llusgo i'w llefydd gan osod tywyrch wedyn i'w cloi yn eu lle – yno'n malu esgyrn a sigo cefnau, yn diodde'r rhewynt yn chwipio i fyny afon Artro nes troi eu

bysedd yn borffor ac weithiau'n ddu. Cymharol oedd poen ac fe allai o fod wedi dioddef poen felly'n iawn. Fe allai o fod wedi gwneud y gwaith; pam na fyddai o wedi cael gwaith felly, dringo i fyny'r ffordd hyn bob dydd i wneud gwaith corfforol fel gosod cerrig gwastad ar ddarn o lwybr?

Arafodd y ceffyl. Sylweddolai Rhys ei fod wedi rhuthro, felly arafodd ei gam ac aros er mwyn i'r ceffyl gael blasu peth ar y borfa ifanc ar ymyl y llwybr. Eisteddodd Rhys a gollwng y ffrwyn. Roedd llyn Cwm Bychan yno'n ddisglair yn y bowlen o gwm islaw a chwaraeai darnau bach o darth yma ac acw gan guddio rhai o'r copaon cyfarwydd. Bu'r tywydd yn anghyffredin o fwyn, a'r tarth yn arwydd bod diwrnod arall braf i ddod. Edrychodd Rhys draw i gyfeiriad y môr a sylweddoli, petai'n codi heibio i Garreg y Saeth, y gallai weld y bae cyfan yn ymestyn o'i flaen. Dychmygodd Rhys yr olygfa – mynydd yr Eifl yn codi ei gefn o'r môr – ond doedd ganddo mo'r amser heddiw i grwydro'r llethrau. Sawl hwyl fach fyddai allan yno yn y bae?

Wyddai Rhys ddim beth oedd yno y tu hwnt i fraich hir Llŷn ac Ynys Enlli, doedd o erioed wedi bod cyn belled, ond gwyddai mai o gyfeiriad Iwerddon y deuai'r hwyl honno y bu'r cynllunio ar ei chyfer. Byddai'n rhaid iddi wneud ei ffordd heibio i greigiau twyllodrus Sarn Badrig ym Mae Ceredigion, ac yna hwylio am un o'r traethau. Efallai mai un o gychod rhedwyr Llŷn fyddai'n mentro. Wyddai Rhys mo'r manylion. Fyddai dim bygythiad o du'r môr os daliai'r tywydd, meddyliodd. Ond byddai bygythiadau eraill, wrth gwrs, os nad oedd meistri'r Nannau wedi sicrhau bod cildwrn digonol wedi'i dalu. Yn fwy byth, fe wyddai Rhys ap Gruffydd am gynllwynion Poole. Gwyddai nad oedd Poole wedi perswadio Gruffydd Nannau i ymuno yn y fenter oherwydd ei fod eisiau helpu'r bonheddwr balch hwnnw a'i dad i dalu eu dyledion.

Hunan-les oedd yn bwysig iddo fo. Gwyddai Rhys hefyd am ddynion Poole, y rhai fyddai'n gweithio gyda nhw ysgwydd wrth ysgwydd – fe fu'n eu cwmni ddigon i wybod nad oedden nhw'n rhai fyddai'n cymryd tosturi dros neb. Roedden nhw efo Poole am un rheswm – roedd yn well ganddyn nhw fod efo fo nag yn hongian ar grocbren.

Yn dilyn y sgwrs a gawsai neithiwr roedd yn amlwg fod Siencyn a Tudur wedi'u symud i Riwgoch i bwrpas hefyd. Mor bwysig i unrhyw fenter o'r fath oedd gwaith y glanwyr a'r cariwyr, er na wydden nhwythau ddim mwy na'u bod i symud yn y dyddiau nesaf draw i gyfeiriad Llanfrothen ar lannau'r Traeth Mawr. Penderfynodd Rhys y byddai, pe gallai, yn ceisio sicrhau y câi Tudur ei gadw fel un o'r gwylwyr yng nghyffiniau'r eglwys yno. Cofiodd am y sgwrs a gawsai gyda Robert Llwyd neithiwr hefyd. Fedrai Poole ddim bygwth Robert Llwyd arno bellach. Ond roedd Rhys wedi addo, ac fe gadwai at hynny, na fydden nhw'n ei weld yn Rhiwgoch byth eto. Cododd ac estyn ei law yn gwpan i'r ffynnon ar ochr y llwybr. Roedd y dŵr yn ddisglair ac yn oer fel dafnau o rew. Cododd y dafnau bach yn ei ddwy law a molchi ei wyneb.

Roedd y march yn dechrau anesmwytho. Gweryrodd. Cododd Rhys, cydio yn y ffrwyn a mwytho trwyn y ceffyl i'w dawelu. I fyny y tu ôl iddo gallai glywed cerrig mân yn sgrialu. Craffodd i fyny tua'r llwybr a gweld siâp rhywrai yn ddu yn erbyn yr awyr. Sylweddolodd fod rhywun yn arwain ceffyl i lawr trwy'r bwlch, yna, wrth graffu, gwelodd fod un arall yn dilyn, yn araf a thrafferthus, mewn gwisg laes. Merch oedd hi. Teimlodd ei gyhyrau'n ymlacio – doedd dim bygythiad felly, dim ond rhywun yn ymweld â thylwyth yn y cymoedd islaw. Trodd a mwmian geiriau cysurlon i gymell y march yn ei flaen. Yna clywodd chwiban, cyn

troi i graffu. Roedd y rhain eisiau ei sylw ac yn brysio tuag
ato.

'Rhys!' Atseiniai'r waedd a tharo'r creigiau nes i'w enw
lenwi'r bowlen o gwm yn ôl a blaen, ôl a blaen. 'Rhys…
Rhys… Rhys…' cyn gwanhau a thawelu.

Gwelodd fod wyneb crwn Tudur yn wridog wedi ymdrech
y dringo. Cododd hwnnw ei aeliau mewn arwydd y dylai
Rhys edrych pwy oedd yn dilyn. Camodd Marged yn araf a
gofalus i lawr i'w cyfeiriad.

'Be sydd?' gofynnodd Rhys.

'Paid â gofyn dim byd i mi, dydi hi ddim wedi yngan gair
ers i ni gychwyn, dim ond rhoi cyfarwyddiadau…' Roedd
golwg ddryslyd ar wyneb y bachgen.

'Aros yn fan hyn am funud, wnei di,' meddai Rhys, ac
estyn tennyn ei geffyl iddo.

Eisteddodd Tudur i gael ei wynt ato. Cymerodd un cip
ar Rhys yn dringo i fyny tuag at y feistres ac yn tynnu ei
siercyn a'i gosod ar garreg fawr wastad i wneud sedd iddi.
Meddyliodd Tudur fod ganddo lawer i'w ddysgu gan Rhys,
ac eto, meistres oedd hon. Gobeithiai fod Rhys ap Gruffydd
yn gwybod beth roedd o'n ei wneud. Yna trodd i edrych y
ffordd arall a rhoi ei law yn ei boced i chwilio am y talpyn
bara hwnnw a roddodd Gwen iddo. Roedd rhywbeth arall
yno hefyd yng ngwaelod ei boced. Tynnodd y clapyn bach
allan o'i boced a syllu arno. Y talismon a roddodd Wrsla iddo
i'w gadw rhag perygl. Cododd y glain bach a'i ddal i'r haul
fel y gallai ei weld yn well. Cnodd ar y talpyn bara a chymryd
llymaid o gwrw o'r gostrel ledr. Byddai'n rhoi'r talismon yn
anrheg i Gwen pan gyrhaeddai yn ei ôl i Riwgoch. Doedd
ganddo ddim byd arall i'w roi iddi.

Galwodd Rhys arno i ddod â'r hen farch i fyny atyn nhw.
Fu'r sgwrs rhwng y ddau ddim yn un hir, a gallai weld oddi

wrth wyneb Marged nad oedd y cyfarfyddiad wedi'i phlesio. Dringodd Tudur yr ychydig lathenni i fyny at y ddau, gan dynnu'r hen farch ar ei ôl. Rhoddodd dennyn y march arall yn sownd yn y garreg lle bu'n eistedd. Wedi iddo gyrraedd atyn nhw, gwnaeth sylw mawr o rwbio'r hen farch a sythu'r cyfrwy, unrhyw beth i osgoi gorfod edrych ar y ddau. Gwyddai oddi wrth eu hosgo fod rhagor i'w ddweud a gwyrodd ei ben rhag gorfod edrych ar yr wynebau gwelw. Gwyddai fod Rhys wedi croesi'r llwybr at y feistres.

'Fedra i ddim dod yn fy ôl, rwyt ti'n gwybod hynny, Marged.' Roedd llais Rhys yn daer. 'Fel hyn mae gen i siawns… ac mae gen ti dy enw da…'

'Fe fydd o'n maddau i mi unwaith eto…'

'Na, mae o'n ddyn da, Marged.'

Trodd Rhys ei gefn arni.

'Tudur.'

Amneidiodd Rhys arno i ddod at ben y march ac estynnodd ei law i helpu Marged i'r cyfrwy. Gwelodd Tudur fel y symudodd Rhys i ffwrdd oddi wrthi wedyn, fel petai arno ofn ei chyffyrddiad. Gafaelodd Tudur yn dynn yn y ffrwyn i sadio'r march.

'Cymer ofal ohoni, Tudur,' meddai a throi ei gefn arnyn nhw.

Roedd ei ben yn troi; gwyddai iddo fod yn annoeth. Doedd o'n ddim gwell na Gruffydd Nannau a'i griw, yn defnyddio pobl ac wedyn eu taflu o'r neilltu. Fe gadwai at ei air. Fyddai o ddim yn ymweld â Rhiwgoch eto.

Roedd Poole yn aros amdano. Pan welodd Rhys yn cyrraedd dywedodd rywbeth yn frysiog wrth y morwyr a symudodd rheiny i ffwrdd oddi wrtho gan adael lle i Rhys wrth y fainc.

'A dyma ti,' meddai. 'Fe wyddwn y byddet ti yma. Mae popeth yn ei le.'

Roedd y trefniadau'n barod felly. Dim ond gobeithio bod Robert Llwyd wedi medru gwneud peth gwaith hefyd i sicrhau na fyddai yna ormod o lygaid yn gwylio. Fyddai trosglwyddo'r nwyddau ddim yn drafferth cyn belled â bod dim triciau eraill i'w chwarae gan y rhain.

'Byddaf, fe fydda i a'r dynion yno,' meddai Rhys.

'Un da wyt ti, Rhys – "defnyddiol", efallai, fyddai'r gair gorau…' Chwarddodd Poole. 'Ia, defnyddiol iawn. Mi wnes i sylwi ar hynny'n fuan wyddost ti, Rhys. Rwyt ti'n rhy fympwyol, yn rhuthro i bethau heb feddwl. Dyna dy ddrwg di, fel dy fam erstalwm. Rhoi dy galon cyn meddwl. Gwneud pethau'n hawdd i mi, cofia…'

'Be wyt ti'n feddwl?'

'Pan mae calon rhywun yn rheoli, does wybod beth wnan nhw, yli.'

'Does gen ti ddim byd i fy nal i rŵan, Poole. Unwaith y bydd hyn drosodd fydd gen ti ddim i fy nal i.'

Edrychodd Poole arno a chulhau ei lygaid. Doedd o ddim yno i ddal pen rheswm efo Rhys ap Gruffydd, mab y rhecsyn meudwy hwnnw ddaeth â gwarth ar eu teulu.

'Marged Llwyd,' meddai Rhys.

'A ia, honno,' chwarddodd Poole.

'Waeth i ti heb â bygwth Robert Llwyd arna i,' meddai Rhys, 'rydan ni'n deall ein gilydd yli.'

Gwyliodd Rhys y grechwen yn lledu ar wyneb y gŵr gyferbyn. Mynnodd dawelu; roedd Rhys eisiau cythru am wddf hwn a'i dagu, ond fe allai yntau gadw ei deimladau dan gaead hefyd pan oedd angen. Gwenodd trwy ei ddannedd. 'Rwyt ti'n iawn, fydd yna ddim camgymeriadau eto.'

'Ha! *Camgymeriad* oedd Mallt hefyd felly, ia, a'r bachgen?

Fydd dim gwahaniaeth gen ti i mi ymweld â Thy'n y Rhos ambell waith felly, 'yn na fydd?'

Llamodd Rhys am ei wddf. Llwyddodd i hyrddio ei hun am Poole a chyrhaeddodd un o ddyrnau Rhys ei wefus cyn i'r Grafanc gael cyfle i'w dynnu oddi wrtho. Cododd Poole, cyffwrdd â'i geg a sychu'r gwaed â'i lawes.

'Ella y basa'n well i ti fynd i weld y ci meudwy yna hefyd tra wyt ti yn y cyffinia, i ti gael gweld beth fydd dy hanes ditha os croesi di fi eto,' poerodd.

Roedd meddwl Rhys ar garlam. Roedd o angen cyrraedd tŷ'r meudwy. Wedi dilyn y llwybr heibio'r clwstwr o anedd-dai roedd yn rhaid iddo wyro oddi ar y llwybr a arweiniai trwy goed Gerddi uwchben tref Harlech. Mesurai ei gamau yn ofalus; roedd yr hen feudwy wedi ceisio dewis ei guddfan. Fe ddylai fod yn gryn gamp dod o hyd i'r hofel oni bai fod rhywun yn gwybod am y goedlan. Gwyrodd Rhys yma ac acw i osgoi'r canghennau a'r eiddew a grogai'n llaith a mwsoglyd o'i amgylch. Dilynai'r march ef yn araf, ac roedd Rhys wedi llacio ei afael fel bod digon o dennyn ganddo. Roedd arogl lleithder a phridd tywyll yn llenwi ei ffroenau. Yn awr ac yn y man brysiai rhyw greadur bach heibio iddo gan sgrialu i ddod o hyd i guddfan ynghanol y briglach. O'i amgylch roedd sŵn y goedwig yn gyffro i gyd, a'r adar yn dechrau nythu. Camodd dros y clystyrau o friallu gan geisio osgoi'r ffosydd a'r pyllau. Craffodd Rhys. Gwyddai fod y coed yn cau'n fwy trwchus unwaith eto cyn y byddai'r llannerch yn agor o'i flaen. Arhosodd i gymell y march yn ei flaen. Tawelodd y symudiadau a gweryrodd y march yn dawel, fel petai yntau'n synhwyro bod rhyw swyn i'r lle hwn.

Llonyddodd Rhys a safodd y creadur wrth ei ysgwydd.

Gwyrodd Rhys ei ben i wrando. Mynnodd ei feddwl wibio yn ôl i'r gorffennol; gadawodd i'w ben wyro'n ôl a phwysodd ei gefn yn erbyn un o'r boncyffion. Tawelodd y cwestiynau yn ei ben am funud. Syllodd i fyny trwy frigau'r coed i weld y cymylau'n gwibio heibio yn un rhuthr a'r trydar yn distewi. Disgynnodd yr haul heibio'r graig a daeth cysgodion y coed i gau'n freichiau tywyll, praff amdano. Roedd o'n ôl yn blentyn ifanc unwaith eto, ac o'r pellter draw y tu hwnt i wib orffwyll y cymylau uwch ei ben, yn sŵn rhythm y tonnau, gwyddai ei fod eto yn Llanfihangel y Traethau, yr eglwys fach ar lan y dŵr. Gallai glywed y llais mwyn yn ei ben yn canu'r dyrïau bach ac yn mwytho'i wallt yn dyner. Gwyddai mai ei fam oedd yno yn ei gymell ac yn sibrwd yn ei glust,

'Tyrd, Rhys, tyrd yn nes, tyrd yn nes, tyrd i folchi dy draed yn y dŵr fy nisyn i, tyrd i eistedd efo fi ar y garreg yn fan hyn i wylio'r traeth…'

Pam yma? Safodd Rhys yno ynghanol y cysgodion tywyll yn gwrando. Fe gofiai i'r un teimlad ddod drosto y tro cynt yn yr un fan. Ni fedrai yn ei fyw â deall pam mai yn y fan hyn y deuai'r llais ato, ynghanol coed tywyll Gerddi, rai milltiroedd o Lanfihangel a'r traeth. Ond gwyddai ei fod yn nesu at dŷ'r meudwy. Fo oedd y gŵr a'i magodd, y gŵr tawel, pell hwnnw ddaeth i'w nôl o dŷ cychwr Llechollwyn, o'i gartref y noson braf, desog honno ymhell, bell yn ôl. Cofiai Rhys sut y gwelodd y meudwy yn nesu trwy'r tes ac yn estyn amdano a'i godi yn ei freichiau. Cofiai hefyd iddo edrych yn ôl dros ysgwydd y meudwy a sylwi bod ôl traed ar y swnd yn arwain allan tua'r môr ymhell y tu hwnt i Drwyn y Penrhyn.

Gweryrodd y ceffyl eto. Agorodd Rhys ei lygaid a daeth rhyw reidrwydd rhyfedd drosto. Roedd arno angen gweld y meudwy. Cythrodd am y tennyn a brysio yn ei flaen yn ddiamynedd.

Cyn bo hir arafodd, gan wybod ei fod yn agos. Gallai arogli'r mwg yn gymysg â'r lleithder. Gwelodd y llannerch yn agor o'i flaen, ac yno ar gyrion pellaf y coed swatiai'r bwthyn.

Agorodd Rhys y glwyd. Clymodd y ceffyl yn sownd wrth y ddolen haearn a forthwyliwyd yn un o'r coed praffaf. Credai fod gwell siawns i honno ddal yn ei lle na'r styllod simsan yr hongiai'r glwyd oddi arnyn nhw. Cythrodd dwy iâr yn llawn cynnwrf wrth ei draed yn rhywle, gan gychwyn un ffordd ac yna'r llall ac yna diflannu i ganol llwyn trwchus. Sylwodd Rhys ar yr olwg flêr, ddi-raen oedd ar y ddwy, eu plu'n ddidrefn a darnau moel ar eu cefnau. Fyddai rhain yn dda i ddim i neb. Doedd rhai pethau byth yn newid, meddyliodd. Oedd yna olion fod rhywun yn bodoli yma, heb sôn am fyw? Yr unig arwydd oedd y mwg, ond doedd dim olion fod unrhyw un wedi sathru ar y tyfiant i gyrraedd y drws.

Gwthiodd trwy'r drysni. Suddodd ei draed i'r llysnafedd a sylwodd ei fod wedi cadw'n rhy isel o dan y llwybr a'i fod mewn perygl o fynd hyd at ei bengliniau i mewn i'r ffos ddofn a redai heibio talcen y bwthyn. Gwyrodd ei ben i fedru gwthio o dan y bargod o dywyrch a grug. Sylwodd fod hwn yn edrych fel petai wedi'i adnewyddu yn weddol ddiweddar o leiaf. Ymestynnai'r bargod i lawr ymhell heibio i'r waliau pridd, mewn ymgais i gadw'r lleithder rhag treiddio i mewn trwy'r waliau. Sylwodd Rhys fod y styllod pren a'r cerfiadau patrymog yn dal i bwyso yn erbyn y waliau, a sylwodd hefyd ar ambell i un newydd. Roedd coed tân wedi'u hel yn fwndeli blêr yma ac acw, a hongiai crwyn anifeiliaid oddi ar ambell hoelen, crwyn tyrchod a chwningod. Byddai defnydd i bob un yn ei dro.

Gwaeddodd Rhys ei gyfarchiad a cheisio gwthio'r drws yn agored. Ysgyrnygodd rhywbeth o gwmpas ei draed a bu'n rhaid iddo anelu cic ffyrnig at y daeargi gwallgof cyn i hwnnw swatio o dan y fainc wrth y drws i'w wylio. Gwaeddodd Rhys wedyn ond ddaeth yna'r un sŵn na symudiad o'r tu mewn i'r hofel. Gwthiodd Rhys y drws yn ddigon i fedru gwasgu trwyddo i'r ystafell fach. Roedd y lle'n llawn mwg du, drewllyd a chymerodd beth amser i lygaid Rhys gynefino â'r tywyllwch. Safodd yno ar ganol y llawr, ei draed yn y brwyn llychlyd. Pesychodd Rhys a phlygu rhag i'w wyneb fynd i ganol y deiliach sych a hongiai o'i gwmpas. Anelodd am y lle tân, a theimlo'i ffordd yn y tywyllwch tua'r stôl fach. Pesychodd wedyn.

'Ac fe ddoist ti o'r diwedd.' Daeth y llais crynedig o ganol y carthenni yn nhalcen ucha'r ystafell. 'Mi welais i dy drywydd di, wyddost ti, fe welais i dy fod ti ar dy ffordd adre...'

Trodd Rhys i chwilio am y llais.

'Pam y doist ti o'i blaen hi? Wyt ti'n meddwl y medr hi dy ddilyn?' ychwanegodd y meudwy.

'Ar fy mhen fy hun ydw i,' meddai Rhys. 'Pwy oeddet ti'n ddisgwyl fyddai'n dod efo fi?' Symudodd Rhys yn ei ôl am y drws yn ddiamynedd.

'Na, dwyt ti ddim ar dy ben dy hun.'

Ymbalfalodd yr hen ŵr a chodi ar ei draed. Croesodd at Rhys a chodi ei ddwylo mewn ymgais i deimlo wyneb yr ymwelydd. Camodd Rhys yn ei ôl yn frysiog. Yna safodd yn llonydd i edrych ar yr hen feudwy. Cynefinodd ei lygaid â'r hanner gwyll a chraffodd eto ar wyneb yr un fu'n gofalu amdano cyhyd. Sylwodd ar y croen rhychiog, garw a'r llygaid llonydd. Doedd dim ynddyn nhw, dim ond tyllau duon. Yna'n araf a gofalus cydiodd yn nwylo'r hen ŵr a'u gosod ar ei wyneb ei hun. Arhosodd yno ynghanol yr ystafell fach fyglyd tra symudai bysedd yr hen ŵr dros ei dalcen, ei lygaid a'i ên.

'Ha, dwyt ti'n tlysu dim beth bynnag,' chwarddodd yr hen ŵr a throi oddi wrth Rhys i gyfeiriad y tân.

'Ers pryd wyt ti fel hyn?' holodd Rhys.

Safai Rhys yn gwylio'r symudiadau digynnwrf.

'Dwn i ddim, a dydi o ddim o bwys p'run bynnag. Rydw i'n gweld beth sydd angen ei weld yn iawn, wyddost ti...'

Gafaelodd y meudwy yn yr efail a symud y tywyrch oddi ar y tân.

'Pam na wnei di dynnu'r styllod oddi ar y ffenestr i'r mwg gael dianc? Byddai hynny wedi arbed dy lygaid.' Ceisiodd Rhys wthio'r amheuon o'i feddwl cyn holi, 'Beth sydd wedi digwydd i ti?' Teimlai'r casineb tuag at Poole yn treiddio trwyddo ac yn bygwth ei dagu. Fe ddylai fod wedi gwneud mwy na'i ddyrnu. Roedd ei gyllell ganddo. Rhegodd ei hun am ei lwfrdra.

'Pwy wnaeth hyn i ti?'

Pa ddiben oedd holi, ac yntau'n gwybod?

Symudodd yr hen ŵr oddi wrtho.

'Mae gen i glain neidr yn rhywle yma, wyddost ti, ond fedra i ddim dod o hyd iddi. Taswn i'n medru rhoi honno ar fy llygaid chwith mi fyddai hynny'n llesol...'

Gwyddai Rhys nad oedd diben chwilio'r hofel am glain neidr, a fyddai, efallai, yn adfer golwg ambell un, ond os nad oedd llygaid yn y tyllau o dan yr amrannau, pa werth fyddai rhoi glain neidr nac eli na dim arall yno?

'Pam? Pam ei fod o yn fy nghasáu i gymaint i fod eisiau gwneud hyn i ti?'

Daeth tawelwch dros yr hofel ac arhosodd Rhys i'r hen ŵr eistedd. Gwyliodd y symudiadau gofalus, pwyllog. Gwyddai fod y geiriau'n cael eu pwyso hefyd, yr un mor ofalus â'r symudiadau. Pwysodd Rhys ei gefn yn erbyn y drws – roedd arno angen yr awyr.

'Dy fam, Rhys,' meddai'r meudwy, 'wnaeth o erioed faddau i dy fam am droi ei chefn ar ei thras – roedd hi'n wraig fonheddig, wyddost ti, dy fam…'

Arafodd geiriau'r hen ŵr, arafodd popeth, a daeth geiriau'r hen wraig ym marchnad Harlech at Rhys fel petaent o bell. Roedd ei fam yn un o dras, wrth gwrs, yn chwaer i'r diawl oedd yn mynnu dial arno. Daeth popeth yn glir. Fo, Rhys, oedd y plentyn ddaeth â gwarth ar deulu Poole.

Daliai'r meudwy i syllu i'r tywyllwch. 'Roedd hi'n dlws, yn gain, wedi arfer efo pethau gorau bywyd… gwin yn y gwpan arian. Mae hi'n dod ata i o hyd…'

Roedd ei lais ymhell, bell, yn troi'n sibrwd annealladwy, ond daliai i fwmian o dan ei wynt.

Edrychodd Rhys ar yr hen ŵr, yno ar lawr brwyn yr hofel. Yna trodd at Rhys, fel petai'n deffro o'i feddyliau dryslyd.

'Pam na ddaw hi i mewn?' holodd.

Wyddai o ddim? On'd oedd o'n cofio nad oedd yna neb i ddod yn ôl adre efo Rhys, ynteu ai disgwyl hen ysbrydion o'r gorffennol yr oedd o?

'Dim ond fi sydd yma,' ceisiodd Rhys ei dawelu.

'Ond ddaeth hi ddim efo ti?'

'Does yna neb ond fi yma…'

Symudodd Rhys yn ôl at y drws a'i agor.

'Na, mi ddylet fod wedi dod â Mallt efo ti. Wnest ti mo'i gadael hi i lawr ar y traeth?' Daeth golwg wyllt drosto. 'Mi ddylai hi fod yma efo ti, Rhys… hi a'r bachgen.'

'Pam? Beth welest ti?'

Arweiniodd Rhys yr hen ŵr at y gist yn y gornel.

'Mi wnes i ei rhybuddio hi, wyddost ti. Mi fues i lawr yno, yn Nhŷ'n y Rhos, ond dim ond y bachgen oedd yno ac fe rois i glain y *memento mori* iddi i'w rhybuddio bod yn rhaid iddi wylio… Dydi'r traeth ddim yn lle iddi hi na'r bachgen rŵan.'

Cododd Rhys gaead y gist gan wybod mai yno y byddai'n dod o hyd i'r croen llo. Fe wyddai am allu'r meudwy i ragweld a phroffwydo. A fyddai o angen i Rhys ddarllen y siartiau?

'Na, paid.' Cododd y meudwy ei lais yn ffyrnig. 'Cadwa'r rheina, mae'r cythral yn eu plygiadau nhw bellach. Mi fedraf weld hebddyn nhw,' meddai wedyn.

Eisteddodd yr hen ŵr. Gwyliodd Rhys ei ddwylo'n tynnu ar ymyl ei grys, y dwylo aflonydd fel petaent yn ceisio dal rhywbeth. Gwyddai mai chwilio am y llaswyr yr oedd o. Ymhle roedd rheiny'n cael eu cuddio ganddo? Roedden nhw'n dal yno, mae'n rhaid – fyddai'r meudwy byth yn troi ei gefn ar yr hen ffydd. Estynnodd ei law i chwilio ynghanol y dail ar y distyn. Cwympodd y gleiniau i'r brwyn a chododd Rhys nhw a'u rhoi yn nwylo'r meudwy. Cydiodd y meudwy ynddyn nhw rhwng ei fysedd. Synhwyrodd Rhys fod yr ystafell yn llenwi â'r mwg drewllyd unwaith eto, a'r byd o'i amgylch yn tywyllu a thawelu. Ni ddeuai unrhyw sŵn o'r llannerch na'r goedwig ddofn y tu hwnt i'r parwydydd, dim trydar adar na sgrialu llygod, fel petai pob arwydd o fywyd wedi cilio oddi yno.

Roedd rhith fel petai'n cydio yn y meudwy, yn gafael ynddo yn ei grafangau, yn treiddio i mewn iddo ac yn peri iddo wingo a griddfan. Roedd y rhith yn ei feddiannu, yn ei newid yno o flaen llygaid Rhys. Plygodd Rhys a chydio yn y dwylo esgyrnog i'w llonyddu. Syllai'r hen feudwy o'i flaen, ei wyneb yn wag o bob deall am funud, dim ond un cyhyr yn ei foch yn mynnu plycio. Gwyliodd Rhys ei wyneb cyfarwydd yn newid, yn gwingo fel petai'n gwylio rhyw olygfa erchyll o flaen ei lygaid. Sgrechiodd yr hen ŵr, ac roedd pob hyrddiad o'i eiddo fel petai'n ceisio amddiffyn ei feddyliau rhag yr hyn oedd yn ei feddiannu. Gwasgodd Rhys y dwylo a cheisio dal corff yr hen ŵr i'w lonyddu. Yna'n raddol tawelodd y sgrechiadau a llonyddodd yr hyrddio, a dechreuodd y meudwy sibrwd ei weddïau, gan lafarganu'r geiriau yn rhythmig a siglo 'nôl a blaen, yn dawel i ddechrau…

'*Libera me*, arbed ni,' sibrydodd, '*Domine, de morte æterna, in die illa tremenda*, arbed y beth fach, O Fair…' Yna'n raddol codai ei lais yn uwch, '… *dum veneris iudicare sæculum per ignem*…' galwodd yn floesg, cyn i'w lais droi'n sgrech ddychrynllyd eto. 'Cadw ni, O Fair Forwyn… *dies irae, dies illa, dies calamitatis et miseriæ*… yn dy drugaredd, cadw ni rhag dydd y drychiolaethau…'

'Beth welest ti? Beth welest ti? Rhaid i ti ddweud wrtha i…'

Roedd Rhys ar ei liniau wrth ei ymyl yn gafael ynddo, a llithrodd yr hen ŵr i'r brwyn, wedi ymlâdd.

Cododd Rhys y corff llonydd a'i roi i orwedd ar y carthenni yn y gornel. Gafaelodd yn dyner yn ei ddwylo a'u rhoi i orffwys, a phlethodd y llaswyr am ei fysedd. Fyddai fawr o wahaniaeth bellach pwy fyddai'n ei ddarganfod, a'r enaid eisoes wedi gadael y gragen frau. Yna cyffyrddodd â'r amrannau i'w cau. Ffarweliodd â'r meudwy, ymgroesi a chau drws yr hofel ar ei ôl. Roedd yn rhaid iddo frysio.

16

ROEDD OGLA'R BRAG yn llenwi cegin Ty'n y Rhos a'r tân wedi'i baratoi ers yr oriau mân. Codai arogleuon braf hefyd o'r crochan a hongiai o'r heyrn du dros yr aelwyd. Roedd Mallt wedi gyrru Lewys allan ers meitin i chwilio am nyth yr iâr wen gan fod honno'n mynnu dodwy allan yn yr hesg o gwmpas y tŷ ac roedd Mallt angen yr wyau. Wyddai hi ddim beth oedd achos y mynd a'r dod, ond roedd bywyd wedi prysuro o amgylch glannau'r traeth ers rhai dyddiau. Ni phoenai'r prysurdeb a'r ymwelwyr ddim ar Mallt, ond roedd y mynd a'r dod dieithr yn anesmwytho'r Cychwr. Nid oedd Mallt wedi'i weld ers iddo ddiflannu trwy'r drws yn fud a di-hwyl yn syth ar ôl ei ginio.

Rhedodd Begw'r forwyn i lawr y llwybr ac i mewn i'r gegin dywyll. Roedd hi wedi bod ar neges draw yn y dafarn ar y Traeth Bach. Gollyngodd ei basged ar y bwrdd ac eistedd am funud i ddatod ei siôl.

'Mae hi fel ffair yn y fan honno hefyd, Mallt, tair llong wedi angori yno dros nos. Roedd y feistres yn gweiddi a dandwn a chwifio'i dwylo i bob man wsti, a'r morynion yn dawnsio a sgrialu o'i chwmpas hi fel gwenyn. Diolch mai yn fan hyn efo ti ydw i, Mallt.'

Chwarddodd y ddwy. Fe wyddai Mallt am feistres y dafarn, stormas o ddynes. Taerai rhai o'r morwyr y byddai'n well gan ei gŵr wynebu storm ar Sarn Badrig na bod yn y tŷ pan fyddai'r feistres ynghanol un o'i phyliau.

Beth oedd achos y mynd a'r dod felly? Roedd y tywydd wedi bod yn dda ers rhai wythnosau ac fe wyddai'r morwyr, wrth gwrs, pryd fyddai'r adeg orau i godi hwyliau a phryd i fentro eu llongau bach o un gilfach i'r llall. Roedd mynd ar gario rhisgl, a galw mawr ar y barcdai o amgylch glannau Meirionnydd. Wrth symud rhwng y byrddau fe glywsai Mallt sgyrsiau'r teithwyr a'r morwyr. Wyddai hi fawr ddim am yr hyn a ddigwyddai yn Llundain, ond fe glywsai ddigon ar sgyrsiau'r gwesteion i ddeall nad oedd bygythiad erbyn hyn o du llongau Sbaen. Efallai y byddai hwylio ymhell oddi wrth ddiogelwch cymharol y glannau agos yn bosib bellach. Oedd hi wedi deall yn iawn nad oedd y brenin newydd mor barod i dynnu'r Sbaenwyr i'w ben? Gŵr doeth, meddai rhai, cachgi meddai eraill. Wyddai hi ddim am hynny, ond os oedd y brenin newydd yn fwy parod i gymodi na'r hen frenhines, a fyddai hynny'n golygu diwedd ar yrru gwŷr ifanc Meirionnydd i ffwrdd i ryfela yn Ulster hefyd?

Trodd Mallt yn ôl at y crochan. Feiddiai hi obeithio? Ond chlywodd hi ddim chwaith am neb yn dod yn ei ôl o Iwerddon. Cofiodd eiriau Poole y diwrnod hwnnw wedi i ddynion y gyfraith gymryd Rhys a'i gadael hi yno ar y traeth ger Ty'n y Rhos.

'Waeth i ti anghofio amdano fo rŵan, Mallt, ddaw o ddim o 'Werddon yn fyw. Os na laddith y Gwyddal o mi lwgith.'

Roedd hi'n rhy hwyr erbyn hynny p'run bynnag, gan ei bod hi wedi addo i'r hen wraig y byddai hi'n aros yno efo'r Cychwr. Fe wyddai honno na fyddai hi fyw yn hir, a hithau dros ei phedwar ugain. Roedd yn rhaid cael rhywun yn Nhy'n y Rhos a allai ofalu am ei mab, y Cychwr. Dyna fyddai ffawd Mallt felly. Hynny neu bydru yn un o ystafelloedd llaith castell Harlech. Pa ddewis oedd ganddi? Sgrialodd rhywun drwy'r drws a daeth Lewys i'r golwg a llond ei gap o wyau. Trodd Mallt oddi wrtho yn gwybod na fu ganddi ddewis erioed.

'Drycha!' Daliodd y bachgen ei gap, yn falch o gael dangos y nythaid o wyau. ''Nes i swatio, 'sti, nes clywis i hi'n clochdar, ond dwi'n gwybod rŵan tydw, dwi'n gwybod lle i chwilio. Drycha, Begw!'

'Go dda chdi am aros, Lewsyn, digon o fynadd gen ti, 'ngwas gwyn i,' meddai Begw a'i dynnu ati. Gwyliodd Mallt y ddau'n cario'r cap yn ofalus trwodd i'r bwtri, a gwrandawodd arnyn nhw wrthi'n torri'r wyau i'r gwpan ac yna i'r cawg. Taro'r ymyl a thorri'r plisgyn un ar y tro, nes y daeth y waedd a'r drewdod. Gwyddai Mallt fod y nyth wedi bod yno ers wythnosau. Roedden nhw'n siŵr o ddod ar draws o leiaf un wy clonc. Brysiodd i blygu defnydd ei ffedog er mwyn iddi gael gafael yng ngharn y crochan a gwyrodd dan y pwysau wrth ei osod ar garreg yr aelwyd. Roedd y potas yn barod.

Roedd y Cychwr wedi gorffen ei swper a Mallt wedi clirio ei gelfi bwyta i'r bwtri. Bu'n brysur trwy'r prynhawn, ond yn ffodus roedd y tywydd tawel, mwyn yn gwneud y gwaith o groesi'r traeth yn haws a doedd dim rhaid aros i'r trai. Meddyliodd Mallt am y gŵr bonheddig a groesodd y prynhawn hwnnw gyda'i was, ei forwyn a'i ferch. Honno'n ddim mwy na thair ar ddeg ac yn gadael ei chynefin i fod yn ddyweddi i un o feibion plasau Eifionydd. Doedd Mallt ddim yn cofio ble yn union, ond gallai weld ei hwyneb gwelw yn awr, yn eistedd yng ngwaelod y cwch â'i choffor wrth ei thraed. Tybed sut fywyd oedd o'i blaen hi, a thybed a gâi hi gyfle rywdro i groesi yn ei hôl y ffordd hyn er mwyn ymweld â'i thylwyth ei hun?

Diolchai Mallt fod y Cychwr wedi bod oddi cartref trwy'r prynhawn, neu fe fyddai'r mynd a dod wedi'i anesmwytho. Doedd dim pwrpas sôn wrtho am y dynion dieithr aeth heibio talcen y tŷ ar eu ffordd draw am Hirynys. Cododd y Cychwr, plygu ei ben fel bob amser a gadael ei le wrth y simdde, a mynd allan. Gwyddai Mallt y byddai'n troi am y siambr yn fuan. Aeth i chwilio am Lewys i'w alw i mewn, gan y byddai'n rheitiach i hwnnw fynd am ei wely hefyd. Gallai Begw aros yn gwmni iddi hi petai rhywun yn dod heibio.

Daeth sŵn rhywrai yn nesu. Craffodd Mallt ond ni fedrai weld dim ond amlinell pedwar yn dilyn y llwybr. Bellach roedd y gwyll yn cau am Dy'n y Rhos a dim ond rhimyn cul o olau'n dal ei afael ar y gorwel. Gwrandawodd Mallt ar eu lleisiau'n codi a gostwng er mai dim ond lleisiau dau o'r dynion a dorrai ar dawelwch yr aber, y ddau yn cellwair a chwerthin yn uchel. Rhoddodd un hergwd i'r llall nes bod y cyntaf yn sgrialu am y gwrych. Cododd ambell i aderyn gan sgrechian yn ddig. Chwarddodd y ddau wedyn. Cerddai'r ddau arall heb yngan gair a'u hosgo'n dawel a gwyliadwrus. Yna, fel roedd y pedwar yn nesu ac yn dod trwy'r glwyd at y tŷ, clywodd Mallt y trydydd dyn yn ysgyrnygu rhywbeth, dim ond un gair heb godi ei lais, ond gwyddai Mallt yn syth fod Poole wedi cyrraedd Ty'n y Rhos. Teimlai'r awel yn oeri wrth sgubo i fyny o'r trwyn a'r gwynt yn codi ac yn chwipio'r swnd i fyny o'r traeth. Codai'r moresg yn glymau llychlyd fel gwallt gwrach, a châi ei chwythu'n gaglau yma ac acw ar hyd y llwybr.

Chwiliodd Mallt wynebau'r tri theithiwr arall. Gwelsai'r rhain o'r blaen – fe allai gofio llygaid gleision y gŵr a ddaethai i mewn yn olaf. Edrychodd hwnnw arni a nodio. Gwelodd Mallt yr hanner llaw yn codi i fwytho'r pen blewog a swatiai o dan ei siercyn, a sylwodd ar y pawennau bach yn cydio yn ymyl y brethyn. Neidiodd y creadur i'r llawr a rhuthro i ben y stelin carreg i edrych o'i gwmpas yn fusneslyd. Rhoddodd Mallt sgrech a theimlodd y gwrid yn codi i'w hwyneb. Gwyddai fod llygaid y dyn yn chwilio'i chorff a bod ei gwrid yn rhoi rhyw fodlonrwydd iddo. Tynnodd ei chap ymlaen dros ei hwyneb a gwthio cudyn o'i gwallt yn ôl oddi tano. Sythodd Mallt; fyddai mymryn o fwnci ddim yn ei thaflu oddi ar ei hechel, ymresymodd – byddai angen iddi fod yn gall a gofalus. Rhoddodd gerydd tawel iddi hi ei hun am adael i'r rhain a'u creadur dieithr ei hanesmwytho.

'Welest ti ddim creadur fel hwn o'r blaen, Mallt?'

Gwthiodd Poole heibio iddi ac, wrth iddo wneud, gorfodwyd hi i'r gornel – y stelin a wal y tŷ ar un ochr a'r dynion ar yr ochr arall. Roedd hi wedi'i chau a fedrai hi ddim dianc. Arhosodd Poole o'i blaen, ei wyneb yn gwthio'n nes, ei gorff yn pwyso yn ei herbyn.

'Paid â deud bod cyffyrddiad mwnci yn tarfu arnat ti, Mallt, myn Duw, a titha wedi gadael i bwy bynnag licia fynd i'r afael â dy gorff bach del di…'

Chwarddodd cyn troi oddi wrthi a dilynodd y tri arall ef i mewn i dywyllwch y tŷ.

Anadlodd Mallt yn ddwfn a gwylio'r mwnci'n neidio yma ac acw ac yn aros i wrando, fel petai'n ceisio dod i adnabod ei gynefin newydd. Syllodd yn herfeiddiol ar y creadur a sylwi bod y llygaid bach duon yn syllu'n ôl arni. Roedd rhywbeth yn anghynnes yn symudiadau bach sydyn, annisgwyl y creadur. Crynodd a thynnu ei siôl yn dynnach amdani. Daeth Lewys i'r golwg o gyfeiriad yr helm, lle roedd y Cychwr yn torri coed. Gallai Mallt glywed sŵn y fwyell yn taro'r coedyn mewn rhythm cyson. Neidiodd y mwnci yn ei ôl i ben y stelin.

'Be ydi o?' chwarddodd Lewys, a rhuthro draw i hanner cuddio y tu ôl i ffedog ei fam. Daliai'n dynn yn ymyl y ffedog ond eto dilynai symudiadau'r mwnci wrth i hwnnw hercio mynd yma ac acw.

'Dim ond mwnci, mi ddoth efo un o'r morwyr – edrycha ar ei ddwylo fo, Lewys.' Ceisiai Mallt swnio'n ddidaro, ond doedd hi ddim am i'w mab fynd ati i fela ag o. Gwyddai fod llongau'n cario pob mathau o greaduriaid doniol yr olwg, a chaent eu gadael ar y glannau weithiau. Cofiai na fyddai'r hen wraig byth yn croesawu creaduriaid felly i Dy'n y Rhos; creaduriaid y fall oedden nhw, meddai hi, yn cario rhwng eu blew swynion a melltithion na wyddai neb amdanyn nhw'n iawn. Gobeithiai Mallt y byddai'r mwnci, ei berchennog a'r tri arall yn manteisio ar lanw'r oriau mân ac yn hwylio oddi yno heb ymdroi.

'Tyrd i mewn rŵan, mi gei di ei weld o yn y bore, yli,' ond doedd Lewys ddim am golli'r cyfle. Gafaelodd Mallt yn ei law, gan geisio ei hel i'r tŷ o'i blaen, ond gwingodd y bachgen a rhyddhau ei hun o'i gafael. Rhuthrodd ar ôl y mwnci i'w wylio'n crafu wrth odre un o gerrig clawdd yr ardd.

'Tyrd i'r tŷ mewn dau funud, Lewsyn. Mae gen i fara a llefrith yn c'nesu i ti.'

Ond diflannodd y bachgen i ganlyn y mwnci draw i gyfeiriad yr helm.

Prysurodd Mallt i ymuno efo Begw. Fyddai dim llonydd iddyn nhw am sbel – fyddai dim modd codi hwyl am rai oriau. Roedd yr aros am dro'r llanw yn gyrru rhai o'r dynion yn ddrwg eu hwyliau, a rhai eraill wedyn i ormod o hwyliau. Pan fydden nhw wedi treulio'r oriau yn yfed a chwarae dis, doedd wybod sut le fyddai yno erbyn iddyn nhw ddychwelyd i'w cychod.

Gwyliodd Mallt y pedwar oedd newydd gyrraedd. Roedd Begw wedi estyn am fara a chaws iddyn nhw ac yn symud yn dawel a chyflym heibio'r byrddau eraill yn tendio, yn cario costrelau a chwpanau ac yn clirio. Gwyddai Mallt fod llygaid yn gwylio'r forwyn fach ac yn ei gwylio hithau. Rhegodd y Cychwr o dan ei gwynt. Fyddai neb yn meiddio llygadu gwraig y tŷ fel arfer, ond doedd ganddi hi neb bellach i'w hamddiffyn.

Symudodd at y tân i roi coedyn arall arno. Roedd tynfa rhy dda yn y simdde, a'r gwynt wedi codi. Gwyddai fod rhai o'r morwyr eraill yn cadw un golwg ar y gwynt, yn gobeithio nad oedd yn awgrymu bod y tywydd teg ar fin dod i ben, ac eto arwydd da oedd y gwynt pan fydden nhw angen codi hwyl cyn y bore. Gwrandawodd ar ambell un yn bytheirio, rheiny fyddai'n galw am chwaneg o gwrw, ac yn colli wrth y byrddau chwarae. Teimlai Mallt y tyndra'n codi. Agorodd y drws yn sydyn a throdd pawb i wylio'r ddau ddieithryn yn camu o'r gwynt i mewn i glydwch y gegin. Tawelodd y sgwrsio a pheidiodd y dis am funud. Roedd llygaid pawb ar y dieithriaid. Gwisgai'r cyntaf glogyn trwm a het gantel llydan gyda phluen falch ynddi. Symudodd yr ail ŵr yn sydyn i'r cysgod fel na allai Mallt ei weld. Tynnodd y cyntaf ei glogyn a'i het a'u gosod ar y fainc wrth y drws. Adnabu Mallt ef yn syth. Beth oedd yn dod â Gruffydd Nannau y ffordd hyn heno?

Croesodd y gŵr bonheddig y gegin a symudodd Poole i'r naill ochr i wneud lle iddo wrth y fainc. Gwelodd Mallt nad oedd ei ymddangosiad yn peri unrhyw syndod, felly roedden nhw'n ei ddisgwyl. Galwyd am gwpan arall a mwy o fedd, a gwin i'r bonheddwr.

Trodd Mallt i edrych am yr ail ŵr, ond doedd o ddim yno. Sylwodd fod y drws wedi ailagor a'i fod wedi mynd yn ei ôl allan i'r gwynt. Mae'n rhaid ei fod am fynd i ofalu am y ceffylau. Gobeithiai fod bechgyn y stablau yn gwneud eu gwaith yn iawn; doedd hi ddim am i fonheddwr gael lle i gwyno am safon y stablau. Gwelodd fod Begw'n ymdopi'n iawn ac y gallai hithau fanteisio ar y tawelwch a mynd i chwilio am Lewys. Cododd ei siôl dros ei phen ac aeth allan. Caeodd y drws ar ei hôl a galw ar y bachgen, cyn symud i lawr ar hyd y llwybr a'r gwynt yn cydio yng ngodre'i gwisg ac yn cipio'i llais.

Doedd dim golwg o Lewys na'r mwnci. Gallai glywed hyrddiadau'r fwyell a chlustfeiniodd, ond nid oedd llais Lewys i'w glywed yn dod o'r un cyfeiriad. Doedd o ddim yno felly, meddyliodd Mallt. Roedd Lewys fel petai'n derbyn na fyddai'r Cychwr yn ei ateb, ond ni rwystrai hynny ddim ar ei barablu na'i holi. Ni fyddai cael Lewys o'i gwmpas, chwaith, yn tarfu dim ar y Cychwr gan fod dealltwriaeth rhwng y ddau, a diolchai Mallt am hynny. Ond os nad oedd Lewys yn yr helm yn eistedd yn gwylio bwyell y Cychwr yn hollti'r pren, yna ble roedd o? Dechreuodd ei chalon guro'n gyflymach. Doedd dim mymryn o olau bellach i lawr tua'r bae, dim ond rubanau o niwl oer yn chwyrlïo i mewn o'r môr. Fe ddylai fod wedi dod allan i chwilio amdano ynghynt, meddyliodd wrth ruthro i gyfeiriad yr helm. Byddai'n rhaid gofyn i'r Cychwr fynd i chwilio amdano. Gallai glywed y sŵn yn codi o gegin Ty'n y Rhos, a sylweddolai y dylai fynd yn ei hôl – byddai ar Begw ei hangen.

Yna'n sydyn arhosodd wrth synhwyro bod rhywun yn ei dilyn. Rhewodd. Gallai glywed ei chalon yn curo a'r croen gŵydd yn gryndod drosti. Roedd rhywun yn ei gwylio o gysgod y gelynnen.

'Lewys?' gwaeddodd. Camodd y dyn o'r cysgod tuag ati a gwyddai Mallt na allai ei osgoi. Trodd yn sydyn i lawr i gyfeiriad yr helm.

'Mallt!'

Teimlodd Mallt y dwylo'n cydio ynddi ac yn ei thynnu yn ei hôl tua'r cysgod.

'Mallt…'

Trodd hithau i edrych ar ei wyneb.

'Fi sydd yma, Rhys, paid â dychryn, fi sydd yma…'

'Dduw mawr!'

17

CARLAMODD Y CEFFYLAU dros y morfa. Doedd dim golau lleuad bellach wrth i'r niwl gau amdanyn nhw. Roedd y gwynt wedi gostwng a gadael i'r niwl ymlusgo'n glytiau dros y tir corsiog. O'u blaenau gallai'r dynion weld siâp tywyll yn ymddangos ar y ffordd drol. Cuddiai'r niwl sŵn y carnau yn ei blygiadau fel na chlywodd gyrrwr y cert ddim nes bod y ddau geffyl wedi'i gyrraedd. Arafodd y marchogion gan fod y ceffyl a'r cert agored yn llenwi'r ffordd.

Tynnodd Gruffydd Fychan ei geffyl yn agosach at ben y cert a chymryd cip ar wyneb y cariwr. Swatiai gŵr arall yn ei blyg wrth ei ymyl.

'Noson fudr i gariwr fod ar y ffordd,' galwodd Gruffydd Fychan.

Parhaodd y cert i symud yn araf a chyson, a gwich yr echel yn swnian yn gecrus. Gwyliodd Gruffydd fel y sythodd y ddau yn y cert eu hosgo gan anesmwytho. Fydden nhw'n ei adnabod tybed? Gruffydd Fychan, Corsygedol, y siryf ei hun yma ar y ffordd drol ynghanol nos.

'Syr?' meddai'r gŵr.

Syllodd yr horwth trwsgl arno, ei lygaid yn fawr fel pyllau gweigion a phenbleth yn eu llenwi. Sylwodd Gruffydd ar y llall – doedd fawr gwell siâp ar hwnnw chwaith. Swatiai yn ei gwman yng nghysgod y gyrrwr, a dim ond cip ohono a gawsai Gruffydd. Roedd y cwfl llwyd wedi'i lyncu, ond sylwodd Gruffydd fod ei ddwylo'n fain ac esgyrnog. Pwysai yn erbyn y gyrrwr a thybiai Gruffydd y byddai'n hwyr neu'n hwyrach yn gwyro dros ymyl y cert ac yn disgyn fel sach ar y ffordd petai'r horwth yn symud ei bwysau. Gallai Gruffydd weld bod y gyrrwr yn gwingo yn ei sedd. Doedd gan hwn ddim gobaith gwadu dim, chwarddodd; roedd y creadur gwirion yn un o'r rheiny a fyddai wedi cyfaddef iddo ddwyn esgidiau ei nain, yn wir unrhyw beth dim ond iddo weld cysgod un o wŷr y gyfraith. Beth oedd y trefniant tybed? Faint o gariwyr oedd gan Gruffydd Nannau a Poole wedi'u trefnu? Diawl o gynllun oedd hwn, pensynnodd Gruffydd.

'Am y traeth mae'ch trwyna chi?' holodd wedyn.

'Nn... na, y ie, y na... am Landecwyn, syr.'

'Rydach chi wedi mynd heibio i'r tro felly, gyfeillion,' meddai Gruffydd yn ysgafn.

'Ydan ni? Uffarn o niwl 'yn does?' atebodd y cariwr.

'Niwl y diawl,' atseiniodd y cwfl.

Arglwydd mawr, oedd Gruffydd Nannau o ddifrif yn disgwyl i'r rhain gario iddo, heb sôn am gario nwyddau gwerthfawr i'w cuddio? Beth oedd y cynllun?

'Cydia yn nhrwyn y ceffyl,' gorchmynnodd, a symudodd ei gydymaith at ffrwyn yr anifail. Nid oedd fawr o raen ar hwnnw chwaith.

'Awn ni'n ara deg felly,' meddai, gan arwain y ddau druan, y sgerbwd o geffyl a'r cert gwichlyd, yr ychydig lathenni oedd yn weddill cyn iddyn nhw fynd heibio eglwys Llanfihangel y Traethau a chyrraedd glan y Traeth Bach.

Craffodd Gruffydd Fychan i mewn i'r niwl. Gallai glywed llepian y tonnau yn erbyn y creigiau ond allai o weld dim. Cododd y llusern, ond doedd dim i'w weld ond y niwl a'r tonnau bach tawel yn rhedeg yn hamddenol am y traeth. Byddai'n rhaid rhwyfo cychod allan felly – fyddai dim gobaith dibynnu ar yr hwyliau. Gwyddai Gruffydd am y cychod bas a ddefnyddid i lanio ar hyd yr arfordir, cychod chwim fyddai'n medru gwibio i mewn ac allan o gilfach cyn i'r gyfraith gael cyfle i'w darganfod.

Beth oedd trefniant ei gefnder, Gruffydd Nannau tybed? Roedd un o ddynion Rhiwgoch wedi cyrchu ato'r bore hwnnw gyda llythyr dan sêl o law Robert Llwyd ei hun. Gwyddai'r ddau ohonyn nhw am natur fyrbwyll Gruffydd Nannau, ond ni phoenai Gruffydd Fychan am hynny nes iddo weld yr enw arall ar y memrwn. Poole. Gwyddai fod yn rhaid iddo ymyrryd felly.

★

Trodd Tudur i wyro'r ffordd arall. Roedd o wedi cyffio'n aros yno ac wedi cael digon ar ei orchwyl ers meitin. Fedrai o weld dim y tu hwnt i ychydig droedfeddi o'i flaen gan mor drwchus oedd y niwl. Niwl oer yn gadael ei ddafnau ar bopeth. Gwyrai Tudur ei ben allan oddi tan y bargod cul lle safai. Gallai glywed llepian y tonnau islaw iddo ond dim arall. Roedd o wedi sefyll yno ers oriau bellach mae'n rhaid – roedd y pen llanw wedi bod, ond ddaeth yr un cwch i fyny'r rhigol lle'r arhosai Tudur. Dechreuodd amau ei hun. Yma y dylai o fod, roedd o'n sicr o hynny. Fyddai o ddim wedi camgymryd, ac eto roedd y gwyll yn cau am y lle a'r niwl yn gwneud ei gamau'n anodd pan gyrhaeddodd yn gynharach. Ond na, roedd popeth fel y dylai fod, hen hofel fach ar fin y dŵr efo lle i glymu'r ceffylau a'r silff fach yma uwchben y traeth lle gallai wylio'r mynd a dod petai'r niwl yn llacio. Ailgyneuodd y llusern, gan ddisgwyl efallai clywed llais yn ei gyfarch o'r tywyllwch, ond ddaeth dim. Clustfeiniodd. Gallai glywed tylluanod yn galw draw i gyfeiriad y deri ar yr allt. Un yn galw a'r llall yn ateb. Gwrandawodd ar eu sgwrsio lleddf a'u nodau iasol. Oedden nhw'n ceisio dweud rhywbeth wrtho efallai, ei rybuddio?

Beth oedd wedi digwydd i lawr ger y glannau? Roedd y

pryder yn dechrau treiddio trwy ei gylla. Rhoddai unrhyw beth am glywed bygythiadau Siencyn yn galw o'r niwl. Cododd ei galon am funud. Dyna oedd, wrth gwrs – Siencyn! Fedrai hwnnw ddim ffendio ei ffordd adre o Dŷ Jonat wedi iddi nosi, heb sôn am ddod o hyd i gilfach fach gudd fel hon ar noson niwlog. Y diawl dwl iddo fo, dyna oedd a dim arall. Cysurodd Tudur ei hun, plygu ar ei gwrcwd a phwyso'i gefn yn erbyn y graig. Diffoddodd y llusern a'i rhoi ar lawr wrth ei droed. Byddai ganddo stori dda, o leiaf, i'w dweud wrth Gwen pan ddychwelai heibio Rhiwgoch ar ei ffordd adref i'r Nannau. Rhwbiodd Tudur ei lygaid a daeth teimlad bodlon, braf drosto. Fe soniai wrth Gwen pan welai hi nesaf am ei freuddwyd o ddod yn iwman rhyw ddiwrnod a gwartheg ei hun ganddo. A'r diwrnod hwnnw byddai'n dod yn ei ôl i'w chyrchu hithau ato i'r Nannau.

★

Edrychodd Mallt ar y bachgen Lewys yno'n cysgu. Mwythodd ei wallt. Diolch i Dduw ei fod wedi dod i'r golwg yn y diwedd, fo a'r creadur mwnci felltith yna. Cododd ar ei heistedd ar erchwyn y gwely ac ailwisgo. Fedrai hi ddim gorwedd yno. Roedd digwyddiadau'r noson cynt fel haid o ddrudwy'n mynd a dod trwy ei meddyliau. Edrychodd draw i gyfeiriad y Cychwr. Roedd hwnnw wedi dod i orwedd am ychydig oriau ond byddai'n rhaid ei ddeffro'n fuan gan y byddai rhai o'r teithwyr yn dechrau hel yn barod i groesi.

Gwibiodd ei meddwl yn ôl at yr eiliad y deallodd mai Rhys oedd yn aros amdani yn y cysgod. Fe wyddai'n unionsyth a gwasgodd ei breichiau lle bu ei ddwylo'n gafael ynddi. Gallai deimlo ei anadl yn gynnes yn erbyn ei boch, ei gyffyrddiad yn ei llosgi.

Roedd y ddau wedi sefyll yno yn y cysgod yn cydio, yn gafael yn dynn yn yr eiliadau hynny o sicrwydd oedd ganddyn nhw. Fe fyddai'r drws yn agor neu sŵn traed yn nesu a dyna'r eiliadau yn dirwyn fel darnau o dywod trwy eu bysedd. Fe wyddai'r ddau fod eu heinioes yn yr un ennyd honno o gydio.

Cofiodd fel y daeth Lewys i'r golwg gyntaf, yn rhedeg i fyny o gyfeiriad y traeth. Dychrynodd wrth weld ei fam yno wrth geg y llwybr a dyn dieithr yn gafael ynddi. Gwyddai'r bychan ei fod mewn helynt, a'r nos wedi cau ac yntau'n dal heb ddod yn ôl i'r tŷ, ond fedrai o ddim gadael y mwnci ar ei ben ei hun wrth lan y dŵr, ymresymodd; roedd y cŵn wedi bod yn poeni'r creadur ac roedd o wedi cael trafferth i'w gael i ddod i lawr o ben y gangen lle bu'n cuddio. Ond chafodd Lewys ddim cerydd. Edrychodd y dyn dieithr arno a chwerthin. Yna estynnodd y dyn amdano a'i godi yn ei freichiau, edrych i fyw ei lygaid a dweud rhywbeth am lygaid ei fam. Wyddai Lewys ddim beth i'w wneud o hynny a rhedodd am ei fywyd i'r tŷ i chwilio am Begw a'r bara llefrith.

Ceisiodd Mallt ei ddilyn, ond camodd Rhys ar ei llwybr.

'Dwi wedi dod i dy nôl di,' meddai.

Dawnsiai'r geiriau yn ei phen. 'Dy nôl di... dy nôl di...' Fel petai dod i nôl rhywun y peth hawsaf ar wyneb daear i'w wneud. Roedd hi wedi gwenu arno, gwên fach ymddiheurgar, gam. Cofiodd yr olwg daer yn ei lygaid.

'Mae gen i le i ti a'r bachgen.'

Gwyddai Mallt ei fod yn cael trafferth i gadw'i lais yn dawel. Roedd ei ddwylo'n cydio ynddi, yn mynnu ei bod yn edrych arno.

'Mae gen i le i ni'n tri, mi fedra i dy gynnal di a'r bachgen...'

'Fedra i ddim, Rhys, fedra i ddim dod efo ti...' Prin sibrwd y geiriau roedd hi.

'Mi ddo i i dy nôl di, dwyt ti ddim yn deall, dydi fan hyn ddim yn lle i ti, Mallt… Mae yna beryglon yma…'

Roedd Mallt wedi edrych arno. Beth wyddai hwn am y peryglon a'i hwynebai hi a'r bachgen? Roedd o wedi diflannu o'i bywyd ac wedi'i gadael yma ar fympwy yr hen wraig a'i mab. Gwnaethai hi fywyd iddi hi ei hun, a bellach hi oedd meistres Ty'n y Rhos. Roedd ganddi gynhaliaeth. Pa berygl oedd yn ei hwynebu yma fwy nag yn unman arall? Gwyddai am y teithwyr a'r morwyr a ddeuai heibio yn eu tro, ond roedd hithau'n aeddfedu, yn dod yn feistres hyderus ar ei thŷ ei hun. Nid y ferch ifanc swil, eiddil honno oedd hi bellach. Beth oedd i'w ofni?

Trodd i wynebu Rhys. Roedd Lewys yn tyfu, yn ymdebygu fwy iddo bob dydd. Yr osgo penderfynol yna oedd i'r ddau. Gafaelodd yn llaw Rhys a'i chodi at ei gwefus. Cusanodd ei fysedd.

Cofiodd y bore yr aethon nhw â Rhys i ffwrdd yn y cert, y tro diwethaf iddi ei weld wedi'r noson y cawson nhw eu dal. Roedd ei wyneb wedi chwyddo'n ddieithr a'r gwaed wedi ceulo. Galwasai arno, ac addo y byddai'n aros amdano. Yna roedd yr hen wraig wedi cydio ynddi ac wedi'i gwthio yn ei hôl i'r tŷ rhag tynnu sylw dynion y gyfraith. Roedd yr hen wraig wedi achub ei bywyd y bore hwnnw, neu fe fyddai hithau wedi'i chludo o flaen gwŷr y castell. Caeodd ei meddwl rhag dychmygu beth fyddai ei chosb. Fe fyddai hithau'n cael ei chyfrif yn rhan o'r ymosodiad ar y gŵr bonheddig hwnnw yn y dafarn. Doedd stanciau a charchar ddim yn lle i ferched.

'Fedra i ddim gadael, Rhys, mae hi'n rhy hwyr i hynny…'

'Paid â dweud dim rŵan, mi fydda i yn fy ôl yn y bore.' Daliai ei afael yn ei llaw. 'Mae gen i bethau i'w gwneud heno. Mi fydda i yn fy ôl, mi ddoi di efo fi wedyn, Mallt, 'yn doi?'

Roedd hi wedi'i adael yno ar y llwybr ac wedi rhedeg yn ôl i'r tŷ.

Crynodd Mallt yno yn y llofft ac edrych ar Lewys yn troi yn ei gwsg i lenwi'r gofod gwag roedd ei chorff hi wedi'i adael yn y gwely. Sylwodd fel roedd ei gorff bach yn closio'n nes at un y Cychwr, ei fraich yn estyn am y cynhesrwydd.

'Ddoi di efo fi, Mallt, 'yn doi?'

Atseiniai'r llais trwy ei phen. Roedd o wedi addo dod yn ei ôl y bore 'ma. Dod yn ei ôl i'w nhôl. Crynodd.

Tynnodd y llen a wahanai ei gwely oddi wrth weddill y llawr. Roedd ambell siâp tywyll yno ar y lloriau'n gorwedd, a chodai synau cwsg ysgafn i lenwi'r siambr uchaf, chwyrniad bach ac anadliad dwfn, sisial a sgrialu llygod ac ambell i ochenaid fodlon. Symudodd Mallt yn ofalus rhag taro yn erbyn dim a deffro'r rhai nad oedd angen iddyn nhw godi bryd hynny. Fedrai hi ddim gweld yr un o griw Poole yno wrth i'w llygaid lithro dros y siapiau. Ychydig oriau ynghynt roedd hi wedi enhuddo'r tân i'w gadw, wedi golchi'r cwpanau a gadael Poole a'r tri arall wrth y byrddau. Roedden nhw ar ryw berwyl, roedd hynny'n amlwg. Roedd Gruffydd Nannau wedi aros gyda nhw am ychydig cyn gadael. Bu llawer o guro cefnau a chwerthin cyn iddo gau'r drws ar ei ôl. Sylwodd hefyd sut y bu i Poole, y Grafanc a'r ddau arall gilio i'r cysgod wedi iddo adael. Tawelodd y pedwar; prin bod Mallt yn cofio eu bod yn dal yno, ac eto roedd yn ymwybodol fod llygaid yn ei dilyn.

Disgynnodd yn ofalus i lawr y grisiau o'r siambr i'r gegin fawr. Roedd pobman yn dawel. Dyma'i hoff gyfnod o'r dydd, pan gâi lonydd cyn i'r prysurdeb ddechrau o ddifrif. Roedd digon o amser ganddi i dendio'r tân ac i nôl dŵr.

Gweithred fechan, ystyriodd, oedd adfywhau'r tân, ond eto rhoddai wefr iddi wylio'r fflamau bach yn deffro ac yn neidio am y poethfel sych. Chwythodd ar y fflamau i'w cymell, a gwyliodd nhw'n ailgydio ac yn cryfhau digon i godi'r gwrid ar ei hwyneb. Eisteddodd yno am funud yn teimlo'r gwres yn treiddio trwyddi, yn cynhesu ei chluniau, yn troi'n gyffro ynddi, yn cau amdani.

'Ddoi di efo fi, Mallt…?'

Cododd ar ei thraed yn sydyn wrth glywed sŵn rhywun yn symud allan ar y llwybr. Agorodd y drws. Roedd hi'n dal yn dywyll, a'r niwl yn glynu'n styfnig am y sgerbydau coed. Cododd y bwcedi, ond doedd dim golwg o neb yno – rhywun yn mynd heibio mae'n rhaid. Camodd yn ofalus gan nad oedd yr awyr wedi dechrau llwydo eto, a'r nos yn dal ei gafael dros bobman. Gallai weld siâp y clawdd ac ymgynefinodd ei llygaid yn ddigon iddi allu ymbalfalu'n araf tua'r pistyll. Gosododd y bwced cyntaf o dan y dŵr a thasgodd y dafnau dros ei dwylo. Roedd dŵr y pistyll yn rhewllyd oer. Cododd y bwced cyntaf a gosod yr ail un i'w lenwi. Byddai'n rhaid iddi fynd i fyny i ddeffro'r Cychwr wedi iddi osod y dŵr ar y tân. Cododd y bwced llawn o'r pistyll, yna ailgydiodd yn y cyntaf. Safodd am funud i sadio ac i wneud yn siŵr o'i gafael, yna cychwynnodd gerdded yn araf yn ei hôl tua'r tŷ.

Camodd rhywun tuag ati'n sydyn. Neidiodd, a thywallt dafnau dros ei hesgidiau.

'Rhys?'

Craffodd i'r tywyllwch.

'Rhys?'

Rhoddodd sgrech, a disgynnodd y bwcedi ar y llwybr. Cydiodd y dwylo ynddi a theimlodd law yn cau am ei cheg a'i ffroenau ac yn bygwth ei mygu. Teimlai Mallt ei thraed yn sgrialu'r graean i bob cyfeiriad wrth iddi geisio rhwygo'r dwylo oddi ar ei hwyneb. Tynhaodd y breichiau cryfion eu gafael ynddi, gan ei llusgo i gysgod y llwyni. Teimlodd Mallt y dychryn yn ei llenwi wrth i frethyn gael ei wthio i'w cheg. Cyfogodd; roedd hi'n mygu, yn methu cael ei gwynt. Roedd y breichiau'n rhy gryf a fedrai hi ddim symud. Ceisiodd ryddhau ei choesau, ond teimlodd ei hun yn cael ei baglu i'r llawr a'r corff trwm yn gwthio i lawr amdani, yn ei dal ar y ddaear a'r lleithder yn taenu trwy ei dillad. Rhwygodd y bysedd ei gwisg gan ymbalfalu'n frwnt am ei chnawd, yn gwasgu ei bronnau, ei anadl drewllyd ar ei chroen a'i wefusau'n crwydro. Caeodd ei llygaid rhag y brathiadau a'r cleisio, y gwthio a'r pwnio. Ceisiodd gasglu pob diferyn o'i nerth i ryddhau ei choesau. Llwyddodd i ryddhau un llaw a chafodd afael ar lond dwrn o wallt. Roedd yn rhaid iddi baffio.

Teimlai gynddaredd yn ei llenwi, yn gymysg â'r ofn. Doedd hyn ddim i ddigwydd eto. *Châi* hyn ddim digwydd iddi. Yna torrodd sŵn arall trwy ei hymwybod. Clec. Sylweddolodd Mallt fod y dyn yn llonyddu, yn trymhau ac yn gorwedd arni'n swp disymud.

Roedd rhywun arall yno uwch eu pennau. Ei ystum chwithig yn plygu drostyn nhw, ei gorff mawr yn crymu. Safai yno, a sylweddolodd Mallt ei fod yn griddfan, yn llafarganu'n ddiystyr. Gwingodd Mallt. Roedd ei dwylo'n rhydd o'r diwedd, a rhwygodd y brethyn o'i cheg.

'Na!' sgrechiodd, a cheisio gwthio'r pwysau atgas oddi arni. 'Paid!'

Roedd y Cychwr wedi ailgodi'r fwyell.

'Paid!'

Gwyliodd y fraich yn aros, a gwelodd yr wyneb mawr cyfarwydd yn bwll o ddryswch.

'Rho'r fwyell i lawr,' meddai Mallt yn dawel. Gwthiodd ddigon ar y corff i fedru rhowlio oddi tano. Yna'n araf a phoenus llusgodd ei hun ar ei thraed. Teimlai'n benysgafn a bu'n rhaid iddi bwyso yn erbyn un o'r boncyffion fel y medrai sadio digon i aros ar ei thraed. Ceisiodd gau ei dillad yn ôl amdani'n daclus. Ar y llawr roedd corff trwm Poole yn gorwedd yn llonydd. Crynhoai'r gwaed o amgylch ei glust a rhedai yn ffos gul i lawr ei wddf gan dreiddio'n staen hyd goler ei siercyn ledr.

'O Dduw mawr, be wyt ti wedi'i wneud?' griddfanodd Mallt.

'Cythral... Gŵr drwg... Cythral...'

Safai'r Cychwr yno uwchben y corff, ei ddwy law yn gafael am y fwyell, a daliai i lafarganu rhywbeth. Gallai Mallt ddeall ambell i air, ond fawr ddim oedd yn gwneud synnwyr. Safodd y ddau yno am sbel, cyn i Mallt sylweddoli bod synau eraill yn dod i'w chlyw. Gwrandawodd. Roedd y ceiliog wedi dechrau arni a byddai'r teithwyr yma cyn bo hir, felly roedd yn rhaid symud. Cipiodd y fwyell oddi ar ei gŵr a rhuthrodd â hi o dan y pistyll. Craffodd arni a'i harchwilio i sicrhau nad oedd olion arni.

'Dos, dos â hon i'w chadw.'

Roedd yn rhaid iddi feddwl yn gyflym. Gwthiodd y fwyell yn ei hôl i law y Cychwr, a rhoi gwthiad bach iddo i lawr tua'r helm.

'Tyrd â sachau yn ôl efo chdi. Brysia!'

Rhuthrodd yn ei hôl i'r tŷ a chlustfeinio. Roedd pobman yn dawel. Yna aeth trwodd i'r siambr fach lle roedd Begw'r forwyn yn dal i gysgu. Beth ddylai hi wneud? Roedd Lewys yn dal yn yr ystafell uwchben. Fedrai hi ei adael yno? Fyddai o'n ddiogel? Cofiodd am eiriau Rhys yn dweud nad oedd hi'n ddiogel iddi yn Nhŷ'n y Rhos. Ai dim ond angen ei chnawd hi oedd Poole, ynteu a oedd arno angen cadw Rhys yn was bach iddo trwy ei bygwth hi a'r bachgen? Ac os felly,

oedd yna rywun arall fyddai'n gwneud niwed i Lewys? Doedd
ganddi ddim amser i bendroni, felly rhuthrodd yn ei hôl at yr
ysgol a'i dringo'n gyflym. Roedd y bachgen yn dal i gysgu,
yn un cylch bach cynnes oddi tan y dillad. Cododd Mallt
ei mab yn ofalus a'i gario yn ei breichiau i lawr y grisiau i'r
siambr. Cusanodd ei ben a gosod y bychan i lawr ar y gwely
wrth ymyl Begw. Roedd ei ddwrn bach yn dal ar gau'n dynn,
yn gafael yn rhywbeth. Agorodd Mallt y bysedd yn ofalus, ac
yno yn ei ddwrn roedd y glain, y *memento mori*. Caeodd Mallt
ei law yn ôl am y glain a chusanu'r pen bach chwyslyd, gan
wybod bod yn rhaid iddi ei adael am y tro.

'Gwylia fo i mi, Begw,' sibrydodd. '*Pater noster*, yr hwn
wyt yn y nefoedd, sancteiddier dy enw…'

Rhuthrodd yn ei hôl allan i chwilio am y Cychwr a'i gael
yn dal i sefyll dros gorff llonydd Poole.

'… maddau i ni… fel y maddeuwn… *et ne nos inducas in
tentationem*… gwared ni rhag drwg…'

Cydiodd Mallt yn un o'r sachau.

'Tyrd, rhaid i ni ei lapio fo yn rhain, wedyn mi rown ni
fo yn y cwch.'

Daliai'r Cychwr i sefyll yno'n ddisymud.

'Tyrd, symud, gafael ynddo fo.' Gwyddai Mallt fod yn
rhaid iddi dawelu. Fedrai hi wneud dim, roedd yn rhaid cael
y Cychwr i symud y corff. Dyna'r unig ffordd y gallai gael
gwared â fo. Gwyddai hefyd y byddai rhuthro a gweiddi yn
gyrru'r Cychwr yn fwy dwfn i mewn i'w natur ryfedd.

'Edrych, os gwnei di ei gario i lawr at y cwch mi fydd
popeth yn iawn, popeth yn iawn, ac wedyn mi wna i frecwast
a bydd y tân wedi cynnau a'r dŵr wedi berwi, 'yn bydd…'

Gwyddai ei bod yn parablu'n wirion, fel petai ei geiriau
yn ceisio gwneud synnwyr o bethau, yn ceisio esmwytháu ei
meddyliau dychrynllyd. Anadlodd yn ddwfn. Roedd yn rhaid

iddi dawelu a phwyllo. Symudodd at ymyl y Cychwr, ond heb ei gyffwrdd, a mynnodd fod ei llais yn pwyllo.

'Fedri di ei godi fo, fel yna ar dy ysgwydd?'

Nodiodd y Cychwr. Symudodd at y corff a phlygu drosto'n drwsgl, yna cododd ef ar ei ysgwydd a sefyll yno fel plentyn yn disgwyl cyfarwyddiadau.

'Da, rwyt ti'n gwneud yn iawn...' Rhuthrodd Mallt i osod y sachau dros y corff. 'Rwyt ti'n gwneud yn iawn. Tyrd, mi awn ni â fo i'r cwch,' meddai, ac arweiniodd ei gŵr i lawr at y lan, lle roedd y cwch wedi'i glymu.

'Rho fo ar y gwaelod fel yna, edrych, fydd o ddim i'w weld efo'r sachau drosto... gwared ni rhag drwg...'

Daliai Mallt i sibrwd y geiriau o dan ei gwynt a'i llais yn crynu, yn torri weithiau yn igian crio, ond roedd yn rhaid iddi fod yn gryf. Roedd yn rhaid iddi gael gwared ar y corff ac i wneud hynny roedd yn rhaid iddi wylio dros y Cychwr. Sylweddolodd beth roedd o wedi'i wneud. Taro'r fwyell i'w harbed hi wnaeth o. Doedd dim ffordd arall i esbonio pam roedd corff Poole yn gorwedd ar lawr wrth wal y tŷ ac olion bwyell ar ochr ei benglog. Fyddai gan y Cychwr ddim amddiffynfa.

Eisteddodd Mallt wrth ymyl ei gŵr yn y cwch a gwthiodd hwnnw'r cwch bach allan i'r tonnau. Daeth rhyddhad drosti wrth deimlo'r tonnau yn eu cydio a'r lli yn eu cymryd ymhellach, bellach oddi wrth y lan. Rhwyfodd y Cychwr heibio i drwyn yr Ynys Gron, yna cododd y rhwyfau. Roedd y dydd yn deffro, lleisiau bechgyn Hirynys yn codi i'r awyr yn galw'r geifr yn y pellter a bywyd yn mynd yn ei flaen fel bob amser. Sylweddolodd Mallt ei bod yn crynu trwyddi yn ei hawydd i gael gwared ar y corff. Roedd hi eisiau mynd yn ôl i dendio'r tân, i ferwi dŵr, i ddeffro'r plentyn cysglyd yn y siambr a theimlo'i freichiau yn cau am ei gwddf. Roedd hi eisiau gweld ei wên pan fyddai o'n dod â'r wyau i'r tŷ iddi, a chlywed ei barablu yn yr helm goed.

'Ydan ni'n ddigon pell?' gwaeddodd.

Yr unig beth a wyddai Mallt oedd bod y cerrynt rywle y tu hwnt i'r trwyn yn ddigon cryf i sicrhau y byddai'n tynnu unrhywbeth yn ei lwybr allan i'r môr mawr. Daeth ochenaid o gyfeiriad y sachau ar waelod y cwch.

'O Dduw mawr!'

Roedd bywyd ynddo eto, sylweddolodd Mallt.

Trodd y Cychwr yn ofalus fel ei fod yn gallu cydio ym mraich Poole a'i dynnu tua'r ymyl. Siglai'r cwch o ochr i ochr, a gafaelodd Mallt yn dynn yn y styllen lle'r eisteddai. Daeth pen a rhan uchaf corff Poole i'r golwg o dan y sachau; roedd yn griddfan yn ddiymadferth. Gafaelodd y Cychwr yn y ddwy fraich a cheisio halio'r corff fel ei fod yn pwyso yn erbyn ochr y cwch. Dim ond codi rhan ucha'r corff fyddai angen wedyn cyn ei wthio dros yr ymyl. Gwelodd Mallt fod yn rhaid iddi hithau symud i geisio ei helpu neu fe fyddai perygl i'r cwch ddymchwel. Cafodd y Cychwr afael yn y coesau a throdd Mallt i geisio ei helpu. Roedd rhan ucha'r corff bellach yn pwyso ar y styllod; gwyrodd y cwch i'r ochr, a llithrodd Mallt. Yn sydyn, gafaelodd rhywbeth ynddi. Roedd llaw Poole wedi gafael yn ei braich, wedi cydio ynddi fel gefail haearn. Roedd ei lygaid yn ei herio, yn chwerthin arni, ei law yn gwasgu ac yn tynnu ei hwyneb i lawr i'w gyfeiriad. Rhoddodd y cwch droad sydyn a theimlodd Mallt ei hun yn cael ei thynnu ar ei ôl.

'Na!' sgrechiodd, ond roedd ei afael yn rhy dynn. Roedd y ddau'n llithro, yn llithro dros yr ymyl. Gwelodd Mallt y Cychwr yn edrych arni, wedi'i rewi gan ddychryn.

Yna trawodd y dŵr.

18

RHEDAI'R CHWYS I lawr wyneb mawr Siencyn. Fe daerai fod mwy o bwysau yn y gasgen olaf hon. Chwarddodd Rhys.

'Ty'd yn dy 'laen, rho dy gefn dani.'

Stryffaglodd Rhys i godi'r gasgen o'r cwch bach a'i gosod yn daclus ar y graean yng nghysgod y clogwyn. Camodd yn ei ôl i gael gweld gwaith y nos.

'Gwerth ffortiwn o wirod yn fan'na...' Rhoddodd Rhys bwniad i'w gyfaill, a gwyddai fod Siencyn yn ysu am gael dychwelyd i Lanfachreth a'r Nannau.

'Mi fydd y Nannau yn ddiogel eto,' meddai.

'Diolch i Dduw am hynny, mi fydda i wedi colli nabod ar Dŷ Jonat, myn cythral i,' chwarddodd Siencyn. 'Gwynt teg ar ôl y diawliaid morwyr 'na 'fyd, hwnna â'i hanner llaw ddiawl, gobeithio y bydd o wedi colli'r llaw arall cyn y gwelwn ni liw ei din o yn ôl ffor'cw eto...'

Edrychodd Rhys arno a gwenu. Trin y fwyell oedd gwaith Siencyn; coed oedd ei sicrwydd o. Dyn y pridd a'r ddaear solat dan draed oedd hwn, a gwyddai fod dŵr y glannau a'r tywod anwadal yn greaduriaid dieithr iddo, yn ei anesmwytho. Bron nad oedd wedi teimlo'r rhyddhad yn llenwi Siencyn fel gwynt yn llenwi hwyl wrth iddo wylio ymadawiad y llong fach â'r Grafanc a'r rhecsyn mwnci hwnnw ar ei bwrdd. Ond gwyddai Rhys mai gweision oedden nhwythau yr un fath ag yntau a Siencyn. Doedd Poole ddim ar y llong. Doedd dim golwg o hwnnw yn unman. Brysiodd Rhys i rowlio'r olaf o'r casgenni i gysgod y graig. Gwyddai fod ganddo waith pwysicach na glanio bareli i'w wneud cyn y gallai ffarwelio â'r

Traeth Bach. Daeth wyneb y meudwy i'w feddwl, a'i rybudd na fedrai Rhys adael i Poole reoli ei fywyd bellach.

Daeth lleisiau i dorri ar ei feddyliau.

'Mi fedran nhw gau eu cegau, mi ges i sicrwydd o hynny…'

Roedd Gruffydd Nannau wedi cyrraedd. Craffodd Rhys i'r gwyll. Roedd rhywun efo fo, gŵr bonheddig. Gruffydd Fychan wedi dod i geisio cadw peth trefn ar ei gefnder.

'Cau eu cegau am eu bod nhw'n hanner meirwon maen nhw. Dydyn nhw'n hen ddynion, Gruffydd? Be oedd ar dy ben di'n cyflogi cariwrs fel rheina a thithau'n gwybod dim amdanyn nhw?' gwaeddodd Gruffydd Fychan.

Roedd terfyn ar amynedd hwnnw hefyd, mae'n debyg. Gwyliodd Rhys y ddau gefnder yn nesu, un yn frysiog a gwyllt a'r llall yn dilyn yn anfodlon.

'Fedra i ddim trefnu dim arall i ti, Gruffydd, rydw i wedi mentro hynny fedra i er dy fwyn di fel mae hi. Mi fydd yn rhaid clirio rhain oddi yma rŵan.'

Trodd Gruffydd Fychan fel 'tai am adael y traeth. Sylwodd Rhys ar yr olwg ddwys ar ei wyneb, yna trodd yn ei ôl a galw wedyn,

'A ble mae Poole erbyn hyn? Mae o wedi cael dy arian di mae'n debyg. Dydi o ddim am aros i ddadlwytho, 'yn nac ydi… Mi gadwith hwnnw ei groen yn ddiogel, mwn. Rhaid i ti ddysgu dewis dy gyfeillion yn fwy gofalus.'

Ond chwarddodd Gruffydd Nannau gan chwifio ei law fel petai geiriau ei gefnder yn haid o bryfetach dibwys. Rhuthrodd at y casgenni a phlygu dros un ohonyn nhw. Trodd honno ar ei hochr fel y gallai agor y corcyn i adael i'r gwirod dywallt.

'Rydw i'n ffodus i gael dau fel Robert Llwyd a thithau i forol drosta i ac i wylio fy nghefn i,' meddai'n ysgafn. 'Rhai da ydach chi. Beth fasa hanes y Nannau heb dylwyth i'n cefnogi?'

Yna'n sydyn, cododd Gruffydd Nannau oddi ar ei liniau a sythu, a gwyliodd Rhys ei wyneb fel 'tai'n sobri am funud a'r wên yn diflannu. Roedd Gruffydd Fychan yn pellhau ar hyd y llwybr. Gwyliodd gŵr y Nannau ef am funud yna galwodd,

'Gruffydd Fychan, aros, Gruffydd… Dwi'n ddiolchgar, mi wn fod gen ti feddwl mawr o fy mam, hen dylwyth Corsygedol, ond mi wn hefyd dy fod yn mentro dy groen yn fan hyn. Mi ddaw pethau'n well arnon ni yn y Nannau, a phwy ŵyr, efallai y caf innau siawns i ddod i dy gefnogi dithau rhyw ddiwrnod…'

Clywodd Rhys y llall yn mwmian rhywbeth o dan ei wynt ond wnaeth o ddim troi yn ei ôl. Trodd sylw Gruffydd Nannau at y faril a orweddai yn y graean. Tynnodd ei gostrel ledr o'i wregys a datgysylltu'r corcyn. Llifodd y gwirod clir i mewn i'r gostrel. Edrychodd y gŵr ar yr hylif am funud, cyn gosod y corcyn yn ei ôl a thynnu ei fys i sychu'r diferion. Yna rhoddodd ei fys ar ei wefus. Daeth golwg ddryslyd drosto, yna cododd y gostrel at ei wefus a llowcio'r diferion cyn taflu'r gostrel yn wyllt.

'Dŵr!' poerodd. 'Dŵr heli!'

Arhosodd yno ar ei liniau am funud, cyn i'r ffaith ei daro, yna rhuthrodd at y casgenni gan agor y cyrc i'w profi, un ar ôl y llall. Tywalltodd y dŵr heli allan ar y graean.

'Arglwydd mawr!' ysgyrnygodd. 'Does dim byd ynddyn nhw!' Rhuodd. 'Dim byd ond dŵr heli…'

Ciciodd Gruffydd y gasgen agosaf ato, cyn suddo ar ei liniau i ganol y graean.

Safai Rhys a Siencyn ynghanol y casgenni. Edrychodd y ddau ar eu traed a chofiodd Rhys am y tro hwnnw pan safodd y ddau ym mhorth eglwys Dolgellau a choed sedd y Llwyn yn dwmpath wrth eu traed. Y tro hwnnw roedd Huw Nannau wedi'u canmol a'u brolio. Edrychodd Rhys ar fab y Nannau ar ei liniau a'r graean llaith o'i amgylch. Fel roedd llwydni'r bore bach yn lledu, felly hefyd y lledai'r ddealltwriaeth eu bod wedi'u twyllo, wedi'u canfod yn ffyliaid, wedi rhoi eu hymddiriedaeth mewn dynion nad oedd dim ond tro'r trai yn eu dal.

Eisteddodd Rhys ar un o'r cerrig mawr ac edrych ar ei gyfaill. Symudai Siencyn rhwng y casgenni'n wyllt, yn amlwg yn chwilio am y gasgen gyntaf honno, yr unig un oedd â brandi ynddi. Cofiodd Rhys sut y bu iddo flasu diferion y gasgen gyntaf honno cyn ei chau'n ofalus a bwrw ati i ddadlwytho'r gweddill. Roedd y morwyr ar frys i ddal tro'r llanw ac wedi troi trwyn y llong tua'r môr heb ymdroi. Rhegodd Rhys ei dwpdra ac edrych i gyfeiriad ei feistr. Roedd Gruffydd Fychan wedi dod yn ei ôl at ei gefnder bellach, wedi deall beth oedd wedi digwydd. Rhuthrai Gruffydd Nannau yn ôl ac ymlaen ar hyd y lan yn bytheirio a bygwth.

Safodd Gruffydd Fychan yno'n amyneddgar yn ei wylio, yna cofiodd am y cariwrs. Eisteddai'r ddau yn y drol gan bwyso'n erbyn ei gilydd yn hepian cysgu, a hwythau wedi bod yn y dafarn am y rhan fwyaf o'r noson yn aros. Roedd sawl cwpanaid o fedd ac ambell frandi wedi'u hyfed i fynnu iechyd a hirhoedledd i sgweier rhesymol Corsygedol, gan restru rhagoriaethau'r gŵr bonheddig. Fe fydden nhw ill dau yn siŵr o ledu eu barn hael amdano. Un doeth oedd o, yn gwybod nad oedden nhw ar unrhyw berwyl drwg, dim ond dau ddiniwed wedi'u dal ynghanol helynt rhywun arall. Ie, un da oedd sgweier Corsygedol. Doedd y ddau ddim mor siŵr am ei gefnder, ond doedd hwnnw ddim yn eu poeni ddigon i'w cadw'n effro chwaith.

Aeth Gruffydd Fychan draw at y ddau gariwr i'w hel am adref. Gwelodd Rhys ef yn gwthio swllt i law y gyrrwr a'i siarsio i gau ei geg. Yna gwyliodd Rhys y ddau'n sythu ac yn clecian y ffrwyn i annog y march yn ei flaen. Siglodd y drol yn ansicr ar hyd y llwybr caregog, a diflannu dros y twyni.

Camodd Gruffydd Fychan draw at ei gefnder. Rhoddodd ei law iddo, fel petai'n ceisio ei ddarbwyllo a'i dawelu.

'Waeth i ti heb bellach, Gruffydd. Maen nhw'n ddigon pell o'r glannau erbyn hyn i ti ac ar eu ffordd am Iwerddon synnwn i ddim...'

Roedd Gruffydd Nannau wedi llusgo allan trwy'r afon fechan, a safai yno â'i draed ynghanol y lli, yn edrych draw am y lanfa. Roedd y traeth yn dawel, prysurdeb yr oriau mân wedi pasio a'r llongau fu'n angori yno wedi manteisio ar y llanw a'r awel fach ysgafn i godi hwyliau. Fe fydden nhw wedi dal lli'r môr agored bellach, a'r tywydd yn ffafriol.

Llusgodd Gruffydd Nannau yn ei ôl a chodi i'r lan. Eisteddodd yno'n swp a'i ben yn ei ddwylo. Cododd Rhys ap Gruffydd. Roedd o wedi cael digon ar wrando ar ddiawlio hwn; roedd ganddo bethau i'w gwneud. Camodd draw i ffarwelio â Siencyn.

'Pryd byddi di'n dy ôl yn y Nannau?' gofynnodd Siencyn. Rhoddai unrhyw beth am fod yn ôl yn Nhŷ Jonat, neu hyd yn oed yng nghoed Penrhos efo'i fwyell ar ei gefn. Gwyliai Siencyn symudiadau ei feistr yn ansicr. Doedd o ddim yn siŵr a fyddai croeso i'r un o'r ddau yn ôl yn y Nannau ar ôl hyn.

'Tro gwael, ddynion,' meddai Gruffydd Fychan wrth nesu, 'ond fe ddaw at ei hun, fel bob amser...'

Edrychodd ar Rhys. Roedd rhywbeth yn poeni hwn. Gallai synhwyro'r brys ynddo, yr angen i fod yn rhywle arall.

'Ai yn ôl am y Nannau yr ei di rŵan?'

Edrychodd Rhys arno, y gŵr tawel, pwyllog. Beth oedd hwn eisiau ei wybod tybed? Cofiodd am ei gysylltiad â'r gyfraith a siarsiodd ei hun i ateb yn ddoeth a gwyliadwrus.

'Na, mae gen i neges arall yn gyntaf,' meddai.

'Am Dy'n y Rhos yr ei di felly?'

Chwiliodd Rhys wyneb y gŵr bonheddig. Beth wyddai hwn amdano, ac am Mallt? Penderfynodd mai tewi fyddai orau.

'Dos gyda Duw felly… A chofia, os byth y byddi angen lle, mae gen i diroedd tua Llŷn.'

Gwenodd Gruffydd Fychan arno ac amneidio, fel petai'n rhoi caniatâd iddo adael. Trodd oddi wrth Rhys a Siencyn a cherdded draw at ei gefnder.

'Dos dithau gyda Duw,' meddai Rhys wrtho. Edrychodd ar wyneb Siencyn, yna cofiodd am Tudur. 'Cadw un llygad ar y bachgen yna i mi, 'nei di, rhag ofn na fydd 'na wartheg ar ôl yn y Nannau erbyn y do i yn fy ôl.'

Gwenodd Siencyn, a gwylio Rhys yn pellhau ar hyd llwybr y glannau.

Cymerodd Rhys y llwybr i fyny'r traeth, gan y byddai'r lli wedi gadael rhannau uchaf y glannau bellach fel y gallai yntau groesi yno. Cyflymodd ei gam, gan ddychryn haid o hwyaid wrth iddo ruthro heibio'r dorlan. Cododd y rheiny'n swnllyd i'r awyr glir. Roedd y tywod dan draed yn dal yn llaith a sigledig, a bu'n rhaid iddo bwyllo rhag i'w draed suddo. Diolchodd mai dim ond fo oedd angen croesi'r ffordd yma heddiw. Fyddai o ddim yn hir rŵan cyn cyrraedd Ty'n y Rhos.

Fe fyddai Mallt yn dod gydag o, byddai'n mynnu hynny, hi a'r bachgen. Gwenodd. Roedd ganddo le iddyn nhw yn y Nannau, neu efallai y byddai'n manteisio ar gynnig Gruffydd Fychan; byddai popeth yn iawn. Croesodd ryw amheuaeth ei feddwl yn sydyn, am y gwyddai am ei natur benstiff hi. Fyddai hi'n gadael y Cychwr? Fedrai hi ei adael? Oedd ganddo dylwyth arall a fyddai'n dod ato i Dy'n y Rhos? Roedd bywoliaeth dda ganddo. Gwthiodd yr amheuon o'i feddwl; fe allai ei pherswadio. Dechreuodd redeg ar hyd y twyni.

Daeth tywod y Traeth Mawr i'r golwg yn ddisglair, a'r llethrau a'r copaon wedi'u dal ben i waered yn eu hadlewyrchiad yn nŵr y pyllau bach llonydd. Arhosodd Rhys i gael ei wynt am funud, ac edrychodd ar yr olygfa o'i flaen, y cymoedd draw tua Nanmor, ac wedyn i'r gorllewin, draw am Eifionydd a Llŷn. Efallai mai gadael y Nannau fyddai orau. Gallai'r tri ohonyn nhw ddechrau bywyd newydd, ymhell o afael Poole a'i grafangau.

Roedd rhyw dawelwch rhyfedd wedi disgyn dros y clwstwr tai ar lan y dŵr a doedd neb i'w weld yn symud, dim ond yr ieir yn crafu. Wrth iddo nesu at Dy'n y Rhos daeth yr ast allan i ben y drws i weld pwy oedd ar y llwybr. Sylwodd Rhys fod y cwch wedi'i glymu; roedd y Cychwr gartref felly, mae'n debyg, ond ddeuai dim sŵn o'r tu mewn i'r tŷ. Cofiodd am brysurdeb y noson cynt, y mynd a'r dod a'r lleisiau'n parablu. Camodd dros y rhiniog. Roedd y gegin yn dywyll wedi golau llachar y bore, a sylwodd Rhys yn syth ar y tywyllwch lle dylai'r tân fod yn estyn ei wres a'i groeso. Safodd yno â'i gefn at y drws am eiliad cyn sylweddoli bod rhywun yn y gornel yn eistedd, yn gwyro dros un arall ar ci glin. Deuai sŵn wylo tawel oddi yno. Cynefinodd ei lygaid yn araf â'r tywyllwch, a sylweddolodd mai Begw'r forwyn oedd yno'n siglo'r bachgen ar ei glin, a hwnnw'n cysgu.

'Ble mae'r feistres?' holodd.

Ond ni chododd y forwyn ei phen, dim ond dal i siglo'r bachgen, ei dynnu at ei mynwes a'i siglo.

'Ydi Mallt yma?' Teimlai Rhys ei bryder yn dyfnhau.

Yna synhwyrodd fod rhywun arall yno, wedi dod i mewn

o'r golau. Croesodd y cysgod dros grawiau'r llawr a throdd Rhys i weld wyneb syn y Cychwr yn edrych arno.

'Ydi'r feistres yma?' holodd wedyn, ei lais yn codi'n sgrech.

Trodd y dyn yn ôl i'r llwybr gan aros fel 'tai'n disgwyl i Rhys ei ddilyn. Symudodd yn araf, a deallodd Rhys ei fod am iddo gerdded i lawr at y lanfa a'r cwch bach. Arhosodd y Cychwr uwchben y cwch, yna fel y daeth Rhys at ei ymyl symudodd i'r naill ochr i ddangos swp o sachau yn gorchuddio gwaelod y cwch. Plygodd yn araf a thrwsgl ac edrychodd Rhys ar y sachau gan weld bod rhywun yn gorwedd yno. Llonyddodd, yna daeth yr ofn i'w barlysu. Gwibiodd wyneb y meudwy o'i flaen a'i lais yn ei siarsio i frysio. Yna tynnodd y Cychwr un o'r sachau, ac yno'n gorwedd ar y styllod pren roedd corff llonydd Mallt.

19

Deffrodd Rhys rywbryd cyn i lwydni'r wawr dreiddio i'r ystafell. Cymerodd eiliad i'w feddwl ffurfio'n ddeall. Yn raddol llifodd digwyddiadau'r wythnos cynt yn fwrllwch i'w gof. Cododd ar ei eistedd a chlywed y llygod yn rhuthro i'w cuddfannau. Trodd y daeargi hefyd a chodi un glust cyn twrio yn ei ôl i ganol y brwyn. Cydiai'r tywyllwch ym mhob cornel, gan fygu pob sŵn. Clustfeiniodd Rhys, ond ni ddaeth unrhyw arwydd o fywyd y goedwig o'r tu hwnt i'r parwydydd. Taflodd y garthen oddi arno ac ymbalfalu ar ei draed.

Ceisiodd deimlo'i ffordd at y tân ond trawodd ei droed yn erbyn rhywbeth − y gist. Yn araf ymgyfarwyddodd ei lygaid â'r tywyllwch a chydiodd yn yr efail i godi'r tywyrch oddi ar y tân, chwythu'r llwch, gosod y poethfel yn ofalus yn ei ganol ac aros i'r fflamau ddechrau ffurfio. Edrychodd ar y gist. Yng ngolau'r fflamau bach dawnsiai'r siapiau yn y pren, gan ddeffro'r wynebau yn y ceinciau derw. Arhosodd am funud a daeth llais y meudwy i'w rybuddio, 'Does yna ddim i ti yn y gist yma, cofia, paid â mynd i ymhél â hi…'

Meddyliodd am y ddawn oedd gan y meudwy i ragweld, i broffwydo, ond gwyddai y gallai'r rhodd honno droi'n felltith hefyd, pan fyddai'n cael ei ddeffro gan sgrechiadau gorffwyll y meudwy a hwnnw'n gwingo yng nghrafangau un o'r drychiolaethau hynny na fyddai fyth ymhell o gorneli tywyll y bwthyn. Cofiai ing y meudwy yn dilyn nosweithiau felly, ei dawelwch a'i bellter, ei feddwl yn wag a dienaid.

Syllodd Rhys ar y caead a chodi'r derw'n ofalus. Yno roedd y croen llo, y siart a ddefnyddiai'r meudwy i ddarllen yr arwyddion. Syllodd Rhys arno, ond gadawodd y croen yn ei blyg. Oddi tan y croen roedd y gleiniau, gleiniau'r llaswyr. Fe fyddai'r rhain wedi dod â thrallod hefyd petai'r gyfraith wedi'u canfod, ond anaml y deuai neb o hyd i'r hofel fach ac, fel arfer, gadael heb ymdroi fyddai'r rheiny fu'n ddigon hirben i ddod o hyd i'r lle. Ymbalfalodd Rhys yng nghornel y gist. Cyffyrddodd ei fysedd â metel oer a chodi'r gwpan, cwpan ei fam, y gwpan arian. Cododd a symud at y tân, rhwbio'r arian a syllu ar adlewyrchiad y fflamau yn dawnsio. Caeodd ei lygaid. Daeth wyneb Mallt i chwarae yn ei feddwl, ei gwallt yn dianc oddi tan ei chapan gwyn a'i llygaid yn chwerthin arno, yn ei herio. Gallai deimlo'i hanadl yn gynnes ar ei foch, ei bysedd yn clymu am ei fysedd, ei chalon yn curo a blas yr heli ar ei gwefus. Roedd o eisiau cydio ynddi, eisiau medru dweud wrthi y byddai'n gofalu amdani, yn ei gwarchod. Daeth y düwch drosto. Roedd o wedi methu.

Roedd y fflamau bach wedi marw a'r llwydni'n dechrau treiddio i mewn trwy gorneli'r drws. Cododd Rhys a rhoi'r croen llo yn ôl yn y gist. Lapiodd y gwpan arian a'i gosod yng ngwaelod ei sgrepan. Galwodd ar y ci, gwyro'i ben a chymryd un golwg olaf ar y bwthyn. Yna trodd ei gefn. Roedd y coed yn dawel a llaith a diferai'r glaw o'r dail bach ir. Cododd Rhys ei sgrepan a'i tharo ar ei gefn, yna cymerodd y llwybr bach heibio'r nant ac i lawr trwy goed Gerddi. Gwyddai y byddai wedi gwawrio'n braf erbyn y byddai wedi cyrraedd glannau'r Traeth Bach ac eglwys Llanfihangel y Traethau.

Codai cnul y gloch alw i darfu ar dawelwch y bore. Gwyliodd Rhys y fintai fach yn nesu ar draws y tywod, y gaseg yn tynnu'r car llusg ar draws y traeth. Gwyliodd y Cychwr yn ei thywys, weithiau'n llinell syth gan adael olion unffurf yn y swnd, dro arall yn gwyro i osgoi'r tywod sigledig. Gwyliodd y ddau ffigwr yn dilyn yn araf, Begw a'r bachgen yn ei llaw. Peth rhyfedd i Begw fentro, meddyliodd, ac eto, mae'n debyg iddi ddod yn gwmni i'r bychan. Roedd y bedd ym mynwent fach Llanfihangel yn barod a'r rheithor yn aros amdanyn nhw. Arhosodd Rhys o'r golwg. Roedd wedi cilio o'r fynwent ac wedi dod o hyd i safle lle gallai wylio'r traeth heb i neb sylwi arno. Gwyliodd Rhys y Cychwr yn cyrraedd, yn clymu pen y ferlen ac yn troi at y car llusg. Daeth dau i lawr â'r elor at lan y dŵr. Rhoddodd y Cychwr y corff yn yr amdo gwyn i orwedd arni yn ofalus, yna trodd i ddweud rhywbeth wrth Begw. Gwelodd Rhys y forwyn yn gollwng llaw'r plentyn ac yn ei wthio i fyny i gyfeiriad y Cychwr, ond ni chymerodd hwnnw law y bachgen, dim ond aros iddo ddod i sefyll gyferbyn ag ef. Yna cerddodd y ddau'n araf ar ôl yr elor i fyny'r llwybr a thrwy'r porth. Gallai Rhys glywed y rheithor yn adrodd ei weddïau uwch y bedd, yn llafarganu ac yn gofyn i Dduw ei bendithio, ei chadw...

'Amen...' sibrydodd.

Cododd y gweddïau i'r awyr glir, a'r awel yn siffrwd yn ysgafn gan greu cynnwrf trwy'r dail newydd uwch ei ben.

Arhosodd Rhys yno yn ei guddfan nes y gwelodd y ddau'n dychwelyd trwy'r porth, a'r bachgen yn rhedeg yn ei flaen i gyfeiriad Begw, a arhosai amdanyn nhw wrth ben y gaseg. Gwyliodd Rhys fel y cododd hi'r bachgen a'i gofleidio, y bachgen bach pryd tywyll, ei wallt yn gudynnau tlws, yn union fel y byddai cudynnau gwallt ei fam yn chwyrlïo yn awel y traeth. Ymestynnodd y bachgen ei fraich fach am wddf y forwyn a chydio ynddi, gan guddio'i wyneb ym mhlygiadau ei siôl. Ysai Rhys am gael gafael ynddo, mab Mallt – yr unig beth oedd ar ôl ohoni a'r prawf o'r cariad a'r tynerwch fu rhyngddyn nhw.

Yna gwyliodd Rhys y Cychwr yn eu dilyn yn araf a gofalus i lawr at y dŵr.

Cododd Rhys a symud o'i guddfan. Brysiodd er mwyn gwneud yn siŵr ei fod yn cyrraedd y cwmni cyn iddyn nhw gychwyn yn ôl dros y tywod. Camodd yn gyflym tuag atyn nhw. Trodd y Cychwr i'w wynebu; roedd fel petai yn disgwyl ei weld, gan na ddaeth arwydd o syndod i'w wyneb. Edrychodd ar Rhys a gwyro'i ben, yna trodd i edrych ar y plentyn.

'Lewys,' meddai Rhys. Swniai ei lais yn floesg a dieithr.

Amneidiodd y Cychwr.

'Lewys,' galwodd Rhys wedyn, a chamu'n nes. Plygodd ar ei gwrcwd yno ar lan y dŵr i edrych ar y plentyn bach, plentyn Mallt, ac estyn ei law i gyfeiriad y bachgen.

'Mae o'n fachgen cryf... hardd fel tithau, yr un llygaid duon... a'r gwallt tonnog yna, dy wallt di sydd ganddo hefyd. Rwyt ti ynddo, wyddost ti, mae pob ystum ganddo yn f'atgoffa ohonot ti,' sibrydodd.

Roedd hi yno efo fo. Bron na allai weld olion ei thraed ar y tywod a chlywed curiadau ei chalon yn treiddio trwyddo. Estynnodd ei law wedyn, yn ysu am i'r bychan afael ynddi, ond dal ei afael yn y forwyn a wnaeth y plentyn.

'Lewys, ddoi di efo fi?' galwodd.

Ond ni symudodd y bachgen gam tuag ato. Cuddiodd y tu ôl i Begw, a phan gamodd Rhys ymlaen er mwyn ceisio'i gymryd yn ei freichiau, symudodd y Cychwr rhyngddo a'r bachgen.

'Na!' meddai, 'Na. Mab y Cychwr ydi o.'

Yna trodd y Cychwr ei gefn ar Rhys, llaciodd Begw'r tennyn ar ben y gaseg a chamodd y cwmni o'r lan yn ôl i lawr i'r traeth. Gwyliodd Rhys y tri ffigwr yn gadael, gan groesi'r afon fechan. Arhosodd yno'n eu gwylio yn symud i ffwrdd oddi wrtho, yn ei adael. Gwyliodd y bachgen yn pellhau oddi wrtho a'r traeth yn ymestyn rhyngddyn nhw. Cododd sŵn y glannau i'w amgylchynu: rhywrai'n morthwylio draw tua'r lanfa, sŵn chwerthin y pysgotwyr wrth drwsio'r rhwydi, sŵn trol yn nesu a pharablu'r teithwyr. Sŵn gwylanod yn wylo.

Gwyliodd fintai fechan o wŷr mewn lifrai'n nesu a daeth yr hen deimlad anesmwyth drosto. Gwyrodd ei ben a chymryd cam yn ôl yn reddfol i gysgod un o'r creigiau. Fel roedd y dynion yn mynd heibio, arhosodd un o'r ceffylau a galwodd y milwr arno,

'Wyt ti'n tywys?'

Trodd y ceffyl â'i gynffon yn chwifio. Doedd y rhain ddim yn arfer croesi. Ffroenai'r anifail yr awyr yn anesmwyth. Arhosodd y lleill gan ffroeni a thurio. Ceisiai'r marchogion dawelu'r anifeiliaid. Disgynnodd ambell un oddi ar eu meirch, gan sythu'r cyfrwyau ac ailosod ambell bwn. Symudodd Rhys o gysgod y graig.

'Na, fydd dim angen tywysydd arnoch chi heddiw,' meddai'n ddigynnwrf. 'Edrychwch, mae'r traeth yn glir, dim ond dilyn olion y car llusg fydd angen, a chadw efo'r pyst.'

Nodiodd y milwr ei ddiolch. Galwodd ar y lleill a chamodd y fintai fach yn gyflym i lawr heibio'r rhyd ac i'r swnd. Bydden nhw yn Nhy'n y Rhos mewn dim a gallai'r Cychwr eu tywys wedyn. Doedd neb wedi'i adnabod, wrth gwrs; doedd o ddim ar ffo felly. Fyddai Poole ddim yn fygythiad gan fod ei gorff erbyn hyn wedi'i daflu i fyny fel erthyl ar y traeth. Roedd y rhaff wedi datod ei gafael arno, doedd gan neb afael arno bellach. Roedd o'n ddyn rhydd. Ond doedd ei ryddid yn fawr o gysur iddo.

Daeth yn amser iddo symud. Yno ar y lan, edrychodd draw i gyfeiriad mynyddoedd Eryri, yna draw am Nanmor. Cofiodd am eiriau Gruffydd Fychan, a'i gynnig. Gallai groesi draw am Eifionydd, cymryd ei siawns, cychwyn o'r newydd. Ond pa fath o gychwyn fyddai hwnnw heb olion traed Mallt ar y swnd wrth ei ymyl?

20

'DDAW HI DDIM i hynny arnon ni, 'yn na ddaw?'

Roedd Annes wedi codi ac wedi croesi draw at ei gŵr. Eisteddai Huw Nannau yn y gadair fawr. Roedd y negesydd newydd adael a'r memrwn yn aros ar y bwrdd lle y disgynnodd, y sêl wedi'i thorri a'r geiriau yn araf dreiddio. Roedd Robert ei mab wedi bod draw at Syr Thomas ac wedi dychwelyd gan ysgwyd ei ben yn anobeithiol, a rŵan dyma'r arwydd wedi dod yn eu hysbysu bod yr achos yn mynd rhagddo yn Llys y Siecr. Roedd Oweniaid y Llwyn wedi llwyddo felly. Doedd gan Huw Nannau mo'r arian i dalu'r ddirwy am dorri coed Penrhos.

Edrychodd Annes allan ar y llain werdd o flaen y tŷ, y llain â'r borderi bach cymesur gosgeiddig. Gallai weld Huw ei hŵyr yno'n herio'r daeargi ifanc, yn ei ddysgu i ddal ei afael yng nghroen yr ysgyfarnog. Yna gwelodd yr hebogwr yn nesu a'r aderyn gosgeiddig ar ei fraich. Sylwodd ar y gorfoledd ar wyneb ei hŵyr – roedd yna brynhawn o hela i fod felly. Roedd bywyd uchelwr yn amlwg yn gweddu iddo. Ond am ba hyd fydden nhw'n gallu bodoli a'r ddyled yn pwyso arnyn nhw? Fyddai yna unrhyw beth ar ôl i'w drosglwyddo i'w mab hynaf ac yn ei dro i fab hwnnw, yr Huw ifanc yma? Ie, ei mab, Gruffydd Nannau. Daeth ofn arall trwyddi. Roedd rhywbeth wedi digwydd, wyddai hi ddim yn iawn beth, ond bu'r geiriau croes rhyngddo ef a'i dad yn brawf fod rhyw fenter wedi methu. Roedd hi yn ei gwaith yn ceisio cyfaddawd rhwng y ddau. Roedd Gruffydd wedi gadael yn ei wylltineb ddeuddydd ynghynt a wyddai Elen ei wraig hyd yn oed ddim i ble yr aeth o.

Edrychodd Annes o'i chwmpas ar y neuadd fawr newydd. Yno uwch y lle tân roedd dwy arfbais. Arfbais teulu'r Nannau, y llew glas, oedd un, wrth gwrs. 'Llew glas, unlliw â gleisiad,' sibrydodd. Disgynyddion Cadwgan ap Bleddyn, arglwydd Powys. Yna disgynnodd llygaid Annes ar yr arfbais arall, ei harfbais hi. Sythodd. Arfbais ei theulu, i brofi ei thras. Oedd, roedd gwaed Osbwrn Wyddel a Fychaniaid Corsygedol yn llifo trwyddi. Fyddai hi ddim yn gadael i hynny lithro trwy ei bysedd ar chwarae bach. Cofiai Annes fel y bu i Lewys Dwnn ddod ar ymweliad rai blynyddoedd ynghynt i nodi'r llinach, ac iddyn nhw dalu bron i ddeg swllt am hynny. Onid oedd y beirdd o bwys i gyd wedi canu iddyn nhw, mawrygu eu llinach a mawrygu eu haelioni, gan ganmol eu cefnogaeth i'r pethau gorau?

Daeth rhyw benderfyniad drosti. Pe deuai'r gwaethaf ar eu gwarthaf ac y byddai'n rhaid i Huw, ei gŵr, fynd i garchar y *Fleet*, yna byddai hi, Annes, yn sicrhau parhad y Nannau. Fe wnaeth hi ei dyletswydd drwy roi disgynyddion i'w gŵr, ac fe wnâi hi ei dyletswydd eto, fe wnâi hi'n sicr y byddai'r Nannau yno i'w hŵyr. Rhoddodd ei llaw ar ysgwydd Huw.

Cododd yntau ei wyneb a gwenu arni, ei wraig ddoeth, bwyllog. Roedd hi wedi aros yn gefn iddo trwy bopeth a rŵan dyma groes arall iddi ei chario. Ysgydwodd ei ben a gafael yn ei llaw ac eisteddodd hithau wrth ei ymyl.

'Fe adawodd Siôn Phylip bore 'ma. Roedd am alw yng Nghorsygedol i ofyn i Gruffydd Fychan ddod draw aton ni. Bydd yn gryf, Huw, siawns na ddaw Gruffydd Fychan â newydd gwell i ni... Ac mae un o'r dynion wedi galw am Robert Llwyd.'

★

Roedd Siôn Phylip wedi cyrraedd Bwlch y Rhiwgyr. Trodd ei gefn ar afon Mawddach a Chader Idris ac o'i flaen roedd y bae yn ymestyn draw tuag at fraich Llŷn. Dechreuodd ddisgyn i lawr ar hyd y llwybr caregog, ei daith bron ar ben am heddiw a phlasty Corsygedol yn swatio yno ynghanol y coed. Ond roedd tywydd braf o'i flaen a thaith glera o gwmpas plasau Llŷn yn galw. Byddai'n mynd yn ei flaen wedyn tua Chaernarfon a chyn belled â Môn efallai. Gwenodd. Roedd yr haul ar ei war, ac er helbul y Nannau gwyddai rywsut na fyddai ei thylwyth yn gadael Annes yn ddiymgeledd. Byddai yntau yn ei dro yn canu cywydd arall i Huw ac Annes, am eu hirhoedledd a'u haelioni tuag ato ef a'i debyg. Dyna ei ddyletswydd, wedi'r cwbl.

Arhosodd am funud i gael ei wynt ato. Roedd rhywun yn dringo i'w gyfarfod. Craffodd; gŵr ifanc ar ei osgo. Yna adnabu'r teithiwr.

'Rhys ap Gruffydd!' cyfarchodd ef yn gynnes. 'Ar dy ffordd yn ôl am y Nannau wyt ti?' holodd.

'Ie.' Cyffyrddodd y cowmon ei gap yn foesgar.

'Unrhyw newydd o'r glannau?' holodd yr hen fardd. Synhwyrodd rywfodd iddo darfu ar feddyliau'r gŵr ifanc. Difarodd ei holi yn syth.

Safodd y ddau yno ar fin y llwybr, yn dawel. Llithrodd eu llygaid dros y tir corsiog a'r ynysoedd bach hwnt ac yma ar hyd yr arfordir ac edrych draw i gyfeiriad y ddau draeth yn y pellter. Oedodd Rhys cyn ateb, yna trodd ei gefn ar y glannau ac edrych i fyny tua'r bwlch. Gwyddai, unwaith y byddai trwyddo, na fyddai wedyn yn dychwelyd y ffordd honno.

'Na, does dim yn newid ar y traethau wel'di, dim byd. Yr un ydi'r traethau o hyd, yr un hen fynd a dod.'

Gwenodd Rhys, cyffwrdd ei gap unwaith eto a chodi'i sgrepan. Gwyddai Siôn Phylip fod mwy o wirionedd y tu ôl i eiriau Rhys ap Gruffydd nag yn unrhyw rai o gywyddau rhyw hen glerwr fel fo.

'Duw fo gyda thi, Siôn Phylip, Duw fo gyda thi…'

Gwyliodd Siôn Phylip y gŵr ifanc yn ailgodi ei sgrepan ac yn cerdded tua'r bwlch – y bwlch a'r awyr yn ymestyn draw y tu hwnt iddo. Gwyliodd ei gefn yn diflannu, yn cael ei lyncu gan yr awyr. Byddai yng nghyffiniau'r Nannau cyn nos. Gobeithiai Siôn Phylip y câi dawelwch meddwl yno.

★

Roedd y dydd yn tynnu ato erbyn i Rhys gyrraedd y llwybr bach a arweiniai drwy Goed y Moch. Cododd ei ben yn sydyn – gallai glywed y cyrn hela i fyny tua Moel Offrwm. Arhosodd; roedd y coed yn dawel, dawel. Synhwyrodd fod llygaid gwylltion yn ei wylio, yn gwylio ei gamau, pob cyhyr yn effro. Troediodd yn ofalus; doedd o ddim am darfu ar fywyd y goedwig. Byddai'n rhaid i'r ceirw ddianc am eu bywydau'n ddigon buan. Gwenodd wrtho'i hun. Fe fyddai'n mynd i fyny i'r plas yn y bore i weld a oedd Tudur wedi cyrraedd yn ei ôl. Byddai'n dda gweld y llanc unwaith eto, a Siencyn, wrth gwrs – bu cwmni Siencyn yn gefn iddo y noson honno ar y traeth.

Dilynodd y llwybr allan o'r goedwig. Gallai weld y tyddynnod ar waelod y ffridd, y mwg yn codi'n ddiog ar ddiwedd dydd fel hyn. Chwaraeai rhywrai y tu allan, dau fachgen bach bywiog. Roedd Tomos yn cryfhau felly. Pwy oedd efo fo? Yna cofiodd am y bachgen bach direidus hwnnw, brawd Gwen. Gwyddai y byddai hwnnw'n gwylio drosto'i hun, a dyma fo wedi dod o hyd i'r lle gorau yn Llanfachreth yn ddigon siŵr. Rhedodd y ddau ar ôl un o'r ieir, a chlywodd Rhys y waedd o'r tŷ, 'Gadwch lonydd i'r ieir!'

Yna daeth Wrsla allan i ben y drws a gweld cefnau'r ddau fachgen yn diflannu. Gwyliodd Rhys hi'n troi'n araf yn ei hôl am y tŷ, cyn aros i edrych i fyny i gyfeiriad y llwybr. Gwelodd Rhys ei hosgo cyfarwydd a'i llaw yn codi i gysgodi'i llygaid fel y gallai graffu ar y ffigwr i fyny wrth geg llwybr Coed y Moch. Yna gwelodd hi'n sythu, yn sychu ei dwylo'n frysiog yn ei ffedog a gwthio'r cudynnau o dan ymyl ei chapan gwyn. Roedd hi wedi'i hadnabod. Brysiodd Rhys i lawr at y tŷ.

'Wrsla?' meddai.

'A, Rhys ap Gruffydd, fe ddoist tithau yn dy ôl...' Gwenodd, yna arhosodd am funud wrth ei weld yn oedi. 'Wyt ti'n dod i mewn?' gofynnodd.

'Oes gen ti le i mi yma?'

Trodd Wrsla a dilynodd Rhys hi i mewn i'r gegin dywyll.

Hefyd gan Haf Llewelyn:

"Mi gydiodd ynof fi – a gwrthod gollwng."
Bethan Gwanas

yl **L**olfa

Haf Llewelyn

y graig

£6.95

Am restr gyflawn o lyfrau'r Lolfa, mynnwch
gopi am ddim o'n catalog
neu hwyliwch i mewn i'n gwefan

www.ylolfa.com

Ile gallwch archebu llyfrau ar-lein.

Talybont Ceredigion Cymru SY24 5HE
ebost ylolfa@ylolfa.com
gwefan www.ylolfa.com
ffôn 01970 832 304
ffacs 832 782